も 神様ゲーム

The God Game

カガミノガラスノヒカリノアリベ

我が叶野の地へようこそ――
強き願いが集まり、
また願いが叶う地に来たということは、
そなたもまた願いを持つ者かのう？

神様もゲーム

さぁ、存分に楽しんで《ゲームをして》いっておくれ
神様もゲーム

神様もゲーム

カガミ／ガラス／ヒカリ／アソベ

宮﨑柊羽

角川文庫　15161

カミサマモゲーム・スタート

the god game

game players
ゲーム・プレーヤー

生徒会臨時採用
羽黒花南
（はぐろ・かなん）

一騎当千の霊感少女として
叶野高校に転入してきた。
日常の動きはハムスターの
ような愛くるしさ。

生徒会会計
尾田一哉
（おだ・かずや）

幼いときからの多加良の親友。
繊細でマイペースな性格だが、
ツッコミの切れ味は
生徒会イチ。

生徒会書記
桑田美名人
（くわた・みなと）

お茶とお菓子が好きな
クールビューティ。
可憐な容姿に似合わず、
桑田万能流の師範代を務める。

生徒会副会長
秋庭多加良
（あきば・たから）

“かのう様”に目を付けられたため、
毎度やっかいごとに
巻き込まれている。
ニヒルな切れ者なのに苦労性。

生徒会会長
鈴木朔
（すずき・はじめ）

その行動、その言動、全てが
人間の常識を超越している。
叶野市内にいるときだけ
人間になれる神様族。

game master
ゲーム・マスター

かのう様
（かのうさま）

叶野市の土地神様であり、
和家が信仰している存在。
見た目は超キュートなのに、
その実は超腹黒。

和彩波
（かのう・いろは）

叶野学園理事長の娘にして、
“かのう様”の憑坐。
基本性質はハイテンションで、
多加良のことが大好き。

コンテンツ・オブ・カミサマモゲーム

contents of godgame

口絵・本文イラスト　七草
口絵・本文デザイン　アフターグロウ

カガミノクニノカノジョ

その鏡にも。あの鏡にも。

どの鏡でも、私の姿は映るけれど。

本当の私じゃない気がしてしまう。

昔、鏡で変身できるお話があって。

物語の変身は同じ鏡で解けたけれど。

でも、私の魔法《まほう》はいつ解けるんだろう。

どうすれば、私は本当の私に戻《もど》れるだろう。

1

ゆっくりとした足並みで叶野市《かのう》にも春が訪《おとず》れて、そんな季節と同じように新入生達も徐々《じょじょ》に、叶野学園《がっこう》に馴染《なじ》み始めた四月の半ば。

うららかな春の日差しは眠気《ねむけ》を誘《さそ》い、ようやく綻《ほころ》び始めた桜の香《かお》りに鼻腔《びこう》はくすぐられるが、あいにく俺達、叶野学園高校生徒会執行部《メンバー》にはのんびりと春を楽しむ余裕《よゆう》はなかった。

俺——秋庭多加良《あきばたから》を始め、全員晴れて二年生に進級したものの、生徒会の任期はまだ残っているし、仕事もたくさんある。

四月は入学式に始まって、各種説明会と新入生を迎《むか》える行事が目白押しで、いまは『新入生歓迎《かんげい》フェスティバル――ラッキーを君たちへ――』の準備に忙《いそが》しい。

だが、俺がいま廊下《ろうか》を急いでいるのは、新歓とは無関係に発生した問題の為《ため》だ。

その問題が発覚したのはつい先刻。

生徒会臨時採用の羽黒花南《はぐろかなん》が〝めだか箱〟と書かれた、一見鳥の巣箱のような、謎《なぞ》の箱を生徒会室に持ち込んだのが事の始まりだ。

廊下に直《じか》に置いてあったその箱に、羽黒は例によって見事に躓《つまず》いた結果その存在に気付き、それに〝めだか箱〟という名称《めいしょう》に加え、『生徒会への素敵《すてき》なご意見募集中《ぼしゅうちゅう》』と書かれていた為、生徒会室に運び込んできたのだった。

しかし、俺達の誰《だれ》もそんな箱のことは知らなかった。けれど中に既《すで》に意見が入っていれば、放《ほう》ってはおけず、俺達は困惑《こんわく》しながらも箱を開けてみた。

そうして中から出てきたのは「鈴木《すずき》くんが最近学校で穴を掘《ほ》っていて困ります」「すずきくん達が掘った穴を塞《ふさ》がないので昨日、北校舎裏で躓きました」「鈴木会長はどうして学校で穴を掘っているんですか？　理由があるなら手伝います。理由がないなら危ないので止めてください」等々の意見が書き連ねられた沢山《たくさん》の紙。

その全《すべ》てが、鈴木が学園の敷地《しきち》内で穴を掘っていて、迷惑《めいわく》しているという苦情で――つまり、鈴木は生徒会長の仕事をする代わりに、問題を起こしてくれていたというわけだ。

そうと理解すると同時に、俺は椅子《いす》から立ち上がり、生徒会室を飛び出した。もちろん、鈴木を捕獲《ほかく》した上で、反省文を書かせるために——枚数は千枚以上。

そういうわけで、俺はいま、躓いたという意見のあった北校舎裏を目指し走っているのだった。

二階の廊下を駆《か》け抜《ぬ》け、一気に階段を下りると、俺はそこで一度立ち止まり、鈴木の姿は無いかと一応周囲に目を走らせた。すると目の端《はし》に何か影《かげ》が映った気がして、俺は首を巡《めぐ》らせた。でもそれは鈴木ではなく鏡に映った俺の影にすぎなかった。身だしなみを確認《かくにん》するためのものにしては目立たない、短冊のように細長い鏡を見て、俺は首を捻《ひね》る。

もちろん俺の身だしなみに問題は無かったが、その鏡にはどういうわけか黒い×マークが付けられていたのだ。

だが、小さな鏡には俺の後に続いていた生徒会書記の桑田美名人《くわたみなと》も羽黒も気付くことなく通り過ぎて行ってしまう。

「……ねえ、あの人達何で穴なんて掘ってたのかな？　もぐら退治かな？」

「えー、もぐら？」

更《さら》にそんな会話が耳に飛び込んでくれば、俺は自分がいま為《な》すべきことを思い出した。

「桑田、羽黒、急げば現場を押さえられるぞ」

そして、二人を先へと促《うなが》すと同時に、ひとまずその鏡のことは忘れ、俺は更にスピードを上げたのだった。

午後は日当たりが悪くなる北校舎裏には、春の温かい風もあまり届かないらしく、そこに着くと、羽黒は小さく体を震《ふる》わせた。

けれど、鈴木の代わりに北校舎裏にいた三人の男の額には汗《あせ》が滲《にじ》んでいた。

『マイムマイムマイムマイムマイム温泉!!』

手を繋《つな》いで円を作り、歌いながらその円を大きくしたり小さくしたり——つまりフォークダンスの一種を踊《おど》っている三人の顔には見覚えがあった。頭部にタオルの代わりに巻いている、いわゆる温泉マークが描《えが》かれた手ぬぐいと共に。

「……今回の件は、温泉同好会の穴掘りに鈴木君が一枚嚙《か》んでいたってことね」

桑田は数秒眼差《まなざ》しを空中に向け、それから、どちらかといえば苦笑《くしよう》に近い表情を浮《う》かべてそう言った。

その名に聞き覚えのない羽黒は桑田の言葉に首を捻ったが、俺は一つだけ頷《うなず》きを返す。

そうして俺達が見ているとも知らず、三人は祈《いの》りの舞《まい》——マイムとはそもそも水の意だから、温泉を掘る前には相応《ふさわ》しいと奴《やつ》らは主張する——を終えると、スコップを構え、一斉《いつせい》に地面に突《つ》き立てた。

そしてそれを合図に俺は、嬉々《きき》として穴掘りを始めた三人の背後に足音を忍《しの》ばせ一人近付いていった。

「今日は鈴木君がダウジングで示してくれた第6ポイントだからしてっ、今日こそ温泉を掘り当てよう！」

「ほう、鈴木がダウジング。その話詳《くわ》しく聞かせて貰《もら》おうか……本橋《もとはし》」

気付かれることなく背後に立つと同時に、俺はわざと耳許で囁《ささや》いてやった。そうすれば、温泉同好会会長の本橋は、電流が走ったように全身を震わせる。一方、残る二名の同好会会員はスコップを持ち上げたまま動きを止めた。ただし、目線だけはゆっくりと、確実に俺から逸《そ》らしていく。

「目を逸らすのは疚《やま》しいことがあるから？」

でもその先では桑田が待ち構えており、退路は既に塞がれていると気付いた二人は、もうどうしようもないとばかりに項垂《うなだ》れた。

「や、疚しいことはない！　これは崇高《すうこう》な志に基《もと》づく、第37次温泉発掘《はっくつ》計画だからしてっ！　新会員も入ったからと、浮かれて始める計画とはひと味違《ちが》う、第37次……」

同好会を代表して本橋だけは果敢《かかん》に反論を試みたが、言い訳に貸す耳は俺にはない。

「第36次に充分懲《じゅうぶんこ》らしめてやったのにな、本橋。あの時、最後に俺は言わなかったか？　次は相当の覚悟《かくご》でやれ、と」

本橋のぎょろ目を冷たく見据《みす》えながら言ってやれば、本橋は再び震《ふる》えたが、残る二名の眼差《まなざ》しがじっと自分に注がれていると気付くと、

「秋庭の言葉は記憶《きおく》している。だから覚悟を決めるまでに半年もかかった……故《ゆえ》に、温泉の代わりに油田を掘《ほ》り当ててしまっても我々は金儲《かねもう》けはしないと誓《ちか》ったのだからしてっ！」

舌をもつれさせながらも、その主張《いいわけ》を最後まで言い切った。

「ものすごく意図的に論点をずらしましたね。じゃあ、生徒会からの予算もいりませんか？」

だが、ゆっくりと歩み寄りながら桑田が、留守番をしている会計・尾田《おだ》の代わりに伝家の宝刀を振《ふ》りかざせば、本橋の口からそれ以上反抗《はんこう》の言葉が飛び出すことは無かった。

「ええと……温泉同好会の皆《みな》さんが穴を掘る活動をしているのはわかりました。でも皆さんは温泉を掘っているのですか？　落とし穴を掘っているのですか？」

代わりに口を開いたのは羽黒だった。今日初めて温泉同好会の活動を目にした羽黒の目は好《こう》奇心《きしん》に輝《かがや》いており、その問いに本橋は眩《まぶ》しそうに目を細める。

「普段《ふだん》は温泉に入るだけの無害な同好会だけど、時々何かに取り憑《つ》かれたように、温泉発掘と言って、穴を掘り始める困った人達よ。だから、間違っても入会しちゃダメよ」

しかし桑田は本橋が問いに答えることを許さず、事実を正確に伝える。本橋は何か言いたげに口を動かしたが、桑田に冷たく見据えられれば、黙《だま》って俯《うつむ》いた。

「そうですか。わかりました」

「とにかく、学校の敷地内《しきち》を掘るのは止《や》めろ。温泉が湧《わ》くはずがない。そして……今回掘った穴は今日中に、全部、綺麗《きれい》に、埋《う》めろ」

羽黒も温泉同好会を正しく理解したところで、俺は温泉同好会の三人をその場で正座させ、彼らが聞き逃《のが》すことのないようはっきりと、かつ厳然と通達した。

「でも今回は鈴木君のダウジングと、鈴木君の新型マイムを味方に、かなり大規模な計画を敢《かん》行《こう》中だからして……すぐに穴を埋めるのは」

「埋・め・ろ。で、その鈴木はどこだ？」

本橋の言い訳を声を被《かぶ》せて封《ふう》じると、俺は知りたいことだけを尋《たず》ねる。

「ええと、どっちの鈴木君？」

しかし、本橋はいかにも鈴木が二人いるような口振《くちぶ》りで首を傾《かし》げ、俺は嫌《いや》な予感を覚える。

世の中に鈴木という名字の人は多くあるが、問題を起こす鈴木となるとその数はぐっと少なくなるという事実を知っているからだ。

「どっち、の？」

「うん。だから生徒会長の方？　それともうちの新会員の方？　え〜とだから、朔《はじめ》君か？百人《もも》君《と》か？」

右へ左へ目玉を動かしつつ、本橋の口からその名前が出たところで、俺はついに目眩《めまい》に襲《おそ》われた。

「……W《ダブル》鈴木だったか」

俺の声が超《ちょう》低空を飛ぶのに対して、

「ああ、モモタローさんは温泉同好会に入ったんですか」

羽黒は苦笑《くしょう》しつつも楽しげにその名を呼んだ。それは、モモタローこと鈴木百人ならばこの位はするだろうという経験者の笑みで、桑田もその名を聞いて諦《あきら》めの溜《た》め息を吐《つ》く。

鈴木百人は今年の新入生だが、奴は最初の自己紹介《しょうかい》で、家業の花火の素晴《すば》らしさを見せると言い、教室で花火を上げた。それを始まりとして、以降百人は騒《さわ》ぎを起こし続け、三日に一度は教師に追いかけられている。そんな百人を俺は既《すで》に鈴木同様のトラブルメーカーと認識《にんしき》している。

だからこそ、二人の鈴木の接触《せっしょく》は防いでおきたかったのだが、どうやら手遅《ておく》れだったようだ。

「両方の居場所を教えろ」

こうなったらどちらもとっとと捕《つか》まえるしかない。そしてまだ話の通じそうな百人の方に、今後鈴木に近付かないよう言い含《ふく》める。

「ええと……モモタローは今日は書を捨てて街に出るって言ってたヨ」

「うむ、言っていた」

「……まさか、学園の外でも穴掘りを？」

俺の問いかけに同好会の二人が視線を交《か》わせば、桑田は眉《まゆ》を顰《ひそ》めた。

「だ、だが心配はないからして！　叶野の地に伝わる埋蔵金《まいぞう》は見つからないはず……」

続いて本橋が口を開き、桑田は正しい問題点を本橋の体に教えようと構えたが、その前に、その口は一枚の紙によって塞《ふさ》がれた。

紙は続いて、俺の眼鏡《めがね》に張りついてくれて、気まぐれな春風もそれを手伝って中々剝《は》がれない。

それでも何とか剝がすが、しかし、上空からは更《さら》に紙が降ってきて俺の視界を塞ぎまくる。

「さっきから何なんだ、このゴミは？」

空中を舞《ま》う紙を一枚つかみ取ると、俺はそのまま手の中で紙を握《にぎ》り潰《つぶ》そうとした。

「……ゴミとは言い切れないみたいですよ」

けれど、羽黒の言葉を受けてひとまず動作を止め、また、次の問いを向ける前に、桑田に倣《なら》って上空を仰《あお》ぎ見れば、青空を覆《おお》うように、大量の紙が乱舞《らんぶ》していた。

どこかの国の仕事納め——不要になった書類をオフィスビルの窓から外にばらまくというもの——のような光景に、俺はしばらく声を失い、それから手の中の紙を改めて見る。

「……確かにゴミ、ではない、けどな」

呟《つぶや》く声は自然と苦い物になっていた。Ｂ５サイズの紙には、

『新入生歓迎劇《かんげい》／彼女と王女と鏡／近日大公開／刮目《かつもく》して待て‼』

と印刷されていて、宣伝ビラであることはそれでわかった。文字数の少なさを、フォントの

大きさでカバーしている、実にシンプルなビラ自体に問題は無い。内容も、演劇部が新歓で行う劇の告知のようだし。ただ、

「宣伝方法には問題アリだな」

上空からばらまかれたビラは、はっきりいって拾われた数より地面に溜まっている数の方が多い。この拾われなかった紙はいったい誰が片付けるんだ？

「確かにそうですね。これはどこの屋上からまかれているんでしょう？」

「新歓はHR《ホームルーム》で告知されるから宣伝なんて……ああ、でも、あの人は必要だと思ったのね」

ビラが飛んでくる方向と、風向きを探《さぐ》るように桑田は辺りを見回して、ふいに視線を一点に固定した。そして、何かを悟《さと》ったような、静かな、静かすぎる表情のままゆっくりと腕《うで》を上げて、屋上を示した。

「……鈴木、か」

その姿は遠かったが、ばっさばっさと紙をばらまく姿は鈴木以外の何者でもなかった。今日もまた制服は着ておらず、代わりに着ているのは温泉のマークの付いた浴衣《ゆかた》。その浴衣の帯を使って背中には幟旗《のぼりばた》を背負っている。しかもその幟旗は緑地に黄色の文字というセンスの悪い色合わせで、そこに躍《おど》っているのは「新入生歓迎フェスティバル上等！」と特攻服《とっこう》に仕立てた方がいいと思われる文字だった。

最後のおまけに頭の上には、どこで手に入れたのかプラスチック製のちょんまげ。

等

本日の鈴木の装《よそお》いをあえてたとえるならチンドン屋さん、だろうか。

「ふぅー、これでビラ配りは終了《しゅうりょう》！　一仕事終えた後には温泉が一番ってモモタロー君は言ってたけど……おおーい、温泉出たぁ？」

そして鈴木は、屋上から温泉同好会に向けて声を降らせる。

しかし、その声に三人が答えることは無かった。俺は慌《あわ》てて視線を下に戻《もど》したが、時既に遅《おそ》し。ビラ撒《ま》きの混乱に乗じて、やつらは逃亡《とうぼう》を図《はか》っていた。

「あ、ああーっ！　皆《みな》さん、待って下さい！　あの、秋庭さん。わたしは温泉同好会の皆さんを追いかけますね！」

俺に続いてその事実に気付いた羽黒は一言断ると、三人を追って走り出した……お約束のように、掘《ほ》りかけの穴に躓《つまず》いてから。

「あっれー？　温泉同好会のみんながいたと思ったんだけど、違《ちが》うね。おーい、多加良っちはそんなところで何してるの？」

「何してる？　それはこっちの台詞《せりふ》ですよ、スズキサン？」

鈴木が動く度《たび》に背中ではためく幟旗のことはとりあえず忘れて、俺は自分の本来の仕事をすっぱり忘れている鈴木に逆に問う。上から見下ろされていることに、既《すで》にこめかみの辺りがひきつっているが、何とか声は荒《あら》らげない。

「えっへん！　ぼくは新歓フェスティバルに向けて深く静かにミッションインポッシブル！

一生懸命《いっしょうけんめい》お仕事をしてたんだよ！」

鈴木は、本当に偉そうにそう言うと、腰《こし》に手を当てて、屋上の上にいてもそうとわかるくらい大きく胸を反らせた。

「ビラ配りが仕事、だと？　へえ、そうか。じゃあ生徒会室にある書類の山に目を通すのは誰の仕事ですかね？」

「多加良っちだ！」

俺の拳《こぶし》が震《ふる》えていることなど知りもせずに、鈴木は間髪容《かんはつい》れずそう答えた。

「そうかそうか。じゃあ、お前の仕事を全部やってやるから、代わりに生徒会長は俺に譲《ゆず》れ」

「いやいやー、それは譲れませんな」

俺の至極《しごく》当然な要求に、けれど鈴木は簡単に首を振《ふ》り、俺の我慢《がまん》は限界に達する。

「……だったら、やるべき仕事が出来るように椅子《いす》に縛《しば》り付けてやろう」

鈴木にそう告げながら、俺はおもむろに膝《ひざ》の屈伸《くっしん》運動を始めてみせた。

「誠《まこと》に残念ながら今日のお仕事はもうおしまい！　この後はモモタローくんと待ち合わせなんです！」

「大丈夫《だいじょうぶ》だ。きっと待たずに帰ってくれる」

「そんなことはない！　ぼくがメロスならモモタローくんはセリヌンティウスだよ！」

どこで知識を仕入れたものか、鈴木は小賢《こざか》しい台詞でもって、この俺に切り返してくる。

「そうかそうか。メロスになるなら生徒会長は辞《や》めるんだな？　でもその前に穴掘りの件と、ビラの無断配布の件について、それぞれ千枚、反省文を書いてもらおうか」

だが、向こうがその気ならばと、俺は更《さら》にその言葉を逆手に取って言い返し、ついでに反省文を新たに千枚追加した。それから最後の調整とばかりにその場でジャンプをする。

そんな俺を見た鈴木は、

「それならぼくは生徒会長メロスでいいから！　反省文は多加良っちが書いておいて！」

最後の言葉を言い終えない内に、浴衣の裾《すそ》をからげて、踵《きびす》を返し走り出す。どうせなら下駄《げた》でも履《は》いていればいいものを、その足下《あしもと》は走りやすそうな運動靴《うんどうぐつ》だ。だが、たとえ鈴木が凄《すご》い高級靴を履いていても、俺に鈴木を逃《のが》す気は無いし、ヤツの代わりに反省文などあり得ない。

「まて、鈴木！　逃がすかっ！」

「秋庭君、この後は演劇部との打ち合わせだから十分で仕留めてね」

駆《か》け出す俺の背中に向けられた桑田の声は、俺ならば十分あれば大丈夫だろうという信頼《しんらい》に満ちていた。

「十分もあれば余裕《よゆう》だ！」

ああ、鈴木の一人を片付けるくらい、十分あれば充分《じゅうぶん》だ。桑田が定めたタイムリミットに、俺は拳を突《つ》き上げて答えると同時に、強く地面を蹴《け》って、まずは屋上を目指して走り出したのだった。

2

校庭のバックネット裏まで鈴木を追いつめると、俺は渾身《こんしん》の力でEX《エクストラ》ボール62を鈴木に向けて放った。

が、鈴木はそこでバックネットをよじ登るという反則に出て、そのまま校外へ逃げ去った。

追いかけようと思えば追いかけられたが、桑田が告げたタイムリミットが迫《せま》っていたため、俺は仕方なく追跡《ついせき》を断念し、生徒会室へと踵を返したのだった。

そうして約束の時間前に生徒会室に戻ったのだが、そこには既に演劇部の代表者――副部長の有塚《ありづか》しえと小玉《こだま》マリの姿があった。

扉《とびら》側に座っているのが三年の有塚。簡単に二つに結んだだけの髪、鼻の辺りにはうっすらとそばかすがあり、よく見ると愛嬌《あいきょう》のある顔なのだが、一見したところで受けるのはいたって地味で落ち着いた印象だ。

そんな有塚にくっつくようにして座っているのが小玉。普段《ふだん》はピンと伸《の》びている背筋が今日は丸まっていて、そのせいかいつもは大人びて見える表情も今日は高校二年生《としそうおう》に見える。

「待たせたか？」

部屋に入りながら俺が声をかけると、先に顔を上げたのは有塚だった。

「あ、秋庭くん。お疲《つか》れ様。そんなに待っていないからね。というか、劇の打ち合わせは明日にしてもらって、別の話を聞いて貰《もら》うために、こっちが約束の時間より早く来ちゃったんだからね」

有塚の説明に頷《うなず》きながら俺は室内を見回して、桑田がキッチンスペースでお茶を淹《い》れていることと、温泉同好会を追っていった羽黒がまだ戻《もど》っていないことを確かめた。それから尾田の隣《となり》に腰を下ろすと、

「打ち合わせは明日か。まあ、了解《りょうかい》だ。……それで、別の話っていうのは？」

有塚にもう一つ頷いてから、問いかけた。

「あの……あ、でも鈴木君の穴の件は片付いた？　私も先月と一昨日、躓《つまず》いたから今日〝めだか箱〟っていうのに投書したんだけどね」

「……穴は遅《おそ》くても今週中には塞《ふさ》がれる」

俺を待つ間に話を聞いたらしい有塚に、詳細《しょうさい》は伏《ふ》せて伝えれば、有塚はほっと息を吐《つ》く。

「よかった。また誰か転んだら危ないと思ってたからね」

「しえさん、早く本題に入って下さいよ～」

だが、表情を曇《くも》らせた小玉にせっつかれると、有塚は顔を引き締《し》めた。

「じゃあ、本題に入らせてもらうけど……まずは私と小玉ちゃんが撮《と》った写真を見てくれる？　それから話した方がわかりやすいと思うからね」

有塚がそう言えば、尾田はその手の中にあった赤い携帯《けいたい》を俺に差し出した。俺はそれを受け取ると、促《うなが》されるまま画面に目を落とす。

携帯の画面に映っていたのは一枚の鏡だった。顔を映すのに足りるだけの大きさの、何の変哲《へんてつ》もない鏡は、叶野学園内の水飲み場に置かれている物だ。

けれど、鏡に何一つ問題が無いわけではなかった。

その鏡には、大きな黒い×マークが付けられていた。×マークはさっき俺が見たのと同じだったが、鏡と場所は明らかに違《ちが》う。

×マークの付いた鏡は俺が目にした一枚だけではなかったという事実に驚《おどろ》きつつ、俺は慣れない携帯に少々戸惑《とまど》いながらも、急いで残り全ての写真を確認《かくにん》した。

写真は全部で五枚。残りの四枚中二枚は同じ場所を撮ったものとわかったが、他の二枚はそれぞれ違う場所、違う鏡。偶然《ぐうぜん》では片付けられそうもない。

「全部で五カ所だな」

俺が見た鏡もカウントに入れるとそういう計算になるが、

「え？　その携帯に映ってるのは四カ所だったよ？」

「ふ、増えてるっ！　しえさん、やっぱりこれは呪《のろ》いです！　と、とりあえず魔研《まけん》のお札シールを貼《は》りましょう！」

当然、それを知らない尾田は首を傾《かし》げ、小玉は慌《あわ》てて制服のポケットを探《さぐ》り、中から多分効果の期待できない紙を取り出した。

「小玉、落ち着け。俺は新東棟《とう》の一階の鏡にも、同じマークが付けられてるのを見たんだ」

「じゃあ、やっぱり増えてるんじゃない！　わ〜ん、しえさん、呪い〜怖《こわ》い〜」

「……ええと、小玉ちゃん。とりあえずお札は仕《し》舞《ま》っておいて。怖いなら、あとはわたしが話すから、先に部室に戻ってもいいよ？」

俺の言葉に、更《さら》に怯《おび》え始めた小玉の背中をなだめるように撫《な》でながら有塚はそう言った。しかし、有塚にしがみついたまま首を振《ふ》り、離《はな》れる素《そ》振《ぶ》りのない小玉を、有塚はひとまずそのままにして、顔だけ俺達の方へ戻した。

「とにかく、このまま放《ほう》っておいたら騒《さわ》ぎになるよ……既《すで》に、小玉さんは大騒ぎだけど」

尾田はそんな二人を見つめながら小さくため息を吐き、有塚はその言葉に頷いた。

確かに尾田の言う通りだ。現時点で騒ぎになっていないのは、割られることに比べれば、派手さもなく、見《み》逃《のが》してしまうような小さな悪戯《いたずら》だからだろう。でも、同じような鏡の数が増えていけば話は変わる。

「悪戯が、この調子で続けば犯人探しが始まるだろうな。でも、小玉は何をもって〝呪い〟だなんて言ってるんだ？　それに、この鏡の件が演劇部にどう絡《から》んでくる？」

問題が起こっているのはわかったけれど、この話をなぜ演劇部が持ち込んできたのかがはっきりせず、単刀直入に尋《たず》ねれば、有塚はゆっくりと話し始めた。

「それは、今度の新歓《しんかん》でわたし達が上演する劇が叶野学園に伝わる〝真実の鏡〟の伝説を……これは、叶野学園のどこかに〝真実の鏡〟があって、その鏡には文字通り自分の真実の姿が映る、っていうマイナー伝説なんだけどね、知ってた？」

と、有塚はそこで一度話を切り、俺達に問いかけたが、知らないと俺が尾田と共に首を振ると、もっともだと頷いて、そのまま話を再開した。

「とにかくこの伝説をモチーフに部長のますみちゃんが脚本《きゃくほん》を書いていてね……だから、この鏡の×マークに部内で最初に気付いた小玉ちゃんは、これは伝説を弄《もてあそ》ぶなっていう見えない者からのメッセージで、このままじゃ演劇部は呪われてしまうって、怖がってて……」

真剣《しんけん》に怯えている小玉を目の前に、呪い説を正面から否定はしなかったが、有塚がこの意見を支持していないことは、落ち着いた語り口からわかった。

「つまり、その劇のストーリー上、鏡は重要なアイテムなんだな。だから、鏡が汚《よご》されたり傷つけられたりするのは、劇への妨害《ぼうがい》かもしれないから心配、というわけか」

でも、その一方で、有塚の顔に確かに憂《うれ》いが浮《う》かんでいる理由を、俺は呪いうんぬんの方は脇《わき》に追いやってそう推察してみせた。

「さすが秋庭くん、話が早いね」

「それで、俺達にどうしろと？　幽霊《ゆうれい》退治なんて話なら断るぞ」

教師陣《じん》に話すにはまださささやかな事件だし、下手に騒いで逆に話を大きくしないように有塚達は生徒会に話を持ち込んだとわかっていた。その上で、一体何を求めているのかはっきりさせておくことが必要と俺は判断し、尋《たず》ねた。

俺が真《ま》っ直《す》ぐに見つめれば、有塚は一度は気圧《けお》されたように目を逸《そ》らしたものの、深く息を吐《は》き出すと、もう一度俺を見た。

「できれば、先生や全校生徒が知る前に、この件の真相を突《つ》き止めて貰《もら》いたいのね。わたし達の考え過ぎだったらそれでも構わない。でも、新歓の劇を成功させる為《ため》には不安要素は消して……劇は絶対に成功させたいの」

そうして俺を見た有塚のその瞳《ひとみ》の奥には強く訴《うった》えかける光があって、劇に対する想《おも》いの強さが見てとれた。

その目を見て俺は心を決めると、有塚に携帯を返しながら一つ頷《うなず》いた。

「わかった。この件の真相は俺達が突き止めてやる。だからお前達は新歓の劇を……大成功させろよ？」

続けてそう言えば、有塚は再び目を伏《ふ》せ息を吐いて——けれど、もう一度目を開けた時にその瞳に浮かんでいたのは、どこか不安そうな色だった。さっきの強い表情とのギャップに俺は内心で首を捻《ひね》るが、簡単に答えは導き出せない。

「ああ、しえさん。お札も貼ってないのに携帯《けいたい》に触《さわ》って！」

だから俺は、携帯を握《にぎ》りしめる有塚を見て、またも怯える小玉をどうにかすることから始めることにした。

「小玉、呪い説は100パーセント無い。幽霊がスプレー塗料《とりょう》を使えるわけないからな」

実際に現場を見ているはずなのに、思い込みと恐怖心《きょうふ》が先に立って目が曇《くも》っているのだろう
小玉に、俺は静かに告げた。

「あ……ああ。そう、そうだよね……あぁ」

そうすれば、小玉は夢から覚めたように、その面《おもて》に明らかに安堵《あんど》の表情を浮かべたのだが、
次いでそれまでの自分の姿を思い出したのか、羞恥《しゅうち》に頬《ほお》を染めて俯《うつむ》いてしまう。

「えーと、小玉ちゃん。とにかく呪いじゃなくて良かったってことでね」

「お茶をどうぞ」

有塚がそんな風に小玉を慰《なぐさ》めにかかると、丁度いいタイミングで桑田がお茶の入った湯飲みを二人の前に置いた。

「ほら、小玉ちゃん、お茶をいただいてね。あの、わざわざありがとう、桑田さん。あ、良い匂《にお》いがするね。何のお茶？」

小玉の手にわざわざ湯飲みを持たせてやると、有塚は桑田の手間を労《ねぎら》うようにそう尋ねた。

「緑茶の中に桜の花が入っているので、桜茶と言います」

すると、桑田はわずかに――見慣れた者でなければわからない程度に――頬を緩《ゆる》めて、嬉《うれ》しそうに答えたのだった。

ほのかに漂《ただよ》う桜の香《かお》りを楽しみながら、俺達も湯飲みに口を寄せれば、生徒会室には落ちついた空気が戻《もど》ってきて。

「とにかく調べた結果が、単なるいたずらなら説教と反省文二十枚。何か理由があるなら、まずはそれを聞いて、その後大説教と反省文百枚」

そして、俺はお茶で喉《のど》を潤《うるお》すとそう言った。

「……どっちにしても大変なセットだね」

俺の反省目録を聞いた有塚は、なぜか困ったような表情を浮かべたが、俺の考えは変わらない。

「まあ、そうだな。でも俺は、ちゃんとそいつの真実の姿を見極《みきわ》めてやる。〝真実の鏡〟が無くてもな」

俺は有塚に一瞥《いちべつ》をくれ、それから半分鈴木の荷物に隠《かく》れてしまっている、生徒会室に備え付けの鏡に眼差《まなざ》しを投げた。

無意識に俺の視線を追ったのか、そこには有塚の顔もまた映り込んでいた。

有塚は鏡の中の自分に気付くと、驚《おどろ》いたように肩《かた》をはねさせ、顔ごと鏡から背《そむ》けた。

「……真実の姿なんて、その鏡には映らない」

そのままぼそりと呟《つぶや》いた声は、張りがなく掠《かす》れていて。今度は俺もその理由を尋《たず》ねてみようと口を開きかけたのだが。

その次の瞬間《しゅんかん》。細く鋭《するど》い痛みが俺の両眼《りょうめ》を襲《おそ》う。痛みはじわじわと増して、涙《なみだ》の代わりに濃《こ》い塩水で目を洗われているような感覚に、俺は目を開けていられなくなる。

でも、この痛みが本当に俺の眼球を傷つけることはない。これは、あくまで合図だから。かのう様と呼ばれる、叶野市限定で不可視の力を振《ふ》るう存在と、俺の間で約束されたゲームの開始を伝える為の。

かのうが蒔《ま》いた願いの原石《たね》。その原石から芽吹《めぶ》いた願いの植物《はな》を百本咲《さ》かせて摘《つ》みとれば、ゲームの勝者は俺となり、同時にゲームは終了《しゅうりょう》となる。

けれど、その植物を咲かせるには、宿主とも言える人間の一番の願いを叶《かな》えなければならない。そして、新たに原石が芽吹く時、俺の目はこんな風に、唐突《とうとつ》に痛みだすのだ。

「秋庭くん？　目がどうかした？」

有塚とは別の理由で、俺が鏡から顔を背け、目を押さえれば、有塚はすぐに異変に気付いて問いかけてきた。

でも、この痛みの理由を説明するには、かのうのことから話さねばならないし、話したところで到底《とうてい》信じられないだろうから、俺はいつも言い訳をすることにしている。ただ、大抵《たいてい》、痛みを堪《こら》えるのに精一杯《せいいっぱい》で言葉も上手《うま》く紡《つむ》げなくなっているから、

「ごほっ、ごほ。今日はほこりっぽいから、目にゴミでも入ったんじゃないかな？」

事情を知っている尾田や桑田がフォローしてくれる。

「……目薬、あったかしら？」

尾田のわざとらしい咳《せき》に、桑田は束《つか》の間沈黙《ちんもく》して、それからようやく相づちのような台詞《せりふ》を口にすると、室内を探すふりを始めた。

その間も目はまだずくずくと痛んでいて、俺は何も出来ない。

「目にゴミが入ったなら、涙で流しちゃうのがいいんだけど……目薬持ってたかしらね」

それでも、有塚には尾田達の芝居《しばい》が通じたらしく――というか、俺の目の痛みが決して嘘《うそ》でないからかもしれないが――ポケットの中から着物の端布《はぎれ》で作ったような小さな巾着袋《きんちゃくぶくろ》を取り出すと、その中を探《さぐ》った。

「ああ、あった。秋庭くん、どう？」

だが、有塚が目薬を取り出したのと同時に、俺の目からは嘘のように痛みが消えていた。

気遣《きづか》ってくれる有塚に少々申し訳ない気分になりながらも、軽く手を振ると、俺は顔を上げた。

それから大丈夫《だいじょうぶ》だと言いおうとしたところで、目の前で揺《ゆ》れる小さな新緑を見つけ、肩に重《おも》石《し》を乗せられたような気分と共に、俺は声を失う。

どうして厄介《やっかい》事と厄介事は決まって、仲良く手を携《たずさ》えてやってくるのだろう。もしかするとかのうは二つを結びつける糸でも持っているのか？　ああ、持っているとすればそれは絶対に暗黒色だ。

真っ黒な糸を操るかのうの姿が、一瞬脳裏《いっしゅんのうり》をよぎったが、これ以上厄介事を引き寄せてはならないと、俺は慌《あわ》ててその影《かげ》を振り払《はら》う。

「……もう、大丈夫だ。ゴミは流れた」

演技過剰《かじょう》かと思いながらも、目を擦《こす》りながら俺が言えば、胸に願いの植物をつけた有塚はほっとしたように頷《うなず》くと、目薬を袋《ふくろ》にしまった。

俺は、尾田と桑田にもう大丈夫だと目配せをしてから、もう一度有塚の顔を見た。

「それより、生徒会室の鏡に、何かおかしなものでも映っていたか？」

そして、痛みに襲われる前に気になったことを、忘れずに尋ねておく。こんな問いの積み重ねが、真実に辿《たど》り着く手がかりになることもあると知っているからだ。

「……別になにも。ただ生徒会室の鏡は無事みたいでよかったと思って。とにかく呪《のろ》いじゃないことはわかったし、後は秋庭くん達に任せるから、どうぞよろしくお願いします」

けれど有塚は至って普通《ふつう》の口調でそう答えるとそのまま席を立ち、深々と頭を下げた。小玉にも同じように頭を下げさせると、

「じゃあ、また明日の打ち合わせで」

素早《すばや》く踵《きびす》を返し、生徒会室を後にしたのだった。

丁度桑田が淹《い》れてくれたお茶を口に運んでいた俺は、少々呆気《あっけ》にとられながらも黙《だま》って二人

を見送って。

そのまま俺はお茶を飲み干すと、

「わかった……明日だな」

遠ざかる足音さえも既《すで》に聞こえなくなっていたが、有塚に向けてそう言ったのだった。

3

そして翌日の放課後。

新歓《しんかん》準備に加えて願いの植物、〝鏡事件〟の三つに立ち向かうこととなった俺達は、効率よく動くため、前日に相談して決めておいた役割分担の通り、早々に行動を開始した。

尾田と桑田は新歓のタイムスケジュールの調整で運動部を回りつつ、他《ほか》に×マークのついた鏡が無いか学園内の探索《たんさく》へと。

一方、俺と羽黒は一日ずれた打ち合わせの為《ため》演劇部の活動場所へと向かっていた。もちろん〝鏡事件〟について演劇部員が持つ情報と、有塚しえの人となりについてのそれを収集するという目的も兼《か》ねて。

昨日、温泉同好会を追って行った後、穴埋《あなう》め作業をうっかり手伝わされて帰ってきた羽黒だが、今日も足取りは軽快で三つ編みも元気に跳《は》ねているところを見るに、前日の疲《つか》れは残っていないようだ。

そうして、俺と羽黒は視聴覚室《しちょうかく》に辿り着いた。

演劇部と合唱部、それから吹奏楽部《すいそうがく》はその活動の性質上、練習に鏡を必要とするのだが、あいにく壁《かべ》一面の大鏡があるのは第一音楽室のみ。よって、ローテーションで鏡はあるが小さい第二音楽室と、鏡のない視聴覚室を使わなければならない。

しかし、その視聴覚室の扉《とびら》の小窓にはいま、内側から段ボールが貼《は》られていて、中からは声も聞こえてこなかった。

入っていいものかと、一瞬躊躇《いっしゅんためら》いを覚えたが、指定された時間と場所に間違《まちが》いはないので、俺は軽いノックの後、扉に手をかけると、羽黒と共に中に足を踏《ふ》み入れた。

「失礼し……」

「お静かに願います」

やや暗い室内に入った途端《とたん》、扉の傍《そば》に立っていた部員の西貝《にしがい》──持ち込んだものか、その手にある機材を見るに照明係だ──に沈黙《ちんもく》を求められて面食《めんく》らう。

だが、その視線の先を見れば、丁度劇の稽古《けいこ》が始まるところで、俺は納得《なっとく》して口を閉じた。

『鏡よ。鏡よ鏡。お前はいずこにあるのか。我が姿を映す鏡よ。我が真実の姿を映す鏡よ。我は求む……真実の鏡を！』

澄《す》んだ中にもどこか厳然とした響《ひび》きを宿した声が、朗々と歌いあげるように言い終えると同時に、スポットライトが点灯する。

声の主は黒い紗《しゃ》のヴェールをかぶり、その頭上に小さな銀のティアラを載《の》せていた。つまり王女、なのだろう。

本物の王女にお目にかかったことなどないが、きっとこうだろう、という存在感を放ちながら、彼女はそこに立っていた。

『鏡よ鏡。何でもいいから映して見せてよ。このつまらない世界以外のモノを……』

一転して、照明は叶野学園の制服を着て、ヴェールの代わりに帽子《ぼうし》を被《かぶ》った女生徒に移り、どこかけだるい声が王女の台詞《せりふ》に重なっていく。

そうして、『鏡よ鏡』という二人の声が重なった時――黒いドレスの王女と制服の少女は互《たが》いの帽子とヴェールをはぎ取って、大きな姿見《かがみ》を間に置いて並び立った。

「はい、出だしオッケー！　立ち位置は本番もこの間隔《かんかく》でお願いします」

その一声と共に、室内にはざわめきが戻《もど》ってきて、知らず劇の中に引き込まれていた俺と羽黒も我に返る。けれどそれぞれの作業に戻っていく演劇部員達から俺達は取り残されて、そんな俺達に最初に気付いてくれたのは黒衣の王女――もとい、有塚だった。

「ああ、秋庭くん、羽黒さん。こちらの時間が押していてごめんなさいね」

舞台《ぶたい》から降り、ヴェールを脱《ぬ》いだ有塚は、当たり前だが有塚だった。胸の植物も、昨日より僅《わず》かに成長してそこにある。でも、有塚が演技をしている間は不思議とその存在が気にならず、本当に王女でしかなかった。

「あ、あのっ、今日はよろしくお願いします」

演技中と普段《ふだん》の有塚のギャップに驚《おどろ》いたものか、羽黒はかしこまって頭を下げて、

「よろしく頼《たの》む……ああ、でもいまのはちょっと驚かされた。演技をしてると有塚は別人になったみたいだな」

有塚の演技にけっこうな衝撃《しょうげき》を受けた俺は、挨拶《あいさつ》代わりにそう言った。

「そう……かな？」

俺の褒《ほ》め言葉に有塚は照れたのか俯《うつむ》き、それから唇《くちびる》を震《ふる》わせ何か言おうとしたのだが、

「し〜え〜。し〜えさんや〜」

部屋の片隅《かたすみ》から呼ぶ声がすれば、有塚は顔を上げると同時に身を翻《ひるがえ》し、言葉は飲み込んでしまって。

「ますみちゃんが呼んでいるから、秋庭くん達も一緒《いっしょ》に来てくれる？」

そして俺達も有塚に促《うなが》されるまま、部屋中の机と椅子《いす》が固められている一隅《いちぐう》へと向かえば、そこにはノートパソコンを端《はし》に追いやり、机に突《つ》っ伏《ぷ》している演劇部部長、栗山《くりやま》ますみらしき姿があった。

「……もしかして、まだ脚本《きゃくほん》が出来上がってないのか？」

栗山の様子から、俺は昨日の打ち合わせが流れた理由を悟《さと》って、有塚に問いただしたが、

「うん、まあ。羽黒さん、こちらが演劇部部長の栗山ますみです」

有塚は浅く頷《うなず》いただけで、緩《ゆる》く波打つ黒髪《くろかみ》でその顔を隠《かく》したままの栗山を、栗山とは初対面になる羽黒に紹介《しょうかい》した。

「ええと、部長さん、ですか。羽黒花南です。よろしくお願いします」

「ん〜、よろしく。あれ？　いま演劇部にうっかり入ってくれなかった秋庭の声がしたな。そうか……遂《つい》に秋庭も私を笑いに来たか」

羽黒はそれでも礼儀《れいぎ》正しく挨拶をしたのだが、肝心《かんじん》の栗山はなぜか俺の声の方に反応し、そこでようやく顔を上げた。

「新歓《しんかん》まで一週間を切っても、脚《ほ》本《ん》の一つも仕上げられない私を笑わば笑え！」

次いで、若干被害妄想《じゃっかんひがいもうそう》の入った言葉と共に、長く艶《つや》やかな髪をばさりとかき上げれば、そこに現れたのは華《はな》やかな美貌《びぼう》。加えて女子にしては大柄《おおがら》でいかにも舞台映《ば》えしそうな栗山なのだが、唯一《ゆいいつ》心臓が舞台に対応していなかった為《ため》——つまり極度の上がり症《しょう》の為——表舞台に立つことは絶対にない。

そのくせ普段は芝居《しばい》がかった口調に、もれなく大きな身振《みぶ》りをつけて話すという妙《みょう》な人物なのだが、今日はその身振りが殆《ほとん》ど無かった。

「まだ、書き終わってなかったとはな」

「そう『彼女と王女と鏡』……〝真実の鏡〟を探し続ける異世界の王女と、叶野学園生の友情物語……は未だ完成していない。なぜならば、終盤《しゅうばん》の物語が動かないから。ええ、だから私はこうしてじめじめしているしかないの。ああ、もしやこれが小玉の言う〝鈍《のろ》いの呪《のろ》い〟？」

俺の言葉に栗山は、再び机に上半身ごと顔を伏《ふ》せながら、脚本が仕上がらない理由を饒舌《じょうぜつ》に語ってくれた。そんな栗山の頭を有塚は静かに撫《な》でるのみ。

「あの、呪いにはかかってませんよ。心配ありません」

一方羽黒は、栗山の言葉を真面目《まじめ》に受け止めてそう言った。

「ほら、よかったね。ますみちゃん。呪われてないって。だからますみちゃんは絶対にこの脚本を書き上げられる。大丈夫《だいじょうぶ》だからね」

そして有塚は、羽黒の台詞に便乗して、どうにか栗山の手を動かそうと、あくまで優しく声をかけた。

「……本当にそう思う？　私の脚本で、しえはちゃんと演じてくれる？」

そんな有塚の台詞に、栗山はふいに身体《からだ》を起こすと、やけに真剣《しんけん》な光を宿した双眸《そうぼう》を有塚に向けた。

「……うん。もちろん」

有塚は向けられた眼差しの強さに気圧《けお》されたのか、一瞬沈黙《いっしゅんちんもく》したものの、すぐに頷き返した。

「そう。なら、もうちょっと頑張《がんば》ってみる」

そうすれば、栗山はパソコンを手許《てもと》に引き寄せながらそう言って、

「うん。それに今日のおやつはますみちゃんの好きな芋《いも》ようかんだよ。あとでみんなと一緒に食べようね。だからますみちゃん、おやつの時間までもうひと頑張りだよ！」

有塚は今度はおやつで栗山を勇気づけ、今日のおやつを知った栗山は、目を輝《かがや》かせて軽快にキーボードを叩《たた》き始めたのだった。

「ごめんね。ますみちゃん、脚本に集中し始めたから、打ち合わせはあっちでわたしと……お茶請《ちゃう》けに芋ようかんもあるからね」

栗山を気遣《きづか》って有塚は小声で言うと、再び俺達に移動を促した。

「見事な操縦術だな」

「操縦なんて、してないよ」

脚本はまだ仕上がっていないが、それでももう一度栗山を執筆《しっぴつ》に向かわせた手腕《しゅわん》は中々だと、俺は褒めたのだが、有塚は困ったように肩《かた》を竦《すく》めただけだった。

そのまま有塚は、新歓に向けて、舞台の道具作りに励《はげ》む部員達の様子を一通り見渡《みわた》す。

部長の栗山を脚本の執筆に専念させるため、どうやら今は副部長の有塚が部員をまとめているようだ。

問題ないと判断すると、有塚は栗山が座っているのとは反対方向へと俺達を案内した。

「脚本が完成していないから、まだ確定情報ではないんだけど……タイムスケジュールは多分、先週提示されたものでいいと思うから」

「本当に大丈夫か？」

執筆を再開したとはいえ、さっきまでの栗山の様子に、正直俺は懸念《けねん》を抱《いだ》いたのだが、有塚は栗山の方を振《ふ》り返ると力強く頷いた。

「じゃあ、演劇部の持ち時間は三十分で良いですか？」

俺に続いて羽黒も心配そうに尋《たず》ねたが、それにも有塚は迷わず頷いた。

「一年の時から、一緒《いっしょ》に演劇をやってきた仲間だから、ますみちゃんのことはわかってるよ。だから大丈夫」

俺と羽黒を真っ直ぐに見て、有塚はもう一度言い切った。そこまで言われれば、俺も羽黒もそれ以上この件に関して問いを重ねようとは思わない。

「それで……〝鏡事件〟のことは何かわかったの？」

だから、有塚が一転、表情を曇《くも》らせ話題を変えても、俺達に文句はなかった。

「昨日の今日だからな。今日はこの後、他に×マークの付いた鏡がないかを調べに行くが……その前にちょっと聞きたいことがある」

有塚から水を向けてきたことは却《かえ》って好都合と受け止めて、俺は演劇部員の大きな声に負けない程度に声を潜《ひそ》めると、

「正直、今度の劇の脚本《きゃくほん》は何割出来ている？」

まずはそう尋ねた。

「……六、ううん、七割かな」

話が前に戻《もど》るのかと、有塚は一瞬訝《いっしゅんいぶか》しげな顔をしたが、それでも嘘《うそ》のない答えをくれた。

「じゃあ、その出来上がってる内容を演劇部以外の、例えば今回音響《おんきょう》を頼《たの》む放送部とか……関係者はどの程度知ってる？」

それを聞き、俺は更《さら》に問いを重ねていく。

「放送部には……使用予定の曲は伝えてあるけど、劇の内容までは伝えてないし、他の協力者にも内容までは……言ってないね」

「ということは、七割出来ている劇の内容を知っているのは演劇部の部員のみ、か？」

眼鏡《めがね》のフレームに軽く触《ふ》れながら俺が確かめるように尋ねれば、頭の回転の悪くない有塚は、俺の考えに気付いたらしく、顔色を変える。

「……演劇部の部員を、疑っているの？」

そして、眼差しを揺《ゆ》らして、声を一段落とした。

「犯行の目的が劇の中止か、妨害《ぼうがい》と考えた場合に限っては」

もしも部外者が劇の内容を知っていたなら、犯人もその動機ももっと広範囲《こうはんい》に及《およ》んだだろうが、それはたったいま有塚によって否定された。だから俺はひとつ頷くと、昨日の晩、落ち着いて考えてみた結果を有塚に伝えた。

「そんなこと、誰が考えるっていうの？」

話を聞いた有塚は声こそ荒《あら》らげなかったが、眉間《みけん》に力を込《こ》め、睨《にら》むように俺を見る。

「例えば、役に不満があるとか」

「部長を除いて、みんな交代で一度は舞台《ぶたい》に立つし、不満があったら言う……それに、みんなこんなに一生懸命《いっしょうけんめい》準備しているんだからね！」

俺が可能性としての動機を示せば、有塚は反論と共に、劇の準備に励む部員達の姿を見ろと指さした。

俺は示されるままに彼らの姿を目に映す。

演劇部は部員数が十人に満たない小規模な部活だ。全員が一つにならなければ劇は完成しないのだろう。だから今も、舞台装置の準備の手を休める者は一人もいない。

「みんな、一生懸命やってるよね。劇が中止になったらいいなんて思っている人間はいないんだから。わたしは、みんなが劇に集中できればいいと思って、生徒会に行ったのに……。みんなが疑われるならわたしは」

懸命に部員の無実を訴《うった》える有塚の声は途中《とちゅう》で掠《かす》れて、羽黒はそんな有塚を見ると、その背中にそっと手を回した。

「……秋庭さん」

そうしながら羽黒は咎《とが》めるような眼差しを俺に送ってきたが、そんな目で見られるまでもなく、俺ももうわかっていた。

「わかった、有塚。演劇部の部員は疑わない」

ここまで真剣《しんけん》に訴えられれば答えはその一つしか無いことは。

「本当、に？」

そうすれば有塚は、涙《なみだ》こそ流していなかったが声を震《ふる》わせながら、確かめるように俺を見据《みす》える。

「ああ」

その眼差《まなざ》しを真っ直ぐに受け止めて、俺が大きく頷《うなず》けば、有塚はようやく眉間と肩《かた》から力を抜《ぬ》いて、その場に半分崩《くず》れるようにしゃがみこんだ。

そこまで追いつめる気はなかったので、正直俺は戸惑《とまど》ってしまい、有塚にかける言葉も見つからない。

「有塚さんは演劇部が好きなんですね。あの、どうして演劇部を選んだんですか？　演劇ってどんなところが楽しいんですか？」

俺と有塚の間に微妙《びみょう》な沈黙《ちんもく》が落ちる中、それを破ったのは羽黒だった。

「わたし、まだ部活に入っていないんです。だから参考に聞かせてください」

無邪気《むじゃき》な笑顔と口調からは、羽黒が機転を利《き》かせてくれたのか、それとも単純に好奇心《こうきしん》から口を開いたのかはわからなかったが、

「そう、なの。じゃあ、演劇部に入ってくれる可能性もあるってことね」

有塚の心を落ち着かせ、またやわらげてくれたのは確かだった。後で羽黒に礼を言おうと決めて、俺は有塚が自分の内側にある言葉を声にするのを待つ。

「そうねぇ、わたしは演劇部の楽しい雰囲気《ふんいき》に惹《ひ》かれて裏方のつもりで入部して……結果的に舞台に立つ方にはまっちゃったって感じね」

「そうですか。でも、わたしはきっと台詞《せりふ》を覚えるので精一杯《せいいっぱい》で、演技なんて……」

三つ編みの先をくるくると指で弄《もてあそ》びながら、実際に台詞を覚えられない自分を思い浮《う》かべてしまったのか、羽黒は眉《まゆ》を八の字に寄せた。

「羽黒は暗記ものが得意だから、意外と向いているかもしれないぞ？」

でも、やる前から諦《あきら》めるのは良くないだろうと俺がそう言えば、羽黒は更に思案顔になる。

「うん……わたしも最初は暗記して喋《しゃべ》ってる感じだったけどね。でも、だんだん、自分とは別の人間になってる、みたいな感覚になっていって……演劇ってそういう別人になれるところが楽しいのよね。だって、今回なんてわたし、王女様なのよ？」

そんな羽黒を本気で勧誘《かんゆう》しようと思ったのか、有塚は饒舌《じょうぜつ》に語った。表情もさっきまでと打ってかわって楽しそうだ。

「確かに、普通《ふつう》に生きていても王女にはなれないな」

俺のようにゆくゆくは自力で世界の覇者《はしゃ》になる予定がある者は別として、大概《たいがい》はそうだろうと言えば、有塚はその通りと頷いた。

「うん、だからちょっと役作りが難しいのね。……真実の鏡を求める気持ちとか、よくわからない。だって、そんな物手に入れても大変なだけじゃない？」

そして、有塚はしゃがみこんだまま、膝《ひざ》の上で頬杖《ほおづえ》をついて、どこか遠くに視線を投げた。

と同時に、有塚の胸の植物は風もないのに小さく揺れて見せて――俺は、言葉とは裏腹に有塚は〝真実の鏡〟が欲しいのだろうかと、一瞬《いっしゅん》考える。

でも、何となく違《ちが》う気がして、俺が内心で首を傾《かし》げている間に、

「別人ですか……でも、舞台から降りてもずっと、役になりきって、演技を続けてしまったりはしませんか？」

羽黒は、俺からしてみれば杞憂《きゆう》に近い疑問を新たに有塚に向けていた。

その問いは、有塚の性格からして一笑《いっしょう》にふすようなことは無いにしても、苦笑くらいはされるものと俺はこっそり溜《た》め息をついた。

「……そうだね、演技と現実の境界がわからなくなって、ずっと別人のまま戻《もど》れなかったら困るね。どこかで、本当の自分に戻らないと、本当の顔を取り戻さないと、ね」

だが、有塚は、羽黒の目を見詰《みつ》めながら真摯《しんし》に答え――その胸の植物はほんの少しだが身《み》の丈《たけ》を伸《の》ばし、葉を増やす。

その変化に、俺は再び有塚の内面の動きを、胸の奥にある願いを探《さぐ》ろうと思ったのだが、

「しえさ～ん。〝真実の鏡〟の飾《かざ》り付け、これでどうですか？　まだ地味ですか？」

「しえ〜、喉《のど》痛いかも。黒飴《くろあめ》ある？」

立て続けに有塚が部員に呼ばれてしまい、俺は機会を逸《いっ》した。

「飴あるよ！　……鏡は、ちょっと待って」

有塚は隅《すみ》に置いてあったバッグを引き寄せると、中から昨日も見た巾着袋《きんちゃくぶくろ》を取り出す。かなり使い込まれた様子の巾着袋に俺は何気なく目をやって、そこに普通の汚《よご》れとは違う、黒い染《し》みを見つけた。

同じ汚れは有塚のバッグにも、よく見れば巾着袋を探っている爪《つめ》の先にもわずかについていて、俺は急激に嫌《いや》な予感に見舞《みま》われる。

出来れば当たって欲しくないと思いながらも、俺はその直感に背中を押されるまま、視聴《しちょう》覚室《かく》に置かれている大道具の類《たぐい》を見回した。

「あきちゃん、飴投げるからキャッチしてね。これでよくならなかったら、明日はカリンのシロップ持ってくるから、言ってね」

「……有塚、今回使う大道具はこれだけか？　他《ほか》に何か作っているなら、手を貸そうか」

そして俺は、有塚に静かに問いかけた。何か隠《かく》し事をしているのなら、それを見逃《みのが》さないつもりで。

「新しく作ってるのは、いまこの部屋にある分だけだし、鏡より大物はないから、人手は足りてるかな」

有塚は正直に答えてくれたが、それは俺にとってはあまり嬉《うれ》しくない答えだった。

ここで作製中の大道具には、黒を使ったものはない。ましてや黒のスプレー缶《かん》などどこにも置かれていなかった。

予感が確信へと変わり、じわじわと俺の背筋を上ってくる中、

「しえさ〜ん、鏡、見てくださ〜い」

もう一度、桐野《きりの》に呼ばれて有塚はそちらへと顔を向け——次の瞬間、思い切り身を翻《ひるがえ》した。

縁《ふち》を宝石のようなシールで飾られた姿見に、自分の姿が映っていると悟《さと》った瞬間に。

それは、昨日のように気のせいでは片付けられない、大きな動きで、俺にとっては決定打だった。

「……えっと、呼ばれたから、ちょっと行くね。あ、先に芋《いも》ようかん食べていていいからね」

でも有塚は、その動きを誤魔化《ごまか》すように俺達に風呂敷《ふろしき》包みを押しつけると、改めて桐野の元へ向かっていった——自分が鏡に映らないように気をつけながら。

「……羽黒、有塚の爪の汚れに気付いたか？」

その背中を見つめたまま、俺は心を鎮《しず》める努力をしながら、羽黒に問いかける。

「汚れ？　はい、ありましたね。マニキュアにしては艶《つや》がないなと思っていたんですけど」

俺の見間違いであればいいと思っていたが、羽黒の答えは肯定《こうてい》するものだった。

「羽黒。今日は帰りが遅《おそ》くなると、寮《りょう》に連絡《れんらく》しておけ」

俺は覚悟《かくご》を決めると、それが鈍《にぶ》らない内に伝えた。すると羽黒は、目線だけで問いかけてきて。

「この後、〝鏡事件〟の犯人を追跡《ついせき》して、可能ならば現場を押さえる」

そう告げれば、羽黒は驚《おどろ》きに目を瞠《みは》り、即頷《そくうなず》いてくれたが、俺はこれから伝えなければならない犯人像を聞いた時の羽黒の衝撃《しょうげき》を思って、また気が重くなったのだった。

4

新入生歓迎会《かんげいかい》まであと三日と迫《せま》り、準備も最終段階に入る中、俺は今日も演劇部の稽古場《けいこば》——本日は第二音楽室——にいた。

表向きは、毎日少しずつ完成に近付いている栗山の脚本《きゃくほん》のチェックと〝鏡事件〟の捜査《そうさ》の進行状況《じょうきょう》を伝える、という名目でここ数日、ずっと顔を出している。

だが、本当のところは〝鏡事件〟の犯人であり、願いの植物の宿主でもある有塚しえの観察の為《ため》、だ。

三日前、俺と羽黒は部活終了《しゅうりょう》後の有塚の跡を尾行《つけ》ることにした。

意図的にかどうかはわからないが、他の部員を先に帰して、最後に視聴覚室の戸締《とじ》まりを終えて一人になった有塚に気付かれないよう跡を追い——そうして、決定的瞬間を目にしたのだ。

有塚がおかしな素振《そぶ》りを見せたのは、手洗い場の前を横切ろうとしたその時だった。

手洗い場の鏡に自分が映り込んでいるのに気付くと、目を逸《そ》らし、そして一度は何もせずに通り過ぎようとした。

でも、結局行き過ぎずにその場に足を止めると、有塚は目を閉じたまま鏡に対峙《たいじ》して。

それから、有塚はゆっくりと口角を上げていき、ある程度 唇《くちびる》と頬《ほお》が上がったところで目を開いて——鏡を見ると同時に有塚は肩《かた》を落とした。

無理矢理持ち上げていた唇はそこで歪《ゆが》んで、今にも泣き出しそうな表情へと変わり。

その顔のまま有塚は、バッグの中から巾着袋を出すと、そこから更《さら》に何か小さなものを取り出した。そしてそれと鏡の中の自分を見比べた次の瞬間、有塚の双眸《そうぼう》には昏《くら》い光が走って。

次いで有塚はバッグから、スプレー缶を取り出し——やるせない、どうしようもない苦しみに歪んだ表情のまま、手洗い場の鏡に黒い塗料《とりょう》を吹《ふ》き付けたのだった。

見ている方の胸が締《し》め付けられるような、苦しみに満ちたその姿に、俺も羽黒も、声を上げることはおろか、その行為《こうい》を止めることも出来なくて。

鏡に大きな×を刻み終えた、その一瞬《いっしゅん》だけ、有塚の顔に安堵《あんど》が浮《う》かんで見えたけれど、それはまたすぐに後悔《こうかい》の表情へと変わった。

そのまま、走り去っていく有塚を黙《だま》って見送って、俺と羽黒は暫《しば》し無言だった。

予想していたとはいえ、それを現実に見たショックは大きかった。でも、俺の中ではそれ以

上に、疑問が膨《ふく》らんでいた。

〝鏡事件〟は有塚の仕業《しわざ》だった、と伝えれば、証拠《しょうこ》もあるし、何より有塚はあっさりとその犯行を認めるだろう。

でも、それで解決するのは〝事件〟だけだ。

なぜ、有塚は鏡に×マークを付けなければならないのか、その動機が見えない。

新歓《しんかん》の劇の妨害《ぼうがい》という動機は有塚には絶対当てはまらないと、それは言い切れる。

ならば、単純に鏡という物を嫌《きら》っているのだろうか？　けれどそれであんなにも苦しげな表情を浮かべるだろうか。それに、有塚の願いはなんなのだろうか。

と、動機がわからずに疑問ばかりが増大していって。

結局俺は、有塚の犯行の動機と、その願いがわかるまでは、〝鏡事件〟は解決していないことにする――つまり、動機がわかるまでは有塚を泳がせようと決めたのだった。

有塚が鏡に対して見せている、ある種の執着《しゅうちゃく》と、その胸の植物を咲《さ》かせる願いは、その根っこで繋《つな》がっている。自分の直感を信じて、そう決めた俺に、尾田も桑田も羽黒も反対しなかった。

そして昨日。一つの疑問に俺は答えを見出《みいだ》した。

それを見つけたのは〝喜怒哀楽《きどあいらく》メソッド〟の練習中。

メソッドというのは言葉を使わずに、体と表情だけで感情を表す練習、と俺は理解したのだが、傍《はた》から見ている分には面白《おもしろ》い練習だった。一言「喜」と言っても口を大きく開けたり、目を閉じたりと、十人十色の表情をするのだから。

だが、気がつけば、有塚はその輪から外れて、部員達を見つめていた。でもそれは、いつもの見守るような眼差《まなざ》しではなく、瞳《ひとみ》に宿っているのは、何かに焦《こ》がれているような強い光。けれど、その先には「哀」から「楽」へとメソッドを続ける人の姿しかない。

俺はなぜ有塚がメソッドから外れたのかわからずに首を傾《かし》げ――爆笑《ばくしょう》が起こったのは、その時だった。

脚本執筆《きゃくほんしっぴつ》の気分転換《てんかん》だとメソッドに加わっていた栗山が、目は半開き、口も同じく半開きにして、いわゆる「あい〜ん」のポーズをとったのだ。黙っていれば美人の栗山の暴挙とも言うべき姿に、最初に笑いを堪《こら》えられなくなったのは小玉だった。

そうして、一人笑い出せばそれは波のように広がって、やがて大きな渦《うず》となり。

俺もまた思わず吹き出してしまい、笑い声を抑《おさ》えるために腹筋が大活躍《かつやく》だったのだが、そんな中ふと、有塚の笑い声がしないことに気付いた。

気付いて、さりげなく視線を向けてみれば、思った通り有塚は笑っていなかった。でも、笑いたくないわけではない、というのもすぐにわかった。

有塚は部員達から顔を背《そむ》けると、両手を口許《くちもと》に添《そ》えて、懸命《けんめい》に笑みの形を作ろうとしていたのだから。その努力は実らず、結局有塚は笑えなかったけれど。

俺はそこでようやく、三日前も有塚は鏡の前で笑顔《えがお》の練習をしていたのだと悟《さと》った。そして、三日前も同じように失敗したのだと。

有塚はうまく笑えないのだ。その事実に自分自身も気付いているからこそ有塚は鏡を厭《いと》うのではないだろうか。

見たくないモノを……自分を映す鏡を。特に自分の笑顔——否《いな》、笑えない自分から目を背けているのではないだろうか、と、俺はそんな可能性に行《こ》き着《つ》いたのだった。

そこから俺は、有塚が鏡に×マークをつける理由は、有塚がなぜ笑えないのかということを突《つ》き詰《つ》めていけばわかるだろうと考えた。

つまり、そのアプローチの仕方を考えているというのが、現在の状況《じょうきょう》だ。

故《ゆえ》にまだ有塚の犯行は続いており、その一方で、有塚の胸で植物は着実に成長し、葉を繁《しげ》らせている。植物の開花は正直少しでも早い方が良い——なぜならば、一定の期間に花を咲かせられなかった植物は、宿主の生命力を奪《うば》いながら、蕾《つぼみ》を付け続け、やがては深い深い眠《ねむ》りへと人を堕《お》としてしまうから。

こちらも、有塚が笑わない理由と無関係なはずはないのだが、同じ理由で足踏《あしぶ》みをしているのが現状だ。

まるで、ここまで来ても結末だけが決まっていない『彼女と王女と鏡』の劇のように。

今は物語の中盤《ちゅうばん》、〝真実の鏡〟を求めて、異世界から叶野学園へとやってきた王女が女生徒と友情を深めつつ、叶野学園の愉快《ゆかい》な面々と交流を持っていくというシーンの稽古《けいこ》中だった。

そして、物語は進み、科学部の珍《ちん》発明に——これは事実そのままである——女生徒と王女が笑うという場面で、問題は発生した。

それまですらすらと台詞《せりふ》を口にして、本当に王女になったかのように演技をしていた有塚の動きが止まったのだ。

有塚が台詞に詰まれば、当然劇も止まる。

「……ごめん。もう一回いいかな」

有塚は深呼吸をすると、演技を再開した。

「ああ……私はいま、笑っていたのか。本当に笑って……」

だが、有塚の前には、見たくもないだろう鏡。加えて秘密の練習でもうまくいかない笑顔の演技。

思った通り、有塚は再び台詞に詰まり、笑っているべき顔には、ぎこちなさすぎる出来損ないの笑顔が張りついているだけだった。

その後も有塚は、何度もやり直したのだが、遂《つい》にその台詞を言えず、微笑《ほほえ》みすら浮《う》かべられず、とうとう栗山は、

「……みんなちょっと休憩《きゅうけい》にしよう。その間に私は脚本《きゃくほん》を見直すから」

そう宣告したのだった。

そうすれば、他の部員は素直に従い、また気を遣《つか》ったのか音楽室から出て行く。

けれど、有塚だけはその場から動かず、黙《だま》って栗山を見つめ続けていた。

「……しえ。しえも休憩に行っておいで」

俺の隣《となり》に座っていた栗山は立ち上がると、有塚の元へ歩いていき、肩《かた》に手を置きつつ優《やさ》しく促《うなが》した。

栗山の言葉に有塚は頷《うなず》き、足を動かしたものの、その動きはもどかしいほど緩慢《かんまん》で。

「あのさ、しえ……もしも無理なら王女の役、小玉と交代する？」

だが、躊躇《ためら》いがちに栗山がそう提案すれば、有塚は弾《はじ》かれたように顔を上げた。その顔は青ざめていて、

「栗山、それは早急じゃないか？」

自分がこの件に関しては部外者だと知りつつも、俺は思わず口を出してしまう。

「秋庭……私も部長だから、ちゃんと考えてものを言っているよ」

案の定、栗山は俺に暗に黙っていろと告げて、それからゆっくりと髪《かみ》をかき上げて有塚を見た。

「……それは、わたしが笑えないからだよね？」

「そうだ、よ。ねえ、しえ。今、演技してて楽しい？　私達と一緒《いっしょ》にいて……笑える？」

そして、有塚が確かめるように理由を問えば、栗山は頷き、逆に問い返す。

栗山の問いは当然と言えば当然だった。そう、たった数日で俺が気付いたことに友人である栗山が気付いていないはずがなかった。

栗山の真摯《しんし》な眼差しを有塚は一度は受け止めた。けれど、栗山の目の中に映りこんだ自分を嫌《いや》がるように、すぐに目を伏《ふ》せる。

「……楽しいよ。でも……わたしの演技と現実の境界が曖昧《あいまい》なままなら、これも楽しい演技の延長かもしれないけどね。でもね、ますみちゃん、わたしもう笑えないの。演技でも笑えないの……偽物《にせもの》のわたしまで、上手《うま》く笑えてないの。〝真実の鏡〟に映ってるわたしの顔はずっと歪《ゆが》んだままなの」

でも、有塚は自分の胸の内を正直に吐露《とろ》した。

栗山はその告白に心臓を摑《つか》まれたように、苦しげに顔を歪め、そんな栗山が有塚に返せたのは沈黙《ちんもく》だけだった。

「だから、王女は代役立てて、ね。小玉ちゃんならいいと思う」

重い、鉛《なまり》のようなその沈黙に先に耐《た》えきれなくなったのは有塚で、掠《かす》れた声でそう言うと、有塚は肩に置かれた栗山の手をそっと払《はら》った。

そのまま踵《きびす》を返すと、荷物を摑み、

「演じられなくて、ごめんね」

最後に小さく囁くように謝って、音楽室から走り去った。

だが、栗山は有塚を追うどころか頭を抱《かか》え、その場にしゃがみこんでしまう。

「栗山、追いかけないのか？」

俺は一瞬《いっしゅん》有塚を追いかけようと足を動かしたが、まだ自分の出番ではないような気がして、代わりに栗山に声をかけた。

「……まだ、脚本《ほん》が出来てないからダメ」

「こんな時まで脚本か？　それより今は」

「違《ちが》う。そっちは実は出来てる。出来てないのは、しえにごめんなさいする脚本」

すると栗山は俺の言葉を途中《とちゅう》で遮《さえぎ》って、ゆっくりと立ち上がりながら首を振《ふ》った。

「代役の件なら、謝る必要はないと思うが？」

それがさっき自ら言ったように、部長としての判断ならば謝罪はいらないと、俺が言えば、栗山はまた大きく首を振った。

「私だって、そこを謝ろうとは思わないけど、でも……しえが上手く笑えなくなったのは私のせいだから、それを謝らないといけない」

言いながら、栗山は軽く目を伏せて、そうすれば日本人離《ばな》れした彫《ほ》りの深い顔にはまつげの影《かげ》が落ち、その表情は愁《うれ》いに沈《しず》む。

「どういうことだ？」

「演劇部は毎年春休みに行われる、演劇祭に参加するんだけど……まあ、代替《だいが》わりしての新人大会みたいなもので、脚本は私。しえはずっと笑い続ける道化師《どうけし》の役だった」

胸につかえているものを吐《は》き出してしまいたいのだろう、栗山は俺が促せば、すぐに話の口火を切った。

「なんとか劇は上手く行ったけど、その日は私もてんぱっちゃってて、劇が終わっても何だか落ち着かなくて……私ってそういう時に限ってろくなこと言わないんだ。しえは自分も疲《つか》れてるのに、いつも通りみんなを気遣って笑ってくれてたのに」

栗山はそこで声のトーンを一段落とすと、

「しえ、もう劇は終わったんだよ。お芝居《しばい》が上手なのはわかってるから、いつもの笑顔《えがお》の演技は、いい加減にやめてよ」

腹話術の人形が逆に人間の口を借りて喋《しゃべ》っているような硬《かた》い声で、泣きそうな顔で栗山はその日の台詞《せりふ》を繰《く》り返した。

「それは、人によっては……いや、有塚はきっと、今までの全《すべ》ての笑顔も、いつもの自分も演技だと言われたと思ったんだろうな。確かに失言だ」

それは常に人を気遣い、笑顔を心がけていた有塚だからこその受け止め方で、また役になりきって舞台《ぶたい》に立つ有塚の不安を突《つ》いてしまったのだろう。

だから、笑えなくなってしまった。

俺の言葉に栗山は、泣きそうな顔になったけれど、でも、求めているのは慰《なぐさ》めの言葉ではないと固く唇《くちびる》を結び涙《なみだ》を堪《こら》えた。

俺はどうして今回、栗山が〝真実の鏡〟を劇のモチーフにしたのかそれでわかったような気がした。

この劇には栗山の謝罪と、願いが込められているのだろう――有塚に真実の姿を取り戻《もど》して欲しいという。

「それで、今回の劇の結末はどうなるんだ？　そして、お前は誰《だれ》に王女を演じさせたい？」

真っ直ぐに栗山を見つめて俺が問えば、栗山は一つ深呼吸して、歩き出すとカバンの中から大切そうに、紙の束を取り出した。

「王女はね、結局、鏡に映っていたひとりぼっちの自分が認められなかっただけなの。寂《さび》しかったの。でも、叶野学園で友達を見つけて、そんなひとりぼっちの呪《のろ》いから解放される。だから……ラストシーンは最初から決まってた。呪いが、解けたら」

栗山はそこで声を詰《つ》まらせ、代わりに俺は栗山の手から、完成稿《こう》の紙の束を受け取って、ラストシーンに目を通した。

その最後の一幕には間違いなく、栗山の想いが込《こ》められていて。

「……これを読めば、有塚にはお前の気持ちが伝わる。いい脚本《きゃくほん》だ」

俺は心の底からそう言って、栗山に完成稿を返した。

「これを読んだらしえは……もう一度、王女役をやってくれると思う？」

栗山は懸命《けんめい》に嗚咽《おえつ》を飲み込むと、俺を見上げながらそう尋《たず》ねて——俺は深く大きく頷《うなず》いた。

そして、原稿《げんこう》を胸に抱《だ》き、その場にくずおれる栗山を見ながら、俺はもう一度覚悟《かくご》を決める。

栗山の脚本を読めば、有塚はきっともう一度王女役に挑《いど》むだろう。

でもその前に、俺は俺で有塚の問題を片付けなければならない。

鏡の事件も、願いの植物《はな》も、それは俺が引き受けたことなのだから。

「お前はその脚本を製本しておけ……有塚は俺が連れ戻してやる」

しっかりと心を決めると、俺は栗山をそこに残して、走り出したのだった。


と、探しに出たはいいが、有塚が行きそうな場所に心当たりが無く、俺の足はすぐにスピードを失った。

鏡のあるところか、と一瞬そんな考えが頭を掠《かす》めたが、

「……有塚は、鏡が嫌《いや》なんだよな」

そう呟《つぶや》くと、その予想を頭の中から消した。

だが、その一方で、俺は自分の言葉になんとなく違和感《いわかん》を覚える。

有塚は〝真実の鏡〟に映った自分の顔は歪《ゆが》んでいるとさっき、言っていた。

現実にそんな鏡があるとは思えないが、でも有塚にとっての〝真実の鏡〟はどこかに存在し

ているとと考えていいはずだ。

ならばそれはどこにあるのかと、まずは周囲に視線を巡《めぐ》らせれば、窓の外には夕陽《ゆうひ》に染まる山並みが見えて、俺は思わず感嘆《かんたん》の溜《た》め息を吐いた。

その次の刹那《せつな》。沈みゆく夕陽よりも強烈《きょうれつ》な光が俺の視界を灼《や》いて。

しゃんしゃりらん

と、金属の擦《す》れる、けれど鈴《すず》のような音が、俺の耳許の空気を揺《ゆ》らし。

「ほほ、多加良が溜め息を吐くほど妾《わらわ》は美しいかのう？　ならば、やはり王女《ひめ》の役は妾で決まりだのう」

俺の溜め息を、意図的に取り違《ちが》えた自意識過剰《かじょう》な台詞にうんざりしながらも、俺は一度は閉じた目を仕方なく開けた。

そうすれば、思った通り、そこにはかのうの姿。

夕陽の色にも染まらない銀色の艶《つや》やかな髪《かみ》に、朝日のように煌《きら》めいている黄金《きん》色の双眸《そうぼう》。紅《あか》い唇は今日も三日月のような笑みの形で固定されている。華奢《きゃしゃ》な肢体《したい》を包むのは黒一色の着物で、装飾品《そうしょくひん》といえば手足に嵌《は》められた連環《わ》だけだというのに、今日もかのうはどうしようもなく鮮《あざ》やかな存在感を放っていた。

けれど、これは実体《ひと》ではなく、また外側は美しくとも、内面はそうではないということを俺は嫌になるほど知っている。

「……王女役の募集《ぼしゅう》はもう締《し》め切りだ」

戯《ざ》れ言の半分は聞かなかったことにして、俺はそれだけ告げると、くるりと身を翻《ひるがえ》した。

「おや、それは残念だのう。妾もたまにはどれすとやらを着てみたかったのだがのう」

しかしかのうは、俺の拒絶《きょぜつ》の意志を軽く無視して、再びひらりと、文字通り飛ぶように移動して、進路《みち》を塞《ふさ》いでくれる。

「着たければ勝手に着ればいい。でも、その姿を披露《ひろう》してもらう必要はない」

俺は殊更《ことさら》冷たい眼差しをかのうに向けて、きっぱりと言ってやった。

「つれないのう。せっかくおしゃれをしたら見せたいのが女心だというに、相変わらずわかっておらぬのう。うむ、なれど、どれすとやらには秘密を隠《かく》す場所が無さそう故《ゆえ》、やめておこうかの」

だがかのうは、俺の視線などまるで意に介《かい》さず、こちらをからかうような笑みも絶やさなかった。

一方俺は、かのうの「秘密」という台詞《せりふ》に、反射的に警戒《けいかい》してしまう。なぜなら、かのうの中は悪だくみ、という名の秘密で常にいっぱいだからだ。

「それに、妾は鏡には映らぬからのう……王女役は無理かの」

そんな俺の胸中を知ってか知らずか、かのうはひとりごとのように呟きながら、窓にちらりと視線を向けた。

俺もつられて見てみれば、鏡のようにはいかないが、光の加減で窓にはうっすらと俺の姿が映っていた。

が、かのうの姿はそこに無い。俺は実体が無いというのはこういうことかと、いまさらながら実感して、少し複雑な気持ちになる。

「なれど……〝真実の鏡〟とやらならば、妾の姿も映るかもしれぬ。して、多加良、鏡はどこにあるのかのう？」

けれどその唐突《とうとつ》な問いの中身に、そんな気持ちはあっという間に吹《ふ》き飛ばされてしまった。

確かに俺はさっき、有塚にとっての〝真実の鏡〟はあるかもしれないと仮定して考えた。

だが、その単語が長い時を重ねてきたかのうの口から出てくれば、

「……まさか、ただの伝説じゃないのか？」

伝説ではなく事実としてそれを語っている可能性もあり得ると思い至って、俺は問いかけた。

次いで真《ま》っ直《す》ぐに見つめれば、黄金《きん》色の双眸はしばし俺を見つめ返して。

「さて、どうかのう？」

しかし、結局かのうが寄越《よこ》したのは、惑《まど》わすだけの台詞と、曖昧《あいまい》な微笑《ほほえ》みだけだった。

「伝説でないなら、この〝真実の鏡〟の件はお前の悪だくみっていう可能性もあるな」

それでも俺が視線を外さずに、疑いを向ければ、かのうは心外だとばかりに肩《かた》を竦《すく》めて、

「それはないのう。それにもし妾が〝真実の鏡〟を持っておったら、誰にも見せず肌身《はだみ》離《はな》さず

懐《ふところ》に入れておくしのう」

　更《さら》に言葉を重ねると、かのうは実際に着物の襟元《えりもと》――というか胸の合わせの辺りに――手を置いて、小首を傾《かし》げてみせた。俺はその仕種《しぐさ》から何となく目を逸《そ》らし、けれど妙《みよう》にひっかかりを覚えて、思案を巡らせる。

「……懐に？　〝真実の鏡〟っていうのは小さい物なのか？」

　すぐに俺はそのひっかかりが、自分の思い描《えが》いていた鏡と、かのうが仕種で伝えてきた物の大きさの違いだと気付いて問うた。

「はてさて？　なれど、どのような形をしていようと鏡は鏡で、人の顔はそこに映るのう……それ故《ゆえ》に、もしもということもあるかもしれぬからの。欠片《かけら》の一つでも見つけたら教えておくれ」

　けれどかのうははっきりとしない言葉を歌うように紡《つむ》ぐと、後はいつものように悪戯《いたずら》な笑みを紅い唇《くちびる》に浮《う》かべて見せるだけで。

　そして、その笑みを隠すように着物の袖《そで》を中空ではためかせ――しゃりらんという連環の響《ひび》きだけを残して、かのうは姿を消したのだった。

　いつもに比べてあっさりとした引き際《ぎわ》に、俺は却《かえ》って不安を覚えたのだが、それ以上にかのうが残した台詞の方が頭にひっかかっていた。

　どのような形をしていようと鏡は鏡――という言葉が。

確かにその通りで、さっきも俺とかのうの思い描いていた〝真実の鏡〟は大きさが違《ちが》っていた。でも、俺達は結局どちらも同じ鏡の話をしていたわけだ。

つまり俺は、今まで演劇部が作った大道具の鏡から〝真実の鏡〟を姿見サイズだと考えていた。だから、有塚の〝真実の鏡〟はどこかにあるのだろうと。

でも、もしも有塚が小さなそれを持ち歩いていたら、どうだろうか。

確か、鏡に×マークを付ける前、有塚はその手の中の何かと、目の前の鏡に映る自分を見比べていなかったか？

もしその手にあった物が有塚の〝真実の鏡〟なら、それ以外の鏡は偽物《にせもの》の鏡と捉《とら》えて、それから、どうするだろうか。

きっと、偽物の鏡には映りたくない。でも、何もしなければ偽物が存在し続けるというのなら、俺は、

「……偽物の方を消す」

ようやく辿《たど》り着いた答えは、口に出してみると確信となり、そう考えれば、どうしても埋《う》まらなかった〝動機〟のパズルのピースも次々と埋まっていく。

有塚が鏡に×マークを付けて〝偽物の鏡に映った自分〟を消しているのならば、それで何かを取り戻《もど》せると考えているなら次に向かうのは、

「多分、あそこだ」

そして俺は、有塚がいま居るだろう場所に向かって、走り出したのだった。

5

俺の頭の中にある、新歓《しんかん》の準備スケジュール通りに吹奏楽部《すいそうがく》が動いていれば、いま第一音楽室は空になっているはずだった。

つまり、有塚にとってはまたとない好機が訪《おとず》れているというわけだ――一番大きな偽物を消す、という目的を達成するための。

そうして第一音楽室に辿り着いてみれば、予想通り、学校で一番大きな鏡の前に有塚は立ち尽《つ》くしていた。

右手にスプレー缶《かん》を。左手には巾着袋《きんちゃくぶくろ》を持って――その中に入っているのが飴《あめ》や目薬だけではないと、もうわかっている。あの中には〝有塚の真実の鏡〟が入っているはずだ。

大鏡に映っている自分と対峙《たいじ》している有塚は、俺の存在に気付かないまま右手をあげると、スプレー缶を構えた。でも、これまでのように、そこから塗料《とりょう》を噴霧《ふんむ》しないまま、有塚は腕《うで》を下ろす。

同じような動作を何度も繰《く》り返すのを見れば、俺は有塚もまた真実に近づきつつあるのだと悟《さと》る。ならば、先に辿り着いた俺の役目は、答えを告げることではなく、そこに導くことだ。

「有塚、もうやめろ。その鏡に映っているお前を消したって、何にもならない」

そう声をかけながら近付いていけば、有塚はようやく俺の姿に気付き、振《ふ》り向いた。

「秋庭くん……やっぱり気付いていたんだね」

現場を押さえられる形となった有塚は、予想通り、逃《に》げも隠《かく》れもしなかった。でも、開き直っているわけではなく、その瞳《ひとみ》は苦しげに揺《ゆ》らいでいた。

そして振り向いた有塚の胸には、鏡越《ご》しでは見えなかった、否《いな》、映らなかったのだろう願いの植物があって、それはこの数十分の間に花茎《かけい》を伸《の》ばし、小さな蕾《つぼみ》までつけていた。

こちらもあと一息で咲《さ》く。だからこそ俺は手を引くのではなく、強く背中を押す方を選ぶ。

「ああ……演劇部の連中が知ったら悲しむだろうと思うと、言い出せなかったけどな」

あえて有塚の大切な仲間を引き合いに出せば、有塚はきつく唇を嚙《か》みしめた。

「……新歓の劇が無事に終わったら、わたしの口から言うから」

「無事に？　王女役のお前は降板、劇の結末は決まっていない。それで無事になんてことがあると思うのか？　そこで〝鏡事件〟の犯人を聞かされて、いったい演劇部はどうなるんだろうな」

懸命《けんめい》に声を絞《しぼ》り出して言った有塚に、でも俺は事実を突《つ》きつけることを止《や》めなかった。劇の結末については、意図的に情報を隠したけれど。

「だって、仕方がないじゃない。王女は笑わなきゃいけないのに、わたしはずっとみんなを笑《え》顔《がお》の演技で騙《だま》してたのかなって思ったら……もう演技の笑顔で誰も騙したくないって思ったら、上手く笑えなくなってたんだから、ね」

俺の言葉を聞くと有塚は、声に悔《くや》しさを滲《にじ》ませてそう言い、再び体ごと鏡に顔を向けた。それから左手を使って無理矢理口角を引き上げ、笑顔を作ろうとした。

でも、そんな方法で笑顔が作れるはずもなく、未《いま》だに〝真実の鏡〟を見誤っている有塚は、もう一度、鏡の前でスプレー缶を構えた。

「待て、有塚。本当にその鏡は……その鏡に映っているお前は偽物か？」

「そうだよ。わたしは〝真実の鏡〟の欠片《かけら》を持っているんだから。それなら、他は全部偽物だよね」

鏡越しにひたと見つめて問えば、有塚は顔だけで振り返り、巾着袋を俺の目の前で揺らして見せて、それから大切そうに胸に押しつける。

「その中にあるのが本物か？　……なら、どうしてお前は一番最初にこの部屋の鏡に×マークを付けなかったんだ？」

「そんなの、わからないよ」

その事実こそが、何よりも真実を語っていると、俺は告げたのに、有塚は大きく首を振った。蕾をつけた願いの植物もまた、それに合わせて、頼《たよ》りなく揺れて。

「俺は、この鏡の方が、有塚の真実の鏡の一枚だからだと思う」

俺はまずはっきりとそれを有塚に伝える。

「この大鏡が真実の鏡？　そんなわけないじゃない！」

当然、その鏡を、その鏡に映った自分の笑顔を偽物《にせもの》と思い、苦く、重い気持ちをぶつけてきた有塚は俺の言葉を聞き入れない。

「だってわたしは、この鏡の前で、ますみちゃんに、何も言えなかった。演技なんてしてないよって、言えなかった！　だって、確かにわたし、疲《つか》れたなって思ってもみんなに笑って見せてたものね。この鏡はそんな演技をずっと見てたんだから、偽物に決まってる！」

息が続かなくなるまで一息に言って、有塚は両手で顔を覆《おお》った。

やはり、栗山の言葉は有塚の心に棘《とげ》のように刺《さ》さっていたのだと俺は知る。でも、それ以上に有塚を縛《しば》っているのは〝真実の鏡〟だ。

真実、という言葉には魔的《まてき》な響《ひび》きがある。この言葉を聞くと、人はそれが一つでなければいけないような気がする。そして、それ以外の偽物の影《かげ》に不安や恐《おそ》れを抱《いだ》く。

「でも、その鏡に映ってた有塚は笑っていたんじゃないか？」

「そうよ……最初は偽物の鏡の中のわたしは上手に笑ってた。だから鏡に×マークをして、偽者の自分を消していけば、逆に〝真実の鏡〟の中の自分は本当の笑顔を取り戻《もど》せるかもしれないって思った。でももう偽物の鏡の中のわたしもうまく笑えないけどね」

俺が改めて尋《たず》ねれば、有塚は疲れた声でそう答えて。

有塚は真実という言葉が逆に、自分の目を、それから鏡を曇《くも》らせて、遂《つい》には笑顔を失わせてしまったことに気付いていなかった――それは結局は〝本物の自分〟に戦いを挑《いど》んでいたのと同じことなのに。

「確かに、お前は栗山の言葉に何も言い返せなかったかもしれない。でも、栗山が言いたかったのは、うまく笑える日もあれば、笑えない日もある。誰かに優《やさ》しく出来る日もあれば出来ない日もある。それが普通《ふつう》だから無理するなってことだったんだ」

肩《かた》を震《ふる》わせて、涙《なみだ》を堪《こら》える有塚に、俺は栗山が本当に伝えたかったことを代わりに告げる。

だからもう、戦う必要はないのだと。

そうすれば、有塚は両手を顔から外して俺を見た。だがその眼差しは内面の迷いそのままに、未だ揺れ続けていて、

「でも……この鏡の中に本当のわたしはいないんだからっ！」

有塚はそう叫《さけ》ぶと腕《うで》を振《ふ》り上げて、両手でドンドンと鏡を叩《たた》いた。まるで自分自身をぶつように。

「いい加減にしろ、有塚っ！　じゃあ有塚、本当のお前は、どんな顔をしているんだっ！　お前はいったい、どんな顔をみんなに見せたいんだっ！」

俺は有塚の腕を掴《つか》んで止めながら、今度は鏡ではなく俺を見つめさせて問う。聞かなくても答えは知っていたけれど、自分で声にしなければ有塚はわからないのだと思って。

「……それは、本当の、顔で」

「だから、どんな表情だ？　怒《おこ》っている顔か、泣いている顔か？　それとも……笑顔か？」

「笑顔だよ……わたしは偽物じゃないわたしの笑顔をみんなに見せたいよ」

そこで有塚はようやく言葉を通して、自分の胸の中にあった願いに触《ふ》れる。

「だったら、笑えばいいじゃないか」

容易《たやす》いことだと俺が言えば、有塚は俺の腕をそっと振り払《はら》い、再び一人鏡の前に立つ。

「でも、わたしは上手《うま》く笑えない……」

「有塚、お前が上手く笑えないのはそうやって一人で鏡の前に立っているからだ。いいか、人間は一人だったら笑わない。その必要がないから笑おうなんて思わないんだ。一緒《いっしょ》に笑う人がいて、初めて笑おうと思う。だからそこに、演技も何もないはずだ」

「……みんなと、一緒。ああ、そうだ。わたしはいつもみんなと一緒だから笑って……。だから、いつも笑っていたかった」

鏡の中の有塚を見つめながら俺が静かに語りかければ、有塚はそこに自分以外の誰かを見たように、そっと大鏡に触れて。

「だったらもう、わかるだろう？　どれがお前の〝真実の鏡〟なのか。少なくともお前の笑顔を知らない鏡は違《ちが》うって、わかるだろ」

俺は、他《ほか》のどの鏡よりも有塚の笑顔《えがお》を——仲間と共に笑う姿を映してきた大鏡をもう一度だけ指し示す。

「わたしはこの鏡にいつも、みんなと一緒に映ってた。じゃあ、これがわたしの〝真実の鏡〟で……わたしはいつも本当に笑っていたんだ、ね」

そして有塚はようやく、〝真実の鏡〟をそれと認めたのだった。

そう、人間は一人では笑えない。共に笑う人がいて、そこではじめて笑うことができる。

だから、そうして人と共にある時、有塚の笑顔は心配しなくても、いつも本当の笑顔、だったのだ。

俺が一つ頷《うなず》けば、有塚は大鏡に映る自分に身体《からだ》を寄せ安堵《あんど》の息を吐《つ》き、瞳《ひとみ》からは真実という名の曇りを洗い流そうと涙がこぼれる。

「うん……でも、この鏡が本物なら、他の鏡はどうなるのかな？」

「鏡がたくさんあればその数だけお前が映るだろう。そして人間はもっとたくさんいて、お前の姿をその目に映す。同じ人間はいない。だったらその目に映るお前も千差万別《ばんべつ》だ。なら、どの自分も偽物だって思うより、全部本物だって思う方がいい。自分の姿が一つだなんて決めつけずにな」

「そう、だね。でも、だからわたしはみんなに、笑顔を見せたいよ。けど、やっぱり笑い方を忘れてたら、どうすればいいかな？」

そうして、有塚が口にした願いに、胸の蕾《つぼみ》はゆっくりと綻《ほころ》び始めて。けれど有塚はふと不安をよぎらせた。

「もしも忘れていたってお前は大丈夫《だいじょうぶ》だ……。さっき、俺は一つだけ嘘《うそ》を吐いた。あのな、栗山は本当はもう、劇の結末を決めて、完成させている。よく聞けよ。最後のト書きはこうだ。『王女、えくぼの可愛《かわい》い笑顔』」

俺が最後に残しておいた、とっておきの真実を告げれば、ふいを衝《つ》かれたように有塚は瞬《まばた》きを繰《く》り返した。

その手からはスプレー缶《かん》も、巾着袋《きんちゃくぶくろ》も落ちてしまって。袋からは更《さら》に、なにか金属の欠片《かけら》が落ちて、床《ゆか》の上を滑《すべ》っていって。

やがて、我に返った有塚は、もはやそれには見向きもせず、自由になった両手で、自分の頬《ほお》を挟《はさ》み込んだ。

「……ますみちゃんが前に言ってくれたんだ。わたしの一番可愛いところは、笑った時に出来るえくぼだって、ね」

有塚の声は濡《ぬ》れていたけれど、その両頬にはえくぼが出来ていて。

有塚の胸の花は、満たされたように開ききった。それは、バコパに似た、可憐《かれん》な花で。

咲《さ》ききると同時にその花が透明に結晶化《けっしょうか》していく間、有塚はずっと笑っていた。ようやく取り戻《もど》した笑顔で。

俺がその花を有塚にはそうと悟《さと》られないように摘《つ》み取れば、結晶は解けて風に流れていったのだった。

「じゃあ、稽古《けいこ》に戻ってもらおうか」

有塚が落ち着いたのを見て取って俺が促《うなが》せば、有塚は大きく頷いて、鏡に背を向けた。

「……え？」

だが、何を思ったか、もう一度振り返ると鏡を見つめて首を傾《かし》げる。

「どうした？　まだ何か？」

「何か音が聞こえたと思って振り向いたらその……鏡の中を着物姿の小さい女の子が横切っていったような」

そう言う有塚の顔は少々青ざめていて、

「……気のせいじゃないか？」

俺は有塚を落ち着かせる為《ため》にも、新たな伝説を作らない為にも、冷静な選択《せんたく》を告げた。

「……うん、そういうことにしておくね」

有塚に否やがあろうはずもなく、こうして〝鏡事件〟は幕を閉じたのだった。

そして、演劇部の新歓劇『彼女と王女と鏡』は無事幕を開け、最後の場面では、涙《なみだ》に咽《むせ》ぶ声が体育館を満たし、新入生歓迎《かんげい》フェスティバルは大成功の内に終わった。

いや、終わるはずだった。カーテンコールを終えて、演劇部が去ったステージに、今日もちょんまげを被《かぶ》った鈴木が上らなければ。

「はいは～い、演劇部のみなさんありがとうございました。か、感動した！　ということで～、いよいよ本日のメインイベント、ラッキービンゴの始まりだよっ！　一年生のみんな、ビラはちゃんと持ってきた？」

鈴木の唐突《とうとつ》な行動はいつも通りだったが、その呼びかけに新入生全員がポケットから例のビラを取り出したのを見れば、さすがの俺も呆気《あっけ》にとられた。

俺の両サイドに並んでいた桑田達も、こんなことは知らなかったらしく、旗のように振《ふ》られるビラに呆然《ぼうぜん》とするばかりだ。

「抽選《ちゅうせん》番号は、ビラの裏の、一番下の隅《すみ》っこに書いてありま～す！　いや～、副会長の目をかいくぐる作戦大成功！　そして、副会長の目をかいくぐって用意した賞品はどれも豪華《ごうか》だよっ！　鈴木君の肩《かた》たたき券。羽黒っちのお祓《はら》い券に、美名人っちのティーサービス券。尾田っち特選ホラーDVD。そして……副会長のテスト直前家庭教師券!!」

その間に、鈴木はやはり俺達の与《あずか》り知らない〝豪華賞品〟を並べ立てていて。

「……鈴木さん鈴木さん。俺達はいま読み上げたものの何一つとして了承《りょうしょう》した覚えがないんですが？　っていうかいま、何回副会長って言いました？」

「三回だ！」

ステージ下からマイクを通して、俺が低く低く問いかければ、鈴木は元気よく正解を口にした。ただし、立っている指は二本と、妙《みよう》なボケを披露《ひろう》してくれる。

いや、むしろこのビンゴの景品も鈴木のボケだろう。ああ、たとえそうだとしても、俺に鈴木を許す気はないんだけどな？

「鈴木、ここまでしたからには覚悟《かくご》はいいな？」

拳《こぶし》を握《にぎ》りしめ、ゆっくりと俺がステージへと上がっていけば、鈴木は既《すで》に身を翻《ひるがえ》し逃走《とうそう》の準備を始めていた。

「……よし、ぼくは逃《に》げる。あとはモモタロー君、任せたよ！」

「ラジャ、会長！」

どこからか、鈴木に応《こた》える鈴木百人の声が聞こえたが、そっちは後回しだ。

走り出した鈴木を俺が追って駆《か》け出せば、なぜか一年生の列から拍手《はくしゆ》が巻き起こったが、とにかく俺は走り続けたのだった。

＊＊＊

ばしゃ〜んばしゃ〜ん

と、ほんの少しばかり、金属が震《ふる》える音が響《ひび》くのは、常ならば静寂《せいじやく》に満ちているはずの虚空《こくう》。

けれど、その音を奏《かな》でるのが、この空間の主たる女であれば、どこからも、文句が出ようはずもない。

何かの欠片《かけら》のような、金属の一片《ぺん》を爪《つめ》の先で女は弾《はじ》くが、何度そうしても音の波は途中《とちゅう》で途切れ、広がっていくことはなかった。

故《ゆえ》に、女はすぐにその遊びに飽《あ》いてしまって。

「鏡よ鏡？　果たしてこれは鏡かのう？」

戯《ざ》れ言に節をつけて口ずさみながら、女は大して面白《おもしろ》くなさそうに、欠片を頭上にかざし下から覗《のぞ》き込む。

そうしたところで、欠片の磨《みが》かれた面には何一つ映りはしない。けれど、女はそれをそっと着物の袂《たもと》に仕舞《しま》い込むと、紅い唇《くちびる》に微《かす》かに笑《え》みを浮《う》かべる。

「鏡よ鏡？　鏡か鏡？　最後に何となる？」

そして、繰《く》り返し唄《うた》いながら、くるくると舞《ま》い踊《おど》り――やがて女は虚空の、その闇《やみ》の中に融《と》けていったのだった。

コイイロメガネ

林檎《りんご》の色は恋《こい》の色。

ゆっくりゆっくり、赤く赤く色づいて。

やがて真っ赤な恋の色。

だから、林檎の眼鏡《めがね》は恋色眼鏡。

あなたの恋をそっと覗《のぞ》いて見てあげる。

だけどわたしの林檎はまだ青い。

だからわたしは、その恋の味《み》を知らないの。

1

通学路のそこかしこで若葉の緑が陽《ひ》に煌《きら》めき、反射した光が目に飛びこんできたある朝――

新緑の季節が叶野市にも訪《おとず》れたことを俺はふいに実感した。

世間は大型連休中でも暦《こよみ》通りに登校しなければならない叶野学園生も、通学途中《とちゅう》にこの緑を目にすれば足取りも軽くなるだろう。

故に俺の歩調もまた昨日より軽くてしかるべきだと思う、のだが。

正直俺の足取りはいつもより少し遅《おそ》く、また少し重いのが事実だった。

その原因が緑と一線を画すように視界をちらつく赤色だというのはわかっている。

「おはよう、多加良……その眼鏡、どうしたの？」

よって、通学路で出会うなり、尾田に正気を疑うような声と眼差《まなざ》しを向けられても俺は、眼鏡の赤いいいいフレームを撫《な》でつつ、

「昨日、ちょっとな」

冷静に、まずは短く声を返した。

「おはようございます、秋庭さん。……あの、眼鏡も気になりますが、そちらの赤頭巾《あかずきん》の方を紹介《しょうかい》していただけますか？」

尾田に続いて現れた羽黒もまた俺の眼鏡に不審《ふしん》な目を向けたが、こちらはそれ以上に俺の背後に隠《かく》れている約一名が気にかかったらしく、そう尋《たず》ねてきた。

確かに、赤の分量からいっても、いま俺の背中に隠れている存在の方が、気になるはずだ。

なぜならその少女――人間でいうと小学校高学年といったところだ――は赤い頭巾《スカーフ》を頭にかぶり、白いブラウスに赤い膝丈《ひざたけ》のジャンパースカートを着て、手にはバスケットという童話の赤頭巾さながらの姿をしているのだから。

さっきからちらちらと俺の方に投げかけられる叶野学園生の視線の半分以上は、多分、この赤頭巾もどきに向けられている。

「ああ、こいつは……」

「は、ははじめまして。私《わたくし》はフジと申します。まだ新米の林檎の神ですが、どうぞよろしくお見知りおきを！」

そして、俺が紹介する前に、自称《じしょう》〝林檎の神〟は、その身にまとう服よりも頬《ほお》を赤く染めながら、自ら名乗りを上げたのだった。

『林檎の神？』

だが、尾田と羽黒はその耳慣れない単語を声を揃《そろ》えて繰《く》り返すと、首を傾《かし》げた。

「……あっ、わたしは羽黒花南です。よろしくお願いします。確かに何かお力をお持ちなのは感じますが、林檎の神様とは初めて聞きました」

でも、いわゆる霊感《れいかん》の持ち主である羽黒は、その辺りのことは察知していた様子で、フジが自ら神と告げたことの方にはさして驚《おどろ》きをみせず、少々慌《あわ》てて自分も名乗るとそう続けた。

「よ、よろしくですわ。そ、そうですか。でも、私達林檎の神が花の季節に真面目《まじめ》に働いてこそ、秋に林檎は実るのですわ」

そうすれば、まだ恥《は》ずかしそうにしながらも、フジは羽黒の顔を見上げ、誇《ほこ》らしげに自分の仕事を語ってみせた。

「それで……その赤眼鏡と何か関係あるの？」

一方、尾田はそんな二人の遣《や》り取りを横目に見ながら、既《すで》に何かを察したように俺に尋ねてくる。

尾田もまた、フジの素性《すじょう》にはさして驚きを見せていないが、こちらはここ一年、不思議な存在を目にすることが多く、慣れてしまったが為《ため》の反応、というか順応だろう。

「そうだな、関係あると言えばあるが……説明は歩きながらでいいか？」

腕時計《うでどけい》で時間を確認《かくにん》しながら俺が言えば、尾田は一つ頷《うなず》いた。次いでフジと羽黒も手で招いて促《うなが》すと、

「どちらも話は昨日の夜に遡《さかのぼ》る……」

再び歩を進めながら、俺はゆっくりと口を開いたのだった。


昨夜。時刻は八時を半分回った頃《ころ》だった。

俺は暗い路地裏を足早に進み、家路を急いでいた。

普段《ふだん》とは異なる帰路《みち》を俺がその時間に通ることになった理由は、突《つ》き詰《つ》めれば鈴木にあった。

それは、先日の新入生歓迎会《かんげいかい》で鈴木が勝手に用意したビンゴの賞品――〝テスト直前秋庭多加良の家庭教師券〟なる物を引き当てた、一年の上橋弘子《うえはしひろこ》の家からの帰り道だったのだから。

あの新入生歓迎会の日、俺は結局鈴木を捕《と》らえられず、そしてビンゴの賞品を撤回《てっかい》させることも出来なかったのだ。

だが、なにより、せっかく当てた一年生を落胆《らくたん》させては可哀想《かわいそう》だとの配慮《はいりょ》から、俺達はそれ

ぞれ賞品となることを受け入れた。もちろん、この借りはもうすぐ行われる生徒会会長選挙で必ず鈴木に返すと誓《ちか》った上で。

ただ、中間試験直前となると、俺は生徒会会長選挙で色々慌《あわ》ただしくなる為、上橋との交渉《こうしょう》の結果、連休明けの実力テストに照準を合わせた家庭教師をすることとなった。

そして俺は昨日、学校帰りにそのまま上橋の家に立ち寄り、家庭教師を実行したのだが、正直成果が出るかはわからない。

俺の教授方法と張ったヤマにはもちろん問題は無い。

しかし、指導を受ける上橋にいかんせん集中力が欠けていた。俺の悪人顔のせいだろう、どれだけ穏《おだ》やかな声を出しても、俺の顔をちらっと見ては顔を背《そむ》けて怯《おび》え、ペンを持つ手は震《ふる》えていて。そんな我が子を心配して三十分置きに父母姉弟《きょうだい》が様子を見に来る——おかげで俺の腹はお茶と菓子《かし》で膨《ふく》れたが、上橋の頭が知識で満たされたかという点には不安が残る結果に終わったのだった。

それでも役目は果たしたと、夕食の勧《すす》めは固く断って、俺は家路を急いでいたわけだが、途《と》中《ちゅう》の路地裏のあまりの暗さに閉口して、思わず足を止め、空を見上げた。

けれど、仰《あお》いだ夜空には月影《つきかげ》はおろか星の瞬《また》きさえ無く、今宵《こよい》は自然光は望めないと悟《さと》り、十数メートル先に見える街灯を目指し、俺が更《さら》に急ごうとしたその時。

ドンっ——と、決して軽くない衝撃《しょうげき》を体に受けたかと思えば、額にも衝撃を食《く》らって、

「うわっ」

「っっと！」

俺は後方にたたらを踏《ふ》んだ。咄嗟《とっさ》にバランスをとって、尻餅《しりもち》をつくような事態は避《さ》けたが、額がぶつかった拍子《ひょうし》にかけていた眼鏡《めがね》は地面に落ちてしまう。

「大丈夫《だいじょうぶ》、ですか？」

周囲が暗いため、何とか人の輪郭《りんかく》が見える程度だったが、それでもぶつかった相手の方が尻餅をついているとわかると、俺はその場にしゃがみ込みながら問いかけた。

「あいたた……と、はい。大丈夫です。でもおれの眼鏡……」

すると返ってきたのは若い男の声で、俺は相手の無事と共に、同じ物を落としたことを知る。

「俺も眼鏡を落としたから、まずはこのままお互《たが》いの手が届く範囲《はんい》を探《さぐ》ってみよう」

「確かに、踏んで壊《こわ》したら困りますもんね」

声を聞いて俺が口調を少しくだけたものに変えれば、相手も同じように言葉を返してきて、俺達は互いの顔の見えない暗がりでも意思の疎通《そつう》を果たし、それぞれ地面を探り出した。

「すいません、この道、いつもは人通りが殆《ほとん》ど無いから、おれ、つい何も考えずに走ってて」

「いや、俺も人が来るとは思っていなかったから、おあいこだ」

そんな会話をしながら、俺達は互いの眼鏡を求め、少しずつ遠くに手を伸《の》ばしていき、やがて俺の指先は土とは違《ちが》う硬《かた》い感触《かんしょく》を捉《とら》えた。

「お……あった。眼鏡だ」

「……あ、おれも見つけた」

眼鏡のフォルムを手で確認すると、俺は手にしたそれをそのままかけた。その際、ほんの少し違和感《いわかん》を覚えはしたが、それは落下の衝撃で歪《ゆが》んだものだろうと判断して。

「ん……？　これ、おれの、かな？」

相手の小さな呟《つぶや》きは聞き流し、俺は立ち上がった。

「じゃあ、これからお互い暗い夜道では気をつけるということで」

「えと、はい。気をつけましょう」

そして、相手に短く別れの言葉を告げると俺は再び大通りを目指して歩き始めたのだった。

実にあっさりとした別れだったが、それはどちらも道を急いでいたし、後々相手に用事が出来るなどと考えもしなかったのだから、ある意味当然だったと言えよう。

それに、この時点で俺は、自分がすぐにそれを後悔《こうかい》することなど知らなかったのだから。

そうして、再び歩き出した俺は、大通りに出て程《ほど》なく、新たな衝撃に見舞《みま》われた。

「み、み、見つけましたわ！　赤い眼鏡の方！　さあ、恩返しさせてくださいませ‼」

押し倒《たお》さんばかりの勢いで突進《とっしん》してきた赤頭巾《あかずきん》――この赤い衝撃こそ、林檎《りんご》の神、フジだったのだが――を何とか受け止めて、まだ状況《じょうきょう》の飲み込めていない俺が返せた言葉は一つだった。

「人違いだ」

「ええっ、人違い……そのようです、わ、ね。でで、でも眼鏡は赤いですわよ？　それはとん、ぼ、の眼鏡でしょう？」

「とんぼの眼鏡？　何のことだ？　第一俺の眼鏡は銀縁《シルバーフレーム》で赤はどこにも使われていないはずだぞ？」

動揺《どうよう》で声を震わせ、目を白黒させる赤頭巾を落ち着かせようと、努めて静かに問い返しながら、俺は眼鏡のフレームを撫《な》でて、指先に伝わってくる感触がいつもと違うことにそこで初めて気がついた。

「……俺の眼鏡は赤いのか？」

「は、はい。ですから私は人違いをしてしまったのですわ。はうぅぅー、恥《は》ずかしいです。で、でも、恥《はじ》をしのんでお尋《たず》ねしますが、なぜあなたがあの方の赤い眼鏡をかけていらっしゃるのです？」

赤頭巾は顔を覆《おお》う手までも赤く染め、その場にへたり込みながらも、細い声で尋ねてきたが、俺はそれに答える前にとにかく眼鏡を外してみた。

そうすれば、大通りの街灯の下で見るその眼鏡は確かに赤いセルフレームで、俺の銀縁《ぎんぶち》眼鏡とは明らかに違う代物《しろもの》で。

「……どうやら、さっきぶつかった拍子に間違って交換《こうかん》してしまったらしい、な」

半分は自分に言い聞かせる口調で俺が言えば、それを聞いた赤頭巾は道ばたに倒れ伏《ふ》した。

「そんな……その赤い眼鏡《めがね》があの方の手がかりでしたのに。名前もお聞かせ下さらなかったあの方に、このままでは恩返しが出来ません。恩を受けてそれを果たせないとは林檎の神の名折れです。いったい、いったいどうすれば……」

そこまで嘆《なげ》くと、赤頭巾の声は途切《とぎ》れて、それは嗚咽《おえつ》に変わり。

俺は〝林檎の神〟というその単語に、道行く人の目以上に厄介《やっかい》な物を感じ取って、この場を即刻《そっこく》後にしたい衝動《しょうどう》に駆《か》られた。

同時に、手の中にある、この赤い眼鏡がその厄介事から逃《のが》れることを許さないこともわかっていたが。

なぜなら、スペアの眼鏡を持たない俺もまた、さっきぶつかった人間を探し出して自分のそれを取り戻《もど》さなければならないからだ。

どうしてさっき携帯《けいたい》の灯り《ライト》でも何でも使って、この眼鏡が自分の物かどうかを確認《かくにん》しておかなかったのかとか、せめて相手の名前を聞いておくべきだったとか——そういう後悔はもう役に立たないものとして、俺は前向きに次の対応策を練る。

「顔を見れば、お前はこの眼鏡の持ち主がわかるか？」

「は……い。暗くてもお顔はちゃんと拝見しましたし、恩人の顔を見忘れたりはしません。……ただ、眼鏡をかけたお顔ですけど」

俺が尋ねれば、赤頭巾は質問の意図を量ろうとすることもなく、ただ素直《すなお》に答えてくれた。

それでこの赤頭巾の協力があった方が、この眼鏡の持ち主を早く探し出せるだろうことは明らかとなり、

「……俺も一緒《いっしょ》にこの眼鏡の本当の持ち主を探してやるから。だから泣くのは止《や》めろ」

俺は厄介事に関わる覚悟《かくご》を決めると、赤頭巾の肩《かた》に手を置き、そう言ったのだった。

だが、その赤眼鏡の持ち主探しをするには時間は遅《おそ》く、また幾《いく》つかの手がかりもあったことから、俺達は翌朝から動き始めることにして、現在に至ったというわけだった。

そこまで話し終えたところで、校門をくぐり、俺が足を止めれば、

「恩返しって、神様もするんだ」

まず、尾田の口をついて出たのはそんな台詞《せりふ》だった。

「はい。他《ほか》の神様がどうなさっているかは存じませんが、私はこの身の危急を救ってくれた恩人にきちんと報《むく》いなければ、行くも戻るも出来ませんわ」

歩いている間に、尾田と羽黒には慣れたらしく、恥ずかしがり屋ではあるが人見知りはしないフジは、尾田の言葉に真面目《まじめ》に答えた。

そしてフジは、その危急——野良猫《のらねこ》に追いかけられて木から下りられなくなっていたところを助けて貰《もら》ったという、俺にしてみればささやかな危機なのだが——から救ってくれた人物の

顔がそこにあるというように、空中を見上げると、胸の前で手を組んだ。

「ご立派ですね！」

そんなフジの言葉に羽黒が感激の声と共に尊敬の眼差《まなざ》しを向ければ、フジは照れたように頭《ず》巾《きん》を目《ま》深《ぶか》に被《かぶ》ってしまったけれど。

「確かに立派だね……どっかの誰かに聞かせたい殊勝《しゅしょう》な言葉だよ」

一方、同じくフジの言葉を聞いた尾田は、妙《みょう》にしみじみとした口調でそう言って、俺は賛同の意を示し、深く頷《うなず》いた。

「それはどちらの……とは聞かない方がいいですよ、ね」

俺達の会話を聞いて羽黒は無邪気《むじゃき》に言いかけたが、その途中《とちゅう》で俺と尾田が首を振《ふ》れば、察して口を閉じてくれた。

言わんとするところが無事羽黒に伝わって、俺はほっと胸を撫で下ろす。

そう、今のところフジの背後にかのうの気配は感じられない。ならば名前を呼んで寝《ね》た子を起こす必要はないのだ。

「それで、手がかりから眼鏡の持ち主はわかったわけ？」

そこも尾田は同意見のようで、話が脱線《だっせん》しない内に、俺の顔にかかっている赤眼鏡を指さして尋《たず》ねてきた。ただ口調からすると、どうやら尾田は俺がまだその答えに辿《たど》り着いていないと思っているようだ。

「ああ、ズボンが叶野学園の制服ってとこだけは最後に見えたし、他にも幾つかヒントがあったからな」

だから、俺が頷くと尾田は羽黒と一緒にわずかに驚《おどろ》いた顔をした。

二人のそんな反応を見て、フジは自分も何か言わなければならないと思ったのか、

「あの方は赤い眼鏡がよくお似合いなのです」

フジとしては一番重要な手がかりを口にすると、いまは俺の顔にかかっている赤眼鏡を熱の籠《こ》もった目で見上げてきた。

「それがヒントですか？」

羽黒はフジの言葉を真《ま》っ直《す》ぐに受け止めたが、当然俺は首を振る。

「いや……まあ、確かにヒントは眼鏡にもあるんだけどな。ほら、ここだ」

言いながら、俺は赤眼鏡を外すとつる――その一番端《はし》の耳に当たる部分――を指さして二人に見せた。

「あ、これ、ドラゴンフライの眼鏡だ」

尾田は俺が示したワンポイント――ぱっと見飛行機にも見えるが、ちゃんと見ると確かに小さなとんぼの姿をしたそれ――を目にするとそう声を上げた。

「あの……もしかして、これをかけた方とお知り合いですの？」

するとフジは、尾田の言葉を名前《ニックネーム》と思ったのか、期待を込《こ》めた眼差しと共に問いかけ、俺は

自分の中で推理が組み立てられたことに満足して、そういえばフジに、件《くだん》の人物のフルネームを教えていなかったと気がついた。

「いや、ドラゴンフライっていうのは人のニックネームじゃなくて、ブランドの名前なんだけど……ブランドっていうのはわかる？」

だが、困ったような苦笑を向けながらも尾田がフジにその説明を始めたので、こちらの話は少し待つ。

「……ブランド、というのはわかります。つまり銘柄《めいがら》のことですわね」

フジはバスケットの中から、少女が持つにしてはちょっと渋《しぶ》い革《かわ》の手帳を取り出すと、それを開いて頷いた。どうやら手帳には色々とメモがしてあるらしい。

「ブランドものだったのか……」

とんぼのマークには気付いていたが、ブランドのマークとは知らず、そうとわかった途端《とたん》、尾田から眼鏡《めがね》を受け取る俺の手つきは、慎重《しんちょう》なものとなっていた。

「ブランド品って言っても、僕達高校生にも手が届く範囲《はんい》の値段だから心配ないよ、多加良」

そんな俺に、尾田は内心を見透《みす》かしたような台詞《せりふ》を寄越《よこ》して、図星を指された俺は、だが何事も無かったように眼鏡をかけ直した。

「この眼鏡の持ち主にして、フジの恩人は名前は名乗らなかったが、代わりに『とんぼの眼鏡で探してよ』と言い残したそうだ」

そうしてから、俺が改めて二人にそれを伝えると、尾田は相づち代わりに頷き、

「……そういえばドラゴンフライって、英語でとんぼの意味でしたね」

羽黒は思い出したようにそう言った。

羽黒としては頭に浮《う》かんだまま声にしたのだろうが、着眼点は悪くない。そう、〝とんぼ〟という単語、これが相手に近付く一番のヒントだったのだから。

「ああ、そうだ……でも、この場合必要なのは英語の知識じゃなくて古文の知識だな」

「古文？」

そして、羽黒の呟《つぶや》きを受けて俺が言えば、尾田はそれを唐突《とうとつ》と思ったのか、今度は首を傾《かし》げた。

「尾田、古語《こご》でとんぼは何て言う？」

だから俺は限りなく解答に近い問いを尾田に向けたのだが、

「……僕、思い切り理系なんだよ。羽黒さん、お願い」

尾田は首を振ると、そのまま羽黒に質問を丸投げした。

「あ、はい……確か先日短歌の授業で勉強しました。とんぼは古語で〝あきづ〟です、か？」

解答権を尾田から委譲《いじょう》された羽黒は自信なさげに答えたが、それは見事に正解だった。

「そう〝あきづ〟だ。漢字で書けば蜻蛉《とんぼ》、あるいは秋津《あきづ》……人の名字みたいだろう？」

俺がそう言うと、二人はしばし沈黙《ちんもく》して、それから同じタイミングでポンと手を打った。

その音に、フジは驚いてその場で小さく跳《は》ねたが、

「つまり〝とんぼの眼鏡〟は〝秋津の眼鏡〟ってことなんだ！　咄嗟《とっさ》に口にしたにしては、洒落《しゃれ》が利《き》いてる！」

尾田はそんなフジに気付かず、珍《めずら》しく弾《はず》んだ声を上げた。

とんぼの異称《いしょう》にさえ思い至れば実に簡単に導き出せる答えだったが、俺もその称賛《しょうさん》に異論はない。

「そうですね！」

そして羽黒も同意を示し、ここにはいない秋津に盛《さか》んに拍手《はくしゅ》を送る。

「そうでしょう！　さすがでしょう！」

するとなぜかフジが胸を張り、俺達は少し笑ったのだった。

「というわけで、今朝はホームルーム前にフジを秋津のところに案内してくる」

故に生徒会の仕事を頼《たの》むと暗に告げれば、尾田は頷《うなず》いてくれたが、

「わかった……でも、やっぱりその眼鏡をかけてる理由だけはわからないんだけど。裸眼《らがん》でも見えないことはないよね？」

その疑問がまだ晴れていないと、俺を引き止めた。

「……その、秋庭さんにはやっぱりいつもの眼鏡の方がお似合いです」

尾田がそれを指摘《してき》すれば、羽黒もまた不審《ふしん》を抱《いだ》いていたのかそう言って、でも羽黒はそこで

俺から目を逸《そ》らし——それで羽黒の言いたいことはよくわかった。

「羽黒……似合ってないなら似合ってないと言っていいぞ。俺も似合うと思ってこの眼鏡をかけているわけじゃない……これは、あくまで目印だ」

だが、俺もそれは十分過ぎるほど承知していた。実際今朝もこの眼鏡をかけて鏡の前に立ち、あまりにも似合わないことに自分でも愕然《がくぜん》としたのだから。

「目印なんですか？」

「ああ。相手だって眼鏡を無くしたことに気付いてるだろ。それに同じ叶野学園生なんだから、すれ違《ちが》えば向こうから気付くかもしれない、その為《ため》の目印だ。それと、裸眼で俺が相手に気付かなくても困るからな」

そう説明すると、二人は納得《なっとく》したというよりも、心底安堵《あんど》したという表情を浮かべて。

俺はこの次に眼鏡を作る時は、絶対に赤のフレームは止《や》めようと胸に誓《ちか》ったのだった。

2

朝のホームルームにはまだ少し早く、目的の人物が登校しているかはわからなかったが、急ぐに越《こ》したことはないと俺とフジは、昇降口《しょうこうこう》からそのまま、三年六組の教室を目指すことにした。

とんぼ＝秋津と繫《つな》げられたら、後は正直楽なもので、叶野学園にいる秋津という名字の人物から一人に絞《しぼ》り込んでいくだけだった。

まず〝秋津〟は全学年で四人。でも、その内二人は俺の記《き》憶《おく》の中では眼鏡をかけていないから候補から即刻《そっこく》外した。

残った二人の内の一人は部活に入っていないし、委員会活動もしていないとなると、昨夜フジに遭遇《そうぐう》する確率は極《きわ》めて低い。

そうして消去法で三人が消えれば――答えは三年六組の秋津聡史《さとし》となるのだった。

「……秋津聡史さま」

フジは胸の前で手を組んで、俺が先程《さきほど》改めて告げた名前を繰《く》り返した。その横顔は何だか幸せそうで、俺はそこにある種の感情を見た気がしたのだが、今ひとつ確信が持てなかったので、フジに問いただしはしなかった。

代わりに、もう一つ気になっていたことをフジに尋《たず》ねてみる。

「なあ、恩返しって具体的には何をするつもりだ？」

鶴《つる》は機《はた》を織り、亀《かめ》は竜宮城《りゅうぐう》へ連れて行ったが、果たして林檎《りんご》の神は何をするのか、実は気になっていたのだ。

「……知りたいですか？」

そうすれば、スカートの裾《すそ》を揺《ゆ》らし足取りも軽く先を進んでいたフジは、肩越《かたご》しに振《ふ》り返ってなぜか重々しく問い返してきた。その一方で口許には似合わない不敵とも言える笑《え》みを浮《う》かべていて、俺は胸騒《むなさわ》ぎを覚え、思わず確かめる言葉を口にしてしまう。

「フジ……恩返し、だよな？」

「もちろんですわ！　私はこの〝恋眼鏡《こいめがね》〟で秋津聡史さまの運命の恋人を見つけて差し上げるつもりですわ」

だが、俺の心配をよそにフジは一転して屈託《くったく》なく微笑《ほほえ》むと、バスケットの中から眼鏡を取り出した。

その眼鏡のフレームもまた赤だったが、秋津の物よりも深みのある濃《こ》い色をしていた。

でも、その眼鏡を自信満々に見せられても俺は首を傾《かし》げるしかなくて。

「〝恋眼鏡〟？　運命の恋人？」

けれど、不思議そうにその言葉を繰り返した声は俺のものではなかった。

「そうで……うひゃっ、びっくりですわ。どどちら様ですか？」

今日も湖のように静かに凪《な》いだ表情で気付けば背後に立っていた桑田に、フジは随分《ずいぶん》と慌《あわ》てたが、

「ああ、桑田だ。俺の友人だから心配ない」

俺がそう言えば、慌てふためいた自分を恥《は》じるように赤頭巾《あかずきん》を押さえて、頬《ほお》を赤くした。

「驚《おどろ》かせたわね、ごめんなさい。花南ちゃんから恥ずかしがり屋だって聞いたのを忘れていた

わ……私は桑田美名人です」

そして桑田は腰《こし》をかがめると、フジを気遣《きづか》うようにその目を見つめ、改めて名乗った。

「わ、私はフジです」

そうして二人が短い自己紹介《しょうかい》を済ませ、桑田がフジの大体の事情を羽黒から聞いて知っているとわかると、俺はさっそく話を戻《もど》し、

「その〝恋眼鏡〟で運命の恋人が探せるって言ったけど、どういうことだ？」

フジの手の中の眼鏡を指さしながら、改めて尋ねた。

「ええとですね……〝恋眼鏡〟は本来私の仕事道具なのですわ。これをかけて見て、一番相《あい》性《しょう》のいい木と木をカップリングするのですわ。それは人間を見ても同じことですから……つまり、これをかけると、まず運命の恋人までの距離《きょり》がわかりますの」

俺と桑田が興味深くフジとその眼鏡を見つめる中、フジは説明してくれたのだが、

「……本当に？」

「運命の恋人までの距離がわかるの？」

にわかに信じられる話ではなく、俺の口から出たのは半信半疑の声で、桑田も僅《わず》かに眉《まゆ》を寄せると首を傾げた。

「お二人とも、その顔は信じていませんわね」

するとフジは俺達の顔を交互《こうご》に見比べた後、そう判じて軽く肩《かた》を竦《すく》めた。けれど、その顔か

ら自信は失われていない。

「それなら……百聞は一見にしかず、ですわ」

フジはそう言うと、その〝恋眼鏡〟を顔にかけ、始業前で廊下《ろうか》を行き交《か》う生徒達を品定めするように眺《なが》め始めた。

俺と桑田は、そんなフジの行動をとりあえず黙《だま》って目で追う。

「うう……ん。あの人はまだ十万キロもあるので論外ですわね。ああ、あの二人は違《ちが》う……いえ、いましたわっ！」

そうして、ふいにフジは眼鏡の奥で瞳《ひとみ》を光らせ叫《さけ》んだ。瞬間《しゅんかん》、俺はフジが秋津を見つけたのかと思った。だが、フジが指さした方向に視線を向けてみれば、その先にいたのは二年二組の志村安弘《しむらやすひろ》と仲元優奈《なかもとゆな》だった。

「多加良さん、美名人さん。見えました。……ええ、あの二人は運命の恋人同士ですわ！」

フジは確信に満ちた顔と声で眼鏡越《ご》しに二人をじっと見つめて言ったが、俺と桑田はその言葉にまたも首を傾げざるを得ない。

というのも、数メートル先にいる志村と仲元は、ほぼ毎日喧嘩《けんか》をしているような仲で、いまこの瞬間も拳《こぶし》の応酬《おうしゅう》を繰《く》り広げ、その場外乱闘《らんとう》はエスカレートしていくばかりだったから。

「だからっ、おれはお前のまっずい弁当を毒味してやっただけだっつーの！」

「そのまずいお弁当を完食しておいて言う台詞《せりふ》？」

どうやら今日の火種は、まだ授業も始まっていないというのに弁当らしい。

「喧嘩するほど仲がいいとは言うけどな」

そう言いつつも、殺気こそ無いが、かなり本気度の高い二人の拳の遣《や》り取りを見ていると、フジの言葉が更《さら》に信じられなくなってくる俺だ。

「でしたら……多加良さん、この眼鏡をかけてご自分でお確かめになったらいいですわ」

そんな俺の様子をフジはしばし思案顔で見つめて、それから〝恋眼鏡〟を外すとそのまま俺に手渡《てわた》した。

「人間が使っても見えるものなの?」

「いま見たところ、多加良さんにはその資格がありますわ。美名人さんはだめですけれど……もっとも、眼鏡をかけている人間自身の運命の恋人までの距離を知ることは出来ませんけれど」

フジのいう資格が何を基準としているものかはわからなかったが、

「まず、お二人のどちらかをターゲットと定めて見てください」

結局俺は好奇心《こうきしん》に駆《か》られて、眼鏡をかけ替《か》えると、フジの言葉に従い、まず仲元だけを見てみた。

と、眼鏡をかけた瞬間、それまで透明《とうめい》だったレンズの右端《みぎはし》に数字が現れ、数値は一メートルを前後して動いていた。

「このレンズに見えてる数字が……仲元の運命の相手までの距離なのか？」

「その通りですわ」

逃《に》げる志村を追っていく仲元を見ながら問えば、フジは滑舌《かつぜつ》もよく答えを寄越《よこ》した。

「運命の人までの距離……ね」

俺とフジの会話を聞くと、桑田はなぜか俺の死角に移動してから、その言葉を噛《か》みしめるように呟《つぶや》いた。そんな桑田の行動をフジは一瞥《いちべつ》して、

「では、次は、女の方と男の方を一緒《いっしょ》にご覧になって。二人が運命の相手同士の場合、左右のレンズにそれぞれ印が点灯しますわ」

〝恋眼鏡《こいめがね》〟の説明の方を優先した。なので俺もまたそれに倣《なら》い、フジの指示通り、動く二人の姿を何とか同時に視界に収めて見る。

「印って……青い林檎《りんご》のマークのことか？」

すると今度は数字の代わりにレンズの両端《りょうはし》に小さく青い林檎のマークが点灯していた。

「そうですわ。そして二人の距離がゼロになった時、林檎マークが……このように赤く色づけば、二人は間違いなく運命の恋人同士ということですわ」

俺の問いに、フジはバスケットの中から本物の真っ赤な林檎を取り出して俺達に見せながら、深く頷《うなず》いたのだった。

「赤い林檎のマークが運命の恋人の印、か」

「とりあえず距離《きょり》やリンゴのマークが見えるっていうのは、本当みたいだけど……でも、この季節に林檎なんて。そのバスケットには特別な仕掛《しか》けでもあるの？」

けれど、俺が視界の端の青林檎マークとフジが印籠《いんろう》のように見せる赤い林檎を見比べて眉《まゆ》を寄せ、桑田に至ってはバスケットの方に興味を示せば、

「……それが見えたら運命の恋人、と言うのも本当ですわ。バスケットは普通《ふつう》の物です」

眼鏡を貸し与《あた》えてもまだ〝恋眼鏡〟の力を信じきらない俺達に、さすがにフジも声に抗議《こうぎ》の響《ひび》きを宿し、軽く頰《ほお》を膨《ふく》らませ――それでも律儀《りちぎ》に桑田の問いに答えてから、バスケットの中に林檎を仕舞《しま》い込んだ。

しかし、いくらフジが言葉を尽《つ》くし、あるいは怒《おこ》っても、事の真偽《しんぎ》を確かめるには、志村と仲元、双方《そうほう》の気持ちを聞かなければならない。そして俺はそうしようとは思わなかった。

ただ、周りにまで被害《ひがい》を及《およ》ぼし始めた二人の乱闘はそろそろ止めるべきと判断して、

「とりあえず……ゼロメートルにしてみるか」

俺は呟くと同時に強く床《ゆか》を蹴《け》り、一気に距離を詰《つ》めて、二人の間に割って入った。

体を捻《ひね》るようにして繰り出された仲元の拳をまず止めて、次にそれを受けるべく顔の前で交差された志村の腕《うで》を俺は摑《つか》んだ。

俺の乱入に、二人は呆気《あっけ》にとられ瞬《まばた》きだけをひたすら繰り返し、それぞれ俺に摑まれた腕を解《ほど》こうとさえせず動きを止めた。

「今日はこの辺にしておけ。……で、仲直りは握手《あくしゅ》、だな」

この俺を前にすれば当然のことだったが、二人とも抵抗《ていこう》する素振《そぶ》りがないので、俺はそのままおもむろに二人の手をとると、握手をさせてみた。

そうすれば、眼鏡の両端の青林檎マークはその瞬間《しゅんかん》、真っ赤な色に変わって。

問題の二人の顔は、フジの眼鏡よりも赤くなる。

更に俺が掴んでいる二人の腕までも赤く上気し始め——俺がそれぞれの腕を離《はな》しても握《にぎ》り合う二人の手が離れることはなかった。

二人の間に流れる空気が子犬がじゃれ合うようなものから、微妙《びみょう》に熱っぽいそれへと変じたのを感じ取って、俺は戸惑《とまど》いつつも一歩下がる。

「おまえ……こんなに手が小さいなんて反則だろ」

「あんたこそ……こんなに手が大きいなんてずるいわよ。いいから、離しなさいよ」

「……やだよ」

いつもとは180度違《ちが》う二人の雰囲気《ふんいき》に、当人達よりも見守っていたギャラリーの方が困惑《こんわく》して静止する中、その人垣《ひとがき》の中から唯一《ゆいいつ》飛び出したのはフジだった。

突然《とつぜん》の赤頭巾《あかずきん》の登場に、ギャラリーがざわめけば、フジは自分に集まる視線に一度は足を止め、身を硬《かた》くした。

けれど、束《つか》の間バスケットの中に手を入れて、林檎に——何かきらりと光った気もしたが多

分そうだろう――触《ふ》れると、フジは顔を上げて再び志村と仲元の元へと向かっていき、

「……お二人とも、その手を離したくないとお考えならば、そうなさればいいのですわ」

赤茶色の瞳《ひとみ》に強い光を宿し、強い声でそう告げた。

突然現れた赤頭巾の言葉に、二人はすぐには言葉を返せず、ただフジを見つめる。でも、フジはそんな二人の眼差《まなざ》しを今度は無邪気《むじゃき》な笑顔で受け止めると、再び口を開く。

「だってあなた達は、運命の恋人同士なのですから。お二人ならばきっと幸せになれますわ。ですから……照れずに素直《すなお》に気持ちをお伝えになってください」

恋のキューピッドならぬ赤頭巾がそう促《うなが》せば、二人は互《たが》いに握る手に力を込め、改めて見つめ合う。

「運命の……」

「恋人……」

そして、二人がそれぞれその言葉を繰《く》り返すと、林檎のマークは更《さら》に赤色を増して輝《かがや》き。

「……おれ、本当は優奈のこと、好きなんだ」

「……ばか。あたしも、だよ」

やがて志村が口を開いて思いを告げれば、仲元はそれに頬を染めながら小さく頷いて――カップル誕生の瞬間に立ち会ったギャラリーからは拍手《はくしゅ》と歓声《かんせい》がわき起こり、やがて二人を祝福する輪が自然と出来上がっていく。

　その輪が完成する前に、俺はフジと共に何とかそこから外れたが、一昔前の漫画《まんが》のような展開に、軽い目眩《めまい》を覚えながら〝恋眼鏡《こいめがね》〟を外したのだった。

「〝恋眼鏡〟の実力、これでおわかりになりましたでしょう！　林檎《りんご》の色は情熱的な恋の色ですから、それと同じ色の〝恋眼鏡〟は恋色眼鏡なのですわ」

「そうだ、な。認めざるを得ないか……」

　驚愕《きょうがく》と目眩から何とか立ち直りながら俺が頷くと、フジは満足げな笑《え》みを口許《くちもと》に浮《う》かべた。

「正しい運命の相手と出会いさえすれば、その方の幸せは約束されたも同然です！　ですから、それが私の恩返しになるのですわ」

　けれど、フジのその理屈《りくつ》には何となくひっかかりを覚える俺だ。

「確かに、今の場合は間違っていなかったみたいだけど……」

　桑田の方は俺よりもはっきりとその違和感《いわかん》を捉《とら》えている様子で、頬に手を当てながら何か言いたげにフジを見つめる。

　でも、そのささやかな表情の変化にフジは気付かず、

「さあ、はりきって恩返しに行きましょう」

　志村と仲元を中心とした人の輪を後に、目的の方向へと足取りも軽く走り出す。

　迷子になられては困るので、俺達はとにかくフジの後を追いかけた。

「あのね……フジちゃん。フジちゃんは恋をしたことがある？」

そうして、新東棟《とう》と北棟を繋《つな》ぐ渡《わた》り廊下《ろうか》——なぜか天井《てんじょう》はドームのようにカーブしていて、全体的には木造部分を多く残したアーチのような造りになっている——で追い付くと、桑田はフジの背中にそう問うた。

「いいえ。だって私は神としては新米ですからお仕事で精一杯《せいいっぱい》です。恋をしている暇《ひま》なんてありませんわ」

フジはわずかに速度を緩《ゆる》めて、肩越《かたご》しに振《ふ》り返りながら、屈託《くったく》無く答えてくれたのだが、その瞬間、俺と桑田は渋面《じゅうめん》となっていた。

確かにフジの答えも満足のいくものではなかったのだが、俺達が表情を曇《くも》らせたのはそれが理由ではない。

「ほう……なれど、寄り道をする暇はお有りのようですのう」

しゃりしゃりらん

という鈴《すず》に似た金属音と共に、フジの背後に突如《とつじょ》として現れた金瞳銀髪《きんとうぎんぱつ》の存在《もの》——かのうの登場の為《ため》だった。

人ならざる者は今日も見目麗《みめうるわ》しくはあったが、その身に纏《まと》う黒い着物が内側を見せないように、口許に浮かべた笑みで隠《かく》されたその胸中を読むことはできない。

唯一《ゆいいつ》はっきりしているのは、かのうの手みやげはいつも厄介《やっかい》事だというそれだけで、故《ゆえ》に俺と桑田はうんざりとした顔で迎《むか》えることになる。

「か、かのう様！」

　そして、俺達に遅《おく》れてその気配に気付いたフジは、かのうがそう言ったように、道草を見つかった子どもの顔で慌《あわ》てて振り向いた。

「一日ぶりですのう、フジ殿《どの》。妾《わらわ》の記憶《きおく》が確かならば昨日の内にこの地をお去りになるはずでしたが……まだ気配がすると探《さぐ》ってみれば多加良達と一緒《いっしょ》におられるとはのう」

　かのうの声に責める響《ひび》きは無く、紅《あか》い唇《くちびる》に刻まれた笑みも消えはしない。

　けれどフジは、かのうが言葉を重ねる度《たび》に身を小さくしていき、俺は確信犯的なその言葉を止めるべく口を開きかけ、

「これはやはり……妾と多加良が運命の糸で結ばれているからかのう？」

　そのふざけた台詞《せりふ》に怒《いか》りを通り越《こ》して、全身から力が抜けた。

　かのうはそんな俺を見て小さく喉《のど》で笑うと、そのまま視線をフジの手に戻《もど》った〝恋眼鏡〟に注ぎ、わざとらしく小首を傾《かし》げた。

「え、ええと、何ならお確かめしましょうか？　といっても〝恋眼鏡〟で見えるのは運命の糸ではありませんけれど」

　黄金色《きんいろ》の双眸《そうぼう》を向けられたフジは、弾《はじ》かれたように顔を上げるとかのうの言葉を至って真面目《まじめ》に受け取って、そう申し出るとおそるおそる一歩を踏《ふ》み出した。

「ふむ……妾にも運命の恋人とやらはいるかのう？」

そうすれば、かのうは軽く身を乗り出し、いかにも興味津々《きょうみしんしん》というポーズを作って見せたが、

「……その必要はないわ」

桑田は眼鏡をかけようとしたフジの手首を軽く摑《つか》んで止めると、かのうを軽く睨《にら》みながらそう言い切った。

「私達、先を急いでいるので、失礼します」

そして桑田はそのままフジの手を引いてかのうの脇《わき》を抜《ぬ》けようとした。桑田も俺に付き合って、何かとかのうの厄介事に巻き込まれているからだろう、とにかくそれを回避《かいひ》したいという気持ちは俺にもよくわかる。

しかし、かのうの方に俺達の心中を慮《おもんぱか》る気があるはずもなく、空中にひらりと身を躍《おど》らせると、しゃらんという連環《わ》の擦《こす》れる音と共に、再び二人の行く手に立ち塞《ふさ》がった。

「美名人はともかく……フジ殿は本当に急いでおるのかのう？　ほんにそうであれば、フジ殿はもう叶野を後にしているはずだがのう？」

その上でかのうはまたもフジにそんな言葉を向けて、

「さっきから、フジに早く出て行けと言ってるように聞こえるのは俺だけか？」

いささか意地の悪い物言いに、いい加減俺も苛立《いらだ》ち、かのうを見つめる目に力を込《こ》めた。

「そのように聞こえたとは心外だのう……妾はあくまでフジ殿の役目を気遣《きづこ》うておるのだというに」

けれどかのうは、俺の眼差しを受け止めると、そう言って悲しげに目を伏《ふ》せる。

が、白々しいことこの上ない演技を、俺と桑田は無感動に受け流した。

しかし、フジだけはかのうの表情を深刻に捉《とら》えて、

「ご心配をおかけして申し訳ありません、かのう様。この叶野の地には長く留《とど》まらないという約束でしたのに……」

謝罪の言葉と共に、赤頭巾《あかずきん》が床《ゆか》に着くほど深く頭を下げた。

「いや、そうかしこまられる必要はありませぬよ。妾はただ、なぜフジ殿の逗留《とうりゅう》が長くなったのか、その理由をお聞きしたいだけですからのう」

そうすれば、かのうはいかにも優《やさ》しげな笑《え》みを浮《う》かべてフジの謝罪を受け入れた。

俺と桑田はもちろん、そのいかにもよそ行きな笑みに騙《だま》されはしないが、フジの様子を窺《うかが》えば、その赤茶色の瞳《ひとみ》は既《すで》に潤《うる》んでいて、

「もう、手遅《ておく》れね」

桑田が呟《つぶや》く通りで、俺はそれにため息で返した。

「私は、人間に恩返しをしなければならなくなったのですわ。ですから、私の恩返しが済むまでもう少しだけ留まらせてくださいませ！　お願いいたします！」

「恩返しのう……かようなわけがお有りならば、それを許さぬ程妾も狭量《きょうりょう》ではありませぬ。あと……一日二日ならばフジ殿を受け入れましょうかの」

そしてその懇願《こんがん》を、いかにも鷹揚《おうよう》に了承《りょうしょう》すれば、フジは尊敬を通り越して崇拝《すうはい》の眼差しでかのうを見上げ、それからまた床に着きそうな程深々と頭を下げた。

「フジ……かのうの親切は無料《タダ》じゃないぞ」

「きっといつか利息込みで借りを返すように言われるわよ」

手遅れと知りつつ、俺と桑田は忠告を送ったが、フジは怪訝《けげん》な顔で俺達を一瞥《いちべつ》しただけで、言葉を聞き入れてくれることはなかった。

「それではフジ殿、恩返しとやら頑張《がんば》ってくださいませ……なれど、もう一つの約束事はお守り下さいますように、の」

そうして、フジに確かな貸しを作ることに成功したかのうは、そんな言葉と共に満足げな笑みをフジへと向けて。

「……はい。それは心得ていますわ」

次いで黄金色の瞳を向けられたフジは、その輝《かがや》きに射すくめられたように、一瞬《いっしゅん》息を呑《の》み、それからゆっくりと首を縦にふったのだった。

「では、お急ぎとのこと故、妾はこれでお暇《いとま》しましょうかの。多加良、美名人……またの」

フジが頷《うなず》くまでの僅《わず》かな間を気にすることなく、それだけ言うと、かのうは道を譲《ゆず》ると同時に、その場から姿を消したのだった。

現れた時と同じ、連環の響《ひび》きだけをその場に残して——今日は厄介《やっかい》事を押しつけられなかったことに俺と桑田は、その残響《ざんきょう》が消えてから気付いた。

そして俺達は数秒顔を見合わせ訝《いぶか》しんだものの、ひとまずは安堵《あんど》の息を吐《つ》いたのだった。

「フジ、大丈夫《だいじょうぶ》か？」

それから俺は、かのうの消えた空中にまだ目を凝《こ》らしているフジに声をかけた。

「え、あっ、はい！　もちろん大丈夫ですわ」

「本当に？」

俺の声にフジは我に返ると、微笑《ほほえ》みを浮かべて見せたが、その笑みはどこか硬《かた》く、心配した桑田は重ねて尋《たず》ねた。

だが、フジはそれにも頷きを返し、ならばもう俺達に問う言葉はなく、いまはフジの言うことを信じる他《ほか》ない。

「そうか……なら、さっさと秋津のところに行くか」

俺はそう決めると、改めてフジを目的地へと促《うなが》し、フジは、まだ心配そうに自分を見つめている桑田には気付かない振《ふ》りをして、大きく頷いたのだった。

途中《とちゅう》でかのうに遭遇《そうぐう》した為《ため》、秋津がいる三年六組の教室に辿《たど》り着いた時には、ホームルームまでの時間は残り五分を切っていた。

「あの濃《こ》いグリーンの眼鏡をかけているのが秋津だ。どうだ、昨日見た顔か？」

戸口の生徒に少々不審《ふしん》な目を向けられつつ、俺が秋津を指で示せば、フジは一つ深呼吸をしてから、俺と同じ方向に顔を向けた。

そうしてフジと共に改めて見る秋津は、顔の作り自体は正直地味な部類に入るが、明るい色に染められた髪《かみ》に加え、眼鏡、ベルトといった小物使いの上手さで随分《ずいぶん》と洒落《しゃれ》た印象を受ける、そんな生徒だった。

窓際《まどぎわ》の席で一人の女生徒と楽しげに話している秋津をフジはしばらく見つめ続けた後、

「……今日は眼鏡の色が違《ちが》うので確信はありませんが、あの方、のような気がしますわ」

少々曖昧《あいまい》な返事を俺に寄越《よこ》した。

「もっと近くで見た方がいいんじゃないかしら？」

「で、でも、近くで拝見してまた人違いだったら……困りますわ」

桑田の意見はもっともだったが、当のフジが確証を得てからでなければ嫌《いや》だと首を振るなら仕方がない。

「じゃあ、まず俺が確かめてやるから、フジは後ろから付いてきて、確かめろ」

「は、はいっ！」

「私はここで待ってるわね」

そう言って、フジを引き連れた俺が教室に入っていけば、三年六組の生徒の視線は俺達に注がれた。

「あ、あの、勝手に入って構いませんの？」

「始業前だから問題ない」

フジは自分に向けられる視線の多さに驚《おどろ》いて、俺の服の裾《すそ》を摑《つか》んだが、俺が迷わずそう主張すればそれ以上は聞かなかった。

「おはよう。秋津、ちょっといいか？」

「へ……と、秋庭？　えっ、眼鏡は？　いや違くて、副……いや生徒会がおれに何の用？」

秋津は俺が近付いていることには気付いていたものの、目当てが自分とは思っていなかったらしく、声をかけると、隣《となり》の席の桃原《ももはら》と共に驚きに目を瞠《みは》り、動揺《どうよう》を隠《かく》さなかった。

「用事は眼鏡のことだ……これ、秋津のじゃないか？」

だが、俺は秋津の反応には構わず、胸ポケットに収めていた眼鏡を差し出すとさっそく要点を尋ねる。

「うん？　うん、これおれのだ……ってことは昨日の夜ぶつかったの、秋庭だったのか」

秋津は椅子《いす》に座ったまま眼鏡に顔を近付けて、それが自分のものだとわかると手に取った。

そしてそれをいまかけている眼鏡と掛《か》け替《か》えれば、

「うん、秋津の眼鏡だね」

桃原も太鼓判《たいこばん》を押して、俺の背後ではフジが何度もこくこくと頷きを繰《く》り返す。

「あ、ならこれは秋庭の眼鏡だったんだ」

けれど秋津は俺の後ろに隠れているフジには気付かないまま、鞄《かばん》を探《さぐ》り、バンダナでくるんであった俺の眼鏡を取り出した。

「ああ、これが俺のだから……間違いない」

俺もまた自分の銀縁《ぎんぶち》眼鏡を受け取ると同時に顔にかけて確かめ、最後の一言を背中のフジへと向けた。

でも、フジは俺の背後でもじもじするばかりで、なかなか秋津の前に出てこない。これは強硬《きょうこう》手段に出るべきかと俺が考えていると、

「暗かったとはいえ間違えて悪かったよ。昨日は部活のあとちょっと野暮用《やぼよう》があって遅《おそ》くなったんだよな」

頭をかきながら秋津は改めて謝罪の言葉を俺にくれて、俺はお互《たが》い様だと首を振ってそれに応じた。

「野暮用ってなに？」

「いや、あの……例の鏡をちょっとさ」

その言葉尻《ことばじり》を捉《とら》えて桃原が問うと、秋津は少々口ごもりながらそう答え、すると桃原はしたり顔で頷《うなず》いた。そうして、俺達の間にふいに沈黙《ちんもく》が訪《おとず》れた、次の瞬間《しゅんかん》。

「あ、ああああのっ、昨日はどうもありがとうございましたっ！　おかげで今日も存在してお

りますわっ！　ですからぜひとも恩返しさせてくださいませっ！」

ようやく俺の背中から出てきたフジの声は教室中に響《ひび》き渡《わた》った。当然、室内の視線はフジに集中したが、一心に秋津を見つめているフジにそれを恥《は》じらう余裕《よゆう》はもはやない。

「……あ、昨日の赤頭巾《あかずきん》」

一方、大声とフジの登場に、秋津は面食《めんく》らい、束《つか》の間目を瞬《しばた》かせていたが、その姿を見ればすぐに思い出し、ぱちんと指を鳴らした。

「……はいっ、赤頭巾です！　でも名前はフジですわ！」

秋津が思い出せば、フジは頬《ほお》を染め、はにかみつつも嬉《うれ》しそうに名前を告げる。

「あらー、秋津くん、こんな可愛《かわい》い子といつお知り合いになったのー？」

そんな二人を見て桃原が早速《さっそく》茶化せば、今度は秋津が頬を赤くして、

「ち、違っ、いや確かに昨日、桑《くわ》の木から下りられなくなってるとこを助けたけどさ」

どこか慌《あわ》てた様子で、両手を大きく振《ふ》って弁解をする。

「秋津様は私の命の恩人なのですわ」

「そうか、命の恩人かぁ、にくいね、この！」

しかし慌てる秋津に対して、フジはいたって真面目《まじめ》に答え、そこをまた桃原が茶化せば、秋津は助けを求めるように俺を見た。

「桃原、茶化すな。で……秋津、フジは真剣《しんけん》にお前に恩返しをしたいと考えているんだ。だか

ら、その恩返しを受けてやってくれ」

　フジの恩返しの方法には少々不安があるが、その心だけは本物だと、俺は秋津を真っ直ぐに見つめながら伝えた。

「でも、昨日も言ったんだけど、恩返ししてもらう程のことはおれ、してないし……」

「恩返しさせてくださいませ」

　しかし、俺の言葉にも秋津は首を振り断ろうとした。だが、そこでフジがもう一度言葉を重ねれば、その真摯《しんし》な瞳《ひとみ》に打たれたのだろう、ゆっくりとだが首を縦に振ったのだった。

　ようやく秋津が承諾《しょうだく》すれば、フジはぱっと表情を輝《かがや》かせ、早速例の〝恋眼鏡《こいめがね》〟を装着した。

　その上で秋津を数秒見つめると、

「……近いですわ。では、行って参ります！」

　そんな言葉を残して教室から出て行ってしまった。

　赤いスカートの裾が軽《かろ》やかに翻《ひるがえ》るのを呆然《ぼうぜん》と見送って、それから秋津は当然のように、目で俺に問うてきた。

「つまり、恩返し開始ってことだ」

　が、俺が言えることは、それだけだった。

3

朝の一幕の後、放課後までの時間は、珍《めずら》しく平穏《へいおん》に過ぎた。

俺にとっての平穏とは、ひとつはかのうがらみの厄介事《やっかいごと》が起こらないこと、もう一つは鈴木が——たとえ生徒会の仕事はしなくとも——思いつきの行動を起こさないでいる、という二つに尽《つ》きる。

今日に至っては、鈴木は朝から俺の前に姿さえ見せておらず、この輪をかけた平穏に、正直、俺の気は緩《ゆる》んでいたのだ。

鈴木は静かにしている時もまた危険、ということをすっかり失念していたのだから。

そう自らを振り返りながら、俺は心の平穏のために一度は閉じた目を開き、ゆっくりと目線を上げた。

そうして見れば、やはり中庭の樅《もみ》の木には、季節はずれのオーナメントならぬ色とりどりの眼鏡がたくさん——軽く目算しただけでも二十はある——ぶらさがっていた。

こんなことをするのは十中八九鈴木だが、樅の木をこんな風に飾《かざ》り付ける理由もまた本人にしかわからないだろう。

「カラス避《よ》けでしょうか?」

西日に反射するレンズに目を細めながら、この眼鏡ツリーのことを最初に俺に教えてくれた羽黒はそんな推測を披露《ひろう》したが、

「鈴木君はそんな普通《ふつう》の理由で動かないわね」

桑田の言葉の説得力には勝てなかった。

「……とにかく、撤去《てっきょ》だ」

そして俺は、この行為《こうい》の意味は考えても、頭痛を覚えるだけだと、とっとと思考を放棄《ほうき》して、風が吹《ふ》く度《たび》に揺《ゆ》れ、眩《まぶ》しくて仕方ない眼鏡を木から取り去る決定をした。

「高いところは梯子《はしご》がいるな……借りてくる」

「じゃあ、私と花南ちゃんは低いところから外しておくわね」

「はっ！　もしや何かの呪術《じゅじゅつ》という線が」

『ない』

そこで羽黒は至って真面目な顔で閃《ひらめ》きを口にしたが、俺と桑田は即座《そくざ》にそれを否定した。

「でも……例えば割れた鏡なんかは庭に埋《う》めろと言いますし」

それでも羽黒は三つ編みの先を弄《もてあそ》びながらぶつぶつと呟《つぶや》いていたが、桑田が木に向かって歩き出せば、慌ててその後を追っていく。

二人の背中を見送ると、俺は梯子を求めて踵《きびす》を返した。

と、そこで俺は遠巻きに眼鏡ツリーを眺《なが》めている生徒に交じった、フジの姿を見つけた。

赤頭巾のおかげで大人しくしていてもフジの姿は目立っていて、

「フジ！」

手を挙げて俺が名前を呼べば、フジは弾《はじ》かれたようにこちらに向かって走ってくる。

「さ、探しましたわ」

やがて俺の元へ辿《たど》り着いたフジは開口一番そう言い、見上げてきた顔に張りついていたのは、心底困り果てた表情だった。

「恩返しに、何か問題発生か？」

フジがこんな顔をする理由は、恩返し絡《がら》みとしか考えられず、俺はそう尋《たず》ねた。

「……はい。大問題が生じましたわ」

俺の予想は的中し、フジは盛大《せいだい》なため息と共に肩《かた》を落としたのだった。


始めたばかりの作業を中断し、桑田と羽黒も心配そうにフジを囲む中、

「その大問題っていうのは？」

俺が促《うなが》せば、フジはゆっくりと口を開いた。

「……私、半日かけて秋津様の運命の恋人を探し出すことに成功いたしましたわ」

「秋津さんの運命の恋人って、本当に近くにいたのね」

すると、偶然《ぐうぜん》なのか必然なのか判断しかねる事実に、桑田はわずかに目を見開きそう言った。

「ええ……幸いにもこの学園の中にいらっしゃったのですわ」

だが、幸いと言いながらフジの表情は相変わらず浮《う》かないそれで、俺達は首を傾《かし》げながらも話の続きを待った。

「けれど、私がその方に引き合わせると言っても秋津様は遠慮《えんりょ》なさって……それでも私は諦《あきら》めず、秋津様の説得を試みましたわ」

「でも、秋津は受け入れなかったか？」

そこで俺がそう尋ねると、フジは力なく頷《うなず》いて、俺には二人の遣《や》り取りが手に取るように想像できた。

「はい……そればかりか、いまは他《ほか》に好きな人がいるから運命の相手は結構などとおっしゃいまして……私、ほとほと困り果ててしまいました」

そして、語り終えるとフジは、恩返しが上手く行かないもどかしさに唇《くちびる》を噛《か》みしめた。

話を聞けば秋津に恩返しをしたいというフジの気持ちはわかったが、同様に、俺には秋津の言わんとするところも十分理解できて。

「だったら、もう恩返しはいいんじゃないか？　秋津にはもうお前の感謝の気持ちは十分に伝わっていると思うぞ」

だから、双方《そうほう》の気持ちを慮《おもんぱか》った上で、俺はフジに諭《さと》す言葉を向けることを選んだ。

「でも、私には〝恋眼鏡《こいめがね》〟しかご恩を返す術《すべ》がありませんわ」

けれどフジは〝恋眼鏡〟を使って恩返しすることに固執《こしつ》していて、俺の言葉に子どもがいやいやをするように首を振《ふ》る。

「あの、そんなことは無いと思います。例えば肩叩《かたたた》きとか、重い荷物を運ぶのを手伝って差し上げるとか。そういうことでも十分嬉《うれ》しいものですよ」

そんなフジの顔を覗《のぞ》き込むようにしながら、羽黒は他の方法もあることを示したが、それにもフジは首を振った。

フジの真面目さは長所であると同時に、物事のもう一つの側面が見えなくなるという短所でもあるらしい。俺と共にそれを悟《さと》った羽黒は、困ったように眉《まゆ》を八の字に寄せた。

「だって……このまま桃原さんとかいう方を思っていても秋津様は幸せになれませんわ」

更《さら》にフジは、瞳《ひとみ》に頑《かたく》なな光を宿したままそう主張してくれて。

俺は何とかフジに、恋愛《れんあい》感情というものを説明しようと思考を巡《めぐ》らせたが、正直苦手な分野に、言葉が上手《うま》くまとまらない。

「……本当にそうかしら？　運命の恋人以外を好きになったらいけないの？」

俺が頭を悩《なや》ませる中、少々鋭《するど》い声でフジに疑問を投げかけたのは桑田だった。

「……私は、そう思いますわ。ええ、恋は運命の相手とするものですわ」

声と同じくやや鋭さを増した桑田の眼差《まなざ》しに、一瞬怯《いっしゅんひる》んだものの、フジは自分の主張を退けなかった。

桑田とフジの間には、微妙《びみょう》に張りつめた空気が漂《ただよ》い、両者の間で俺と羽黒が息を詰《つ》めたその時。

キイイイィィィンン――と、近くのスピーカーから飛び出した耳障《みみざわ》りなハウリング音に、俺達は反射的に耳を塞《ふさ》いだ。

「……あーあー、テステス。あーあー、果ってしないぃー」

そして、ハウリングが消えると同時にスピーカーから響《ひび》き渡《わた》った声に、思わず俺はスピーカーを見上げたが、そうしたところで相手の顔が見えるはずがなく――だが、その調子外れの『大都会』を聞けば、放送室にいる奴《やつ》の顔など容易に想像できる。

「うんうん、感度良好。ということで……全校生徒のみんな、元気かな？　山口さん家の三軒《げん》隣《となり》の鈴木君からのお知らせです！　よーく聞いてね！」

次いで、予想通りの名前が本人から告げられると同時に、俺は黙《だま》って制服のポケットに手を入れた。

「……鈴木君？　誰《だれ》ですの？」

「ええと、その……」

「聞かなかったことにして忘れることを勧《すす》めるわ」

突然《とつぜん》の放送にフジは戸惑《とまど》いを露《あら》わにして問うたが、羽黒が口ごもり、桑田が冷たい声音《こわね》で告げれば、追及《ついきゅう》を諦めて頷いた。

一方、その間も誰にも止められることなく、鈴木の声はスピーカーから響き続けていた。

「本日、放課後より〝第29回ゴールデンパークペア入場券争奪《そうだつ》レース〜勇気を出してあの子をデートに誘《さそ》っちゃいな〜〟を開催《かいさい》します。ただし、チケットは二枚しかないから、今回は参加者を先着30名とするよ」

ゴールデンパークというのは、叶野市のあるN県の隣《となり》、Y県に最近出来た遊園地なのだが、そこの微妙なマスコットキャラクターはいま、物議を醸《かも》していると聞く。

俺がCMで見たそれは、八等身で眼鏡をかけた、殆《ほとん》ど人間の顔の緑色の存在——河童《かっぱ》だった。でも、とにかくその顔がイケメンなので、河童にもかかわらず主婦受けは良く、逆に子供受けは悪い。その辺りが議論の的となっているらしい。

が、マスコットキャラはともかく、アトラクションはそれなりに充実《じゅうじつ》しているらしく、遊具があれば〝遊園地〟と呼ぶN県叶野市民には心躍《おど》らされるスポットで、

「ゴールデンパーク……連休に行くにはいいかもしれないわね」

桑田がそんな感想を思わず漏《も》らすのも理解出来た。

だからといって俺がこの鈴木企画《きかく》を見逃《みのが》すわけはなく、俺はポケットの中のEXボールを握《にぎ》る手に更に力を込めた。

「参加希望者はまず二人一組のペアを作ってね！　というのも、レース本戦ではラブラブ二人《ににん》

三脚《さんきゃく》をしてもらうからだよっ！」

　俺がいかにして鈴木を捕《と》らえるか頭の中でシミュレーションを始めていることなど知らず、マイクを通してなお鈴木の声は高くなっていく。

「でもって、仲良し二人組を作ったら、まず中庭の樅《もみ》の木に吊《つる》してある眼鏡の中から二人同じ色の物をゲットしてくださいっ！　つまり、ゲットできたペアが本戦への参加資格を得るってことだよ。早い者勝ちだけど、くれぐれも怪我《けが》のないようにね！」

「……仲良し二人組ということは、友達同士でもいいんですね」

　そうと聞いて羽黒は思案顔で眼鏡ツリーに目を向けたが、俺が咎《とが》める視線を送れば、弁解の言葉の代わりに慌《あわ》てて首を横に振った。

「レース本戦については参加者が揃《そろ》った時点でまた改めて説明するよ！　では、みんなまた後で、大きな樅の木の下でお会いしましょう！　チャオ！」

　そうして、首を振りすぎて三つ編みが羽黒の首に絡《から》まってしまったところで、突然始まった放送はぶつりと途切《とぎ》れた、と思いきや、

「あ、そうそうレースの勝者には副賞として、A・Tのお弁当券も与《あた》えられるからお楽しみにっ！」

　しつこくもう一度繋《つな》がった後、今度こそ音声は切れて、そこでようやく中庭に静けさが戻《もど》ったのだった。

「……この眼鏡《めがね》ツリー、そういう理由だったか」

そして俺は、このツリーの意味を――そして、この企《たくら》みの為《ため》に鈴木は今日一日鳴りを潜《ひそ》めていたのだと知った。

だが、やはり鈴木は詰めが甘い。ここにきて鈴木は全校放送という形で、実行直前の計画のみならず現在地《いばしょ》までも告げてしまったのだから。

「鈴木はいま、放送室か」

俺は内心で笑いながら低く呟《つぶや》くと、今日は遂《つい》にこの手で奴を仕留める日だと悟《さと》り、EXボールをポケットの中から取りだした。それから、鈴木の元へ赴《おもむ》くべく足に力を込める。

「遊園地、仲良し、ラブラブ二人三脚……これしかありませんわっ！」

しかし、俺が踏《ふ》み出そうとしたまさにその瞬間《しゅんかん》、フジの大声が鼓膜《こまく》に突《つ》き刺《さ》さり、その不意打ちに俺は迂闊《うかつ》にもEXボールを取り落としてしまった。

「ふ、フジさん？　どうされました？」

同じく驚《おどろ》きに心臓の辺りを押さえながら、羽黒が問いかければ、

「ええ、私わかりましたの！　秋津様と運命の恋人《こいびと》……勝野《かつの》あすか様に必要なのは、この何かというレース……いいえ、このラブラブゲームですわっ!!」

フジは頬《ほお》を紅潮させ、自信満々に自分の思いつきを語ってみせた。その目は爛々《らんらん》と輝《かがや》いていて――つまり、もう完璧《かんぺき》にフジは周りが見えなくなっていた。

「おい、フジ、ちょっと落ち着け」

「となれば、まずはこの木の下に全員集合ですわね！」

無駄《むだ》と承知で俺はフジに声をかけたが、予想に違《たが》わずフジは俺の声を無視してくれると、なぜかバスケットの中から小ぶりな林檎《りんご》を取り出す。

「どうしてここでまた林檎を出すの？」

それを見て桑田は一人冷静にフジに尋《たず》ねたが、それにもフジは答えず、林檎をスカートで軽く磨《みが》くと、

「さあ、ゲームを始めますわよ！　リンゴパワー!!　二人をここへ！」

そんな台詞《せりふ》と共に林檎を一口齧《かじ》った。

「あ、あれ？　おれ、いつの間に中庭に？」

「ええと……あたしはどうして中庭にいるのかなぁ？」

その次の瞬間、背後から秋津ともう一人の声がして、反射的に振《ふ》り返った俺は本気で驚いた。

さっきまで確かに誰もいなかったその場所にはいま、秋津聡史と二年生の勝野あすかがいるという事実に。

同じく振り向いた桑田もまた、驚きに声もなく、突如《とつじょ》現れた二人をただただ見つめるしかない。

キョロキョロと周囲を見回すのに忙《せわ》しい二人は、俺達の視線にも驚愕《きょうがく》にもまだ気付いていな

かったけれど。

「リンゴパワー……すごいですね。さすがは神様族《かみさま》です！」

そんな中、目を瞠《みは》りながらも、この瞬間移動を最初に事実として受け止めたのは羽黒で、この場にいる人間の中では一番落ち着いた反応だった。

一方、俺達が呆然《ぼうぜん》としている間にもフジの独断行動は続いていた。

「リンゴパワー！」

フジが再びその台詞を口にしながら林檎をもうひと齧りすると、今度は、赤いフレームの眼鏡が二つ出現して、フジはそれを手に秋津と勝野に向き直る。

「これは秋津様の分！　これは勝野様の分！」

それから、二人の手にそれぞれ眼鏡を押しつけた。

「え、おれの分？　あ、これもしかしてレースに出るのに必要な眼鏡？」

秋津は眼鏡を受け取るとフジの顔を見て――突然《とつぜん》場所を移動させられた混乱は去ったのか、はたまた考えないことにしたのか――まずそう尋ねた。

「……レースかぁ。あたしはA・Tのお弁当に興味はあってもゴールデンパークにはあんまりないよ。フジちゃんは興味があるの？」

勝野もまた秋津と同じ思考に至ったのか、頬を緩《ゆる》めると、セミロングの髪《かみ》をかき上げつつ、親しげにフジに問いかけた。どうやら俺達の知らぬ間にフジは勝野とも接触《せっしょく》を持っていたらしい。

「フジの一生のお願いですわ！　お二人でこのラブラブゲーム……いえ、レースに参加してくださいませ！」

そしてフジが、二人に答えとして返したのはそんな懇願《こんがん》だった。

「……ええと、やっぱりフジもゴールデンパークのチケットが欲しいのか？　でもおれはおれで欲しいんだけど、どうしようか」

かなりの勢いと共に深々と頭を下げたフジを目の前に秋津は、悩《なや》んだ様子でこめかみをかく。

「いいえ、私はお二人が一緒《いっしょ》にレースに出てくだされればそれでいいのですわ！　ですからチケットとやらはお二人のいいようにしてくださいませ！」

それで秋津にはフジの求めるところがわかったのだろう。勝野の顔を一瞥《いちべつ》すると、その表情は戸惑《とまど》いから、少々渋《しぶ》いものへと変じた。

「んーと……あたしが秋津先輩《せんぱい》と鈴木くん主催《しゅさい》のレースに出れば、フジちゃんはそれで満足してくれるってことかな？」

秋津とフジの会話を聞いた勝野も改めてフジに問いを向けるが、その表情は浮《う》かないものだった。

「そうですわ！　お願いいたします！」

でもフジはそこで怯《ひる》まず、もう一度、縋《すが》る瞳《ひとみ》で二人の顔を見上げ、懇願を繰《く》り返した。

その赤茶色の瞳が潤《うる》んでいるのを見た二人は、互《たが》いの顔とフジを見比べながら、困ったように息を吐《つ》く。しかし、その表情は、既《すで》に情にほだされたそれで、二人がフジの申し出を受け入れるのは時間の問題だろう。

だが、鈴木企画《きかく》ということを抜《ぬ》きにしても、フジがいまさっき見せたような力を使うのなら、ここは二人を止めなければならない。

「秋津、勝野……」

俺はそう判断すると、口を開きかけたのだが、そこで桑田にそっと腕《うで》を引かれた。俺が視線を向ければ、

「秋庭君、ここはフジちゃんの好きにさせてみたらいいわ」

桑田は静かな表情で、けれどどこか突《つ》き放すような台詞を口にした。

「美名人ちゃん、なぜですか？」

俺が無言でその真意を問う眼差しを送ると、羽黒もまた桑田に尋ねる。

「神様の力を使っても、人の気持ちは簡単には動かないってことを、フジちゃんが知るためにはそれがいいと思うの」

俺達を真《ま》っ直《す》ぐ見つめながら答える桑田の声は、フジに届かないよう、囁《ささや》きに近いものだった。けれど、その声には真摯《しんし》な想《おも》いが宿っていて、俺は桑田の意見を聞き入れることを決めた。

それに、言われてみれば確かに周りの見えなくなっているフジには、説明するよりも体験さ

せる方が有効に思えた。

それと、これならば鈴木の無駄《むだ》企画も有益に使えるというわけだ。

「出るだけでいいなら……ちょっと今日はおやつを食べ過ぎてるし、いいカロリー消費になりそうだけど、秋津先輩はどうですか？」

「おれもチケットは出来るもんなら手に入れたいけど……もしもレースに勝てても、勝野はチケットいらないのか？」

「はい。そのかわりあたしは副賞を貰《もら》うということでどうです？」

「うん、それでいい」

そして、秋津と勝野の話も、予想通り二人がフジの懇願を受け入れる形で収まって、俺達はレースを見守ることになったのだった。

4

そう、俺はただ見守るはずだった。

が、しかし。俺はいま、黒縁《くろぶち》の眼鏡《めがね》——というかサングラス——をかけて、同じように色とりどりの眼鏡をかけた三十人の中の一人になっていた。

ことの発端《ほったん》は騒《さわ》ぎを聞きつけて遅《おく》ればせながらやってきた尾田が、俺の顔を見るなり呈《てい》した疑問だ。

「あのさ……副賞のA・Tのお弁当って、秋庭多加良のお弁当、ってことは無いよね？」

「……は？」

俺はその言葉の意味がすぐには理解できず、否、理解することを脳《あたま》が拒否《きょひ》して、少々間の抜けた声だけを尾田に返した。

「いや、確証はないいんだ。ただ、この間のビンゴの賞品のこともあるし、注意しておくに越《こ》したことはないいってちょっと思っただけ」

そうすれば尾田は、これはあくまで可能性の話だと言い直し、その嫌《いや》な考えを払《はら》うように顔の前でひらひらと手を振《ふ》った。

だが、これが鈴木企画だということを改めて意識させられた俺には、尾田の言葉は気休めにもならなかった。

それどころか、まんまと鈴木に裏をかかれた先日の経験が蘇《よみがえ》り、

「十分にあり得る……」

呟《つぶや》く俺の声は苦くなった。次いで俺は、もう二度と同じ轍《てつ》は踏《ふ》まないというあの日の誓《ちか》いを思い出して拳《こぶし》を固め、次に取るべき行動を即座《そくざ》に決めた。

そう、俺が取るべき行動はただ一つ――

「俺はこのレースで絶対に一位を取る！」

言いながら俺は眼鏡ツリーの中から一番手近にあった黒眼鏡《サングラス》を二つもぎ取った。

宣戦布告と同時に行動に出た俺を見て、尾田を始めとする三人は納得《なっとく》して頷《うなず》いてくれたが、

「えっ、ちょっと待って下さいませ。それでは秋津様と勝野様はどうなりますの？　最初のデートは遊園地か映画が定番ですわ」

フジだけは少々慌《あわ》てて、抗議《こうぎ》の声と共に俺を見上げた。

「いまは二人がレースに参加することに意味があるんだろ？　なら、一位は俺でも問題ないはずだ」

「確かにそうですけれど、でも、秋津様もチケットが欲しいとおっしゃっていましたわ」

レースの為《ため》にわざわざジャージに着替《きが》えに行っている秋津の代わりにフジは俺に訴《うった》えて。

「……だったらフジが俺と一緒《いっしょ》にレースに出るのはどうだ？　それでフジが俺と取ったチケットを秋津達に渡《わた》すなら問題ないだろう……ただし、レース中はリンゴパワーは使わないのが条件だ」

その真剣《しんけん》な顔を見れば無下《むげ》にするわけにもいかず、俺は少し考えた後、フジにそう提案した。

もちろん厄介《やっかい》事を避《さ》けるための機転を利《き》かすことも忘れずに。

「確かにそれならば良い気がしますし……お二人を見守る為にも、良さそうですわね。ええ、私もレースに参加しますわ」

フジは赤頭巾《あかずきん》を目深《まぶか》に被《かぶ》ってしばし考えた後、再び頭巾から顔を現すと、俺の提案を受け入

れたのだった。

話がまとまったところで、俺はフジにもう一つのサングラスを渡して、その瞬間《しゅんかん》桑田からはため息がこぼれた。

確かにフジは戦力というよりはハンデだから、桑田はそこを心配しているのだろうと気付いて、

「桑田、大丈夫《だいじょうぶ》だ。フジと一緒でも俺はきっと鈴木の陰謀《いんぼう》は砕《くだ》いてみせる！」

でもそこは俺を信じれば良いと告げれば、桑田はごく小さく笑ってくれたのだった。

俺達の遣《や》り取りの後に、尾田と羽黒が揃《そろ》って桑田に同情的な眼差《まなざ》しを向けた理由はわからなかったが、まあ問題ないだろう。


とにかく鈴木の陰謀を砕き、そしてフジに人間の心のあり方の一つをわからせるという高《こう》尚《しょう》な目的の為に、俺はレースに参加することを決めたのだった。

そうして、最後の一つの眼鏡が枝からもぎ取られた時、眼鏡ツリーの周りにはギャラリーも含《ふく》めてかなりの数の生徒の輪が出来ていた。

「なんでこんなに暇人《ひまじん》が多いんだ……」

その光景を前に俺は頭痛を覚え、また、嘆《なげ》かずにはいられない。

「んー、最近は一年生メインのイベントが多かったから、久々に二、三年が盛り上がってるんじゃない？　でも、イベントが多かったお陰《かげ》で部活の後輩《こうはい》なんかは早く学校に馴染《なじ》めたって言ってたよ」

「あ、そういえば桑田さんのティー券当てたの、陸上部《うち》の一色《いっしき》だって知ってたか？」

「ああ、はい。随分《ずいぶん》喜んでましたよ」

近くにいた勝野は俺の呟きを耳に捉《とら》えると、簡単な推理を披露《ひろう》してくれたが、その後の秋津との会話を聞くと俺は素直に喜べない。

一方、これからペアを組むフジはといえば、秋津達が会話を弾《はず》ませるのを見て目を細め、一人悦《えつ》に入《い》っていた。

「やっぱり〝恋眼鏡《こいめがね》〟に間違《まちが》いはありませんでしたわ。ねえ、秋庭様も……」

次いでフジは俺からも賛成の意見を得ようと口を開きかけたが、その声は途中《とちゅう》でスピーカーから溢《あふ》れ出したけたたましいファンファーレの音にかき消されてしまう。

よりによってそれは競馬の出走ファンファーレだったのだが、叶野学園の生徒の皆《みな》さんはその音楽に沸《わ》き立ち歓声《かんせい》を上げる。

俺は少し、否、だいぶ叶野学園の未来が心配になった。これはやはり一日も早く俺が生徒会長にならなければまずい。フジの件が片付いたらまたすぐに選挙戦への作戦を練ろう。そして鈴木の天下を終わらせるのだ。ああ、絶対に。

「みんな盛り上がってるねっ！　怪我《けが》も無く無事に参加者も決まったし、ぼくは嬉《うれ》しいです！　ということで、ますます盛り上がっていただくべく、本戦《レース》の説明をするよ！」

俺が誓《ちか》いを新たにしていることなど知らない、ひたすら能天気な鈴木の声が再びスピーカーから流れ出すと、この場にいる生徒の視線は自然と上を向いた。見上げるなら本人のいる放送室の方だという気がするが、これは仕方ない反応らしい。

「この後、ぼくの助手が二人三脚《ににんさんきゃく》用の紐《ひも》を配るから、まずはペア同士で足を結んでくださーい」

そんな中でもフジだけは秋津と勝野の二人を見つめていて。

「ふふふ……これで二人は急接近です！」

鈴木の言葉を聞くと微笑《ほほえ》んで、満足げに呟《つぶや》いた。俺はその横顔を見てため息を吐《つ》いたが、フジはそれに気付かず、俺はひとまず鈴木の説明に耳を傾《かたむ》けることにした。

「準備が出来たら、ひょうたん池の近くに引いてあるスタートラインに並んでもらって……そしたらぼくから、みんなに問題を出すからね！　問題を解いて、課題を解決していくと、最後に〝ゴールデン眼鏡〟に辿《たど》りつけます！」

「ゴールデン眼鏡って、河童のミスター・タローのアイテムだっけ？」

「そうそう。たまにかけてるあの眼鏡」

やけに勢い込んで鈴木が〝ゴールデン眼鏡〟という単語を口にすれば、近くからはそんな会《こ》話《え》が聞こえてきた。

瞬時《しゅんじ》に俺は、鈴木がこのレースにおいて首尾《しゅび》一貫《いっかん》、眼鏡に拘《こだわ》るつもりであることを理解した。それがゴールデンパークの人気（？）キャラクターの河童が眼鏡をかけているという単純極《きわ》まりない理由だということも。

「〝恋眼鏡〟で結びついた二人を祝福するのはゴールデン眼鏡ということですわね。とても素《す》敵《てき》ですわ」

フジの方は自分に都合のいい解釈《かいしゃく》をして一人納得《なっとく》していたが、それを聞いた俺はよりによって金色の眼鏡をかけた鈴木の顔を思い浮《う》かべてしまって。

「……絶対にそんな祝福は受けたくない」

思わず声に出して呟いてから、俺はその画《え》を払《はら》うべく頭《かぶり》を振《ふ》った。それでも、ゴールデン眼鏡は奪取《だっしゅ》せねばならないという現実は忘れなかったが。

「つまり、ゴールデン眼鏡をゲットしたペアが一等賞！　ゴールデンパークのチケットを貰《もら》えるってことさっ！　あとは……そうそう、各課題ポイントにいる、審判《ジャッジ》の言うことはみんなちゃんと聞いてください！」

そうして、俺が自分の想像力に軽いダメージを受けている間に、鈴木によるレースの説明は殆《ほと》ど終わっていた。

そして眼鏡を持っている者を選び、フジとそう身長の変わらない生徒が足を結ぶ紐を配り始める。

「東雲《しののめ》、鈴木の手伝いなんて物好きだな」

腰《こし》まで届く艶《つや》やかな黒髪《くろかみ》の、けれどそれと反比例するように小柄《こがら》で童顔なその上級生が回ってくると、俺はそう声をかけた。

「ええ、確かに好きで手伝ってるんデスョ。でもこれは明日の為《ため》の努力ですから秋庭くんにはわからないデスョ。ところでウエ……じゃなくて、尾田くんを見かけなかったデス？」

すると東雲小蒔《こまき》は俺の言葉をあっさりと肯定《こうてい》し、フジの手に赤い紐を渡《わた》しながら俺にそう尋《たず》ねた。

「ああ……尾田なら、あっちの石灯籠《いしどうろう》の方にいるはずだ」

「ありがとうデスョ。ああ、紐を貰ったらサングラスは外していいデスョ」

東雲がなぜ尾田の居場所を気にするのかわからなかったものの、隠《かく》す理由も無いので俺は正直に教えた。が、次の瞬間《しゅんかん》、東雲の黒目がギラリと光った気がして、俺は自分がしくじりを犯《おか》したのではと少しだけ不安を覚える。

「まあ……大丈夫《だいじょうぶ》か」

だが、最終的には俺の人を見る目に曇《くも》りは無いはずと信じ、俺は東雲の背中を見送るのを途《と》中《ちゅう》で止《や》めると、サングラスを外し、

「この赤い紐にリンゴパワーを込めれば、二人を繋《つな》ぐ結び目は永遠に解けなくなりますわ……

……」

「フジ、リンゴパワーは使用禁止だって言っただろうが」

またもや力を使おうとしているフジを制止すべく、その肩《かた》を軽く摑《つか》んで揺《ゆ》すった。

「はっ……そうでしたわ。あの、お約束を、忘れていたわけではありませんのよ」

そうすればフジは我に返って慌《あわ》てて首を振り、それから自分の頰《ほお》を己《おの》が手で軽く叩《たた》いた。

その真面目な表情を見ていれば、確かにフジは滅多《めった》なことでは約束を違《たが》えないと思う。だが、用心しておくに越《こ》したことはないと俺は経験上知っている。

「フジ、走るには邪魔《じゃま》だから、そのバスケットは桑田か羽黒に預けておけ」

その思い出したくもない数々の経験を踏《ふ》まえ、俺は林檎《りんご》の入っているバスケットを預けるよう言った。

俺の言葉にフジは逡巡《しゅんじゅん》を見せたものの、俺が見つめ続ければ、やがて頷《うなず》き桑田の元へと走って行って、俺は小さく安堵《あんど》の息を吐いたのだった。

5

「それでは、第一の問題です！　眼鏡の作曲家はどこで眠《ねむ》っているでしょう？　さあ、わかった人から出発進行だよ!!」

「はん、温《ぬる》い……やっぱり鈴木レベルの問題だな。フジ、行くぞ」

スピーカー越《ご》しに鈴木から問題が出されると同時に、俺はフジの肩に回した手に力を込めて促《うなが》した。

「えっ、もうおわかりになったのですか？　で、でも秋津様達は……あ、おわかりになったようですわ」

するとフジは、俺ではなく、わざわざ近くに並んだ秋津達の顔を見て慌てたが、二人も動き出したと見ると、俺と共に走り出してくれた。秋津達の方を気にかけるのはもう仕方がないものとして計算の内に入れてあるから、俺はそこで怒《おこ》ったりはしなかった。

身長差はあるものの、フジの歩幅《ほはば》は一定で、生真面目なそのリズムは、紐《ひも》で結ばれた俺の歩《あ》調《し》ともそれなりに合い、順調な走り出しに俺は安堵する。

「みなさんと同じ方向でいいんですの？」

レースの参加者の殆どが同じ方向にスタートを切ったことに気付くと、フジは逆に不安そうに尋ねてきたが、

「ああ、これは簡単な一問目だからな」

俺が短く声を返せば、フジはそれ以上問いを重ねることも、足を止めることもなかった。

最初の問題の答えは、難しく考えなければ音楽室に行けばいい。一、二組ほど深読みしてルートを外れて行ったが、秋津達も俺もそれを気にすることはなかった。

そうして、ペースが掴めてくると、俺はもう少しスピードを上げて、集団から抜《ぬ》け出すことを考えた。

だが、フジは数歩先を走る秋津達の姿が見える今のポジションが気に入っているようで、

「やっぱり、お二人の息は合っていますわ」

二人の背中を見つめながら、どこかのんびりとした口調でそんなことを言う。

確かにぶっつけ本番で挑《いど》んだにしては、他のペアと比べても秋津と勝野の息は合っている。

ただ、フジが狙《ねら》っているような甘い雰囲気《ふんいき》は少しも生じていなかったが。

「秋津様が勝野様の肩に回している手も優《やさ》しげで……いいですわね」

しかし、フジの目には眼鏡《めがね》ならぬ何かフィルターがかかっているようで、嬉《うれ》しそうにそう呟《つぶや》いて、でもフジはそこで、ふいに二人から目を逸《そ》らした。

そうした後で、なぜ自分がそんな行動に出たのかわからない様子で、フジは首を傾《かし》げると再び二人に眼差《まなざ》しを向けた。

俺にはフジの一連の行動の意味がわかったが、出来ればフジ自身に自覚して欲しいと、今は何も告げないことを選択《せんたく》した。そして、その為《ため》には、しばらく二人の背中が見えるポジションにいた方がいいだろうと判断して、

「ぼーっとしてると、離《はな》されるぞ」

俺はそう言うと、前を走る秋津達が集団を抜けようと加速したのに合わせ、フジにスピード

アップを促したのだった。

その結果、俺達は秋津ペアに続き、五着で音楽室に到着《とうちゃく》した。と同時に、

「いよっ、五番乗りっ！」

威勢《いせい》の良い——だが、音楽室には少々場違《ばちが》いな声に俺達は迎《むか》えられたのだった。

少々低いところから聞こえた声に反射的に下を向いて、俺は数秒固まった。

そこにいたのは一組の男女。制服から判断して叶野学園生なのだが、問題は、その首から上——そこに人間の頭部の大きさを上回る、中国の童子風のマスクを被《かぶ》っていることで。

「ここ、怖《こわ》いですわっ」

妙《みょう》にリアルな顔立ちに加え、目が笑っていないマスクに、フジは怯《おび》えて俺の腕《うで》にしがみついてくる。

「あかん……またや。やっぱこのマスクは笑いより恐怖《きょうふ》を与《あた》えてしまうんやな、あかんわ。ウエスト、次は馬面《うまづら》やなっ！」

怖がるフジを見て、女生徒の方はなぜか関西弁らしき言葉でそう言うと、もう一人に同意を求めたが、

「その時は一人で突《つ》っ走ってください、イーストさん……次なんてもうありませんから」

男子生徒は女子生徒とは対照的に、陰鬱《いんうつ》な声で答えると、重いため息を吐《つ》いた。

「うーん、タイミングはええけど、ノリはイマイチ……赤点ギリギリやな」

「ははは……もういっそ落第にしてください」

「……もし、お前達がここの課題の審判《しんぱん》なら、さっさと課題を提示してくれないか」

一方が乗り気でないのは明らかなのだが、止めなければ際限なく続きそうな遣《や》り取りに、俺は思いきって割って入るとそう求めた。

「ああ、せやった、うちらはジャージ……やなくてジャッジなんやった。つい笑いの方に頭がいってもうたわ、堪忍《かんにん》な。えー、ここではおはようからおやすみまで楽しい笑いを提供する、イースト&ウエストの指示にしたがってもらうで！　まずは鈴木はんの問題の答えを……この耳に囁《ささや》いてや！」

そうすれば、自称《じしょう》イーストはあっさりと会話を切り上げて、見慣れても不気味な童子の側頭部を小さな手で示した。

「……お耳なんて見えませんが？」

だが、フジの言う通り、そこには耳など描《えが》かれていない。

「うん、その通り。ここはさくっと無視してさくっと僕に答えを聞かせてくれればいいから」

ウエストはフジの指摘《してき》にもっともだと頷《うなず》き、また冷たい声を響《ひび》かせて、俺は迷うことなく、ウエストの言に従うことにした。

なぜ素直《すなお》に従う気になったかと言えば、有無《うむ》を言わせぬ雰囲気に圧倒《あっとう》されたからではなく――絶対に本人ということは無いだろうが――その声が尾田に似ていたからだが。

「眼鏡をかけた音楽家といえばシューベルトか滝廉太郎《たきれんたろう》がぱっと浮《う》かぶ。だが眠《ねむ》っている、と言われれば、有名な子守歌を作曲しているシューベルトの方だろう……だから、答えは肖像画《しょうぞうが》のある音楽室ということになる」

そして壁面《へきめん》の肖像画の一人を指さしながら俺が答えを述べれば、童子の頭部はかくん、と大きく縦に揺《ゆ》れた。

「正解……おめでとうございまーす」

「はいっ、そしたら二名様ご案内やっ！」

あまりめでたいと思っていなそうなウエストの声に続いて、イーストは無駄《むだ》に弾《はじ》けた声と共にカランコロンと鐘《かね》を鳴らし、次いで自分の後方をそれで示した。

そこにはいつも通り机があったが、ただ、通常と違い、その上には林檎《りんご》と果物《くだもの》ナイフが置かれている。

「これは林檎……色からして千秋《せんしゅう》ですわね」

林檎を見るとフジは目を輝《かがや》かせ、種類まで言い当てたが、そこに林檎が置かれている意図まではわからないらしく首を傾《かし》げた。

俺は先にテーブルに着いているペアの様子を見回してみたが、林檎を剥《む》いているという事実以上のことはわからない。

「……林檎を早く剝けばいいのか？」

「概《おおむ》ねあっとるわ。けど、林檎はうさぎちゃんの形に剝いてや。でもってうさぎ林檎が出来たら、ペアのお口に入れたって！　新婚《しんこん》さんみたいにするんやで！」

俺の問いに、イーストはそう言い足すと、楽しげにその小さな肩《かた》を震《ふる》わせ、喉《のど》で笑った。

「新婚さん……いいですわね！　林檎を使っているところもまた素敵ですわ」

フジはそれを聞くと、一足先に席に着いている秋津達を見ながら手を叩《たた》いたが、鈴木企画《きかく》らしいばかばかしさに、俺は早くも疲労感《ひろうかん》に襲《おそ》われ、頭を抱《かか》えたくなった。

「この課題に意味があるかどうかなんて考えないことだよ。とにかくこれをこなしたら、次の問題を渡《わた》すから」

そんな俺にウエストだけは同情した声をくれたが、彼自身は童子のマスクを被った折に何かもう悟《さと》ってしまったように見えた。

それでも、俺も何か一言ウエストに励《はげ》ましの言葉を送ろうと思ったのだが、そこにまとめて後続のペアが到着《とうちゃく》すれば、二人はそちらの応対に向かってしまい、俺は諦《あきら》めるしかなかった。

「では、私達も挑戦《ちょうせん》しましょう」

そうして、フジに促《うなが》されるまま俺がテーブルに着くと、フジはおもむろに赤い林檎を手にとって。

「こ、これはっ！」

次の瞬間《しゅんかん》、まるで電流でも走ったかのようにフジはびくりと全身を震わせた。

「フジ、どうしたっ！」

それを見た俺は、何か異変でも起こったのかと、勢い込んで叫《さけ》んだのだが、

「……この艶《つや》を見た時からそうではないかと思っていましたけれど、この手触《てざわ》りに重み。間違《まちが》いありません、これは伝説の林檎農家美輪《みわ》さんの林檎ですわ！」

続くフジの台詞《せりふ》に、俺は怒《いか》りを覚える前に脱力《だつりょく》し、そのまま椅子《いす》の背に体を預けた。

ああ、やっぱり小さくても神様《かみさま》族の相手は疲《つか》れる——俺は改めてそう認識しながら、これ見よがしにため息を吐いてみせた。

「間違いなくおいしい林檎ですから、早く剝いて食べましょう」

けれどフジはまったく気にせず、笑顔と共に林檎を俺に手渡《てわた》してくれて。

俺はフジの顔と林檎を交互《こうご》に見比べてみたが、林檎を押しつけてくるフジの力は緩《ゆる》まなかった。ならば、俺が林檎を剝くのはもう決定事項《じこう》なのだろう。

そう理解して、俺が林檎にナイフを入れると、フジはすぐにその視線を秋津達へと向け、

「ふふ……恋人《こいびと》同士のお弁当にはうさぎさん林檎が付きもの。ましてそれを食べさせ合うとなれば……もう、ラブラブ一直線ですわね」

したり顔で頷いた。そのままフジは頰杖《ほおづえ》をつき、二人の様子をまるで映画でも観《み》るように見

つめ続ける。

二人は結末の決まった恋物語《こいものがたり》の登場人物ではないというのに。そしてフジ自身も観客ではないということに気付かずに。

俺は赤く染まったフジの頬《ほお》を横目に見ながら、でも喉まで出かかった言葉は飲み込んで、ナイフを動かし続けた。

「ふむふむ、みんな中々ええ手つきや……おおっ、山本・川口ペアは見事な飾《かざ》り包丁や！」

と、そこでイーストの声が耳に入って、俺は手許《てもと》から目を上げた。

「いや、あれはもはや彫刻《ちょうこく》です！　でも、審査《しんさ》に芸術点はありませんっ！」

続いてさっきよりも張りのある、それ以上にテンションの上がったウェストの声が響けば、
俺はその変化に戸惑《とまど》いを覚えつつも、話題となっているペアの姿を探した。

やがて見つけた山本・川口ペアは、ウェストの言う通り、実に写実的なうさぎの彫刻を林檎《りんご》に施《ほどこ》している最中《さいちゅう》だった。その器用さには確かに驚愕《きょうがく》を覚えたが、俺はこのペアに対する勝利を確信する。

なぜならば、ここで要求されているのはあくまでスタンダードなうさぎ林檎とスピードだということを奴《やつ》らは忘れているからだ。

「……よし、出来た」

そして俺は、多少不格好だがごく普通《ふつう》のうさぎ林檎を山本達よりも先に完成させた。

「ええ……うさぎに見えますから、きっと合格ですわね」

フジもまたそうと認めれば、俺は審査を受けるべく手を挙げた。

「おっ、秋庭・フジペア手を挙げました。しかーし、秋津・勝野ペアの方がわずかに早かった！　ここはちょっとお待ちください」

だが、ウエストの見立てでは秋津達の方がわずかに早かったらしく、俺達は二人の審査が終わるのを待つこととなる。

「悪いね、秋庭、フジ」

秋津は俺達に一言わびたが、この位はハンデだと俺は首を振《ふ》り、そもそも二人の味方であるフジも首を振れば、安堵《あんど》して秋津は笑みをこぼした。

その笑顔に、フジは仄《ほの》かに頬を染めたのだけれど、秋津はそれに気付かぬまま、勝野の方へと顔を戻《もど》してしまう。

そうして、改めて秋津と向かい合う形になると、勝野は一つ頷《うなず》き、フォークで刺《さ》した林檎を何の躊躇《ためら》いもなく秋津の口許へ持っていった。

「はい、秋津先輩《せんぱい》」

「ほいよ、勝野」

秋津と勝野の雰囲気《ふんいき》は体育会系の――実際二人は陸上部員同士だし――さばさばしたそれで、甘い空気など皆無《かいむ》。

「……なんやねん。自分ら全然恥《は》ずかしがらへんから、うち『いらっしゃーい！』って言いそびれたやんか！」

イーストが拳《こぶし》を振り上げ憤慨《ふんがい》し、フジが肩《かた》を落とす気持ちも多少は理解できる淡白《たんぱく》さだった。

しかし、責められたところで、非のない秋津達は言葉に詰《つ》まるだけだ。

「うん、それは似てないものまねを披露《ひろう》しなくて済んで却《かえ》って良かったんじゃないですか？

とにかくっ、秋津・勝野ペア課題クリアです、おめでとうございまーす！」

なので、そこに割って入ったウエストが二人には天使のように見えたことだろう――その頭部が童子でなければ、だが。

「……三日三晩特訓したものまねやったんやで？　でも確かに合格や、自分ら、これ持ってき！」

ウエストの辛辣《しんらつ》な物言いに、イーストは束《つか》の間沈《しず》んだものの、一瞬で立ち直ると、次の問題らしき紙を二人に差し出した。

「えーと、とにかくクリアですよ、秋津先輩」

「だな、勝野」

紙を受け取ると二人はぱちんと軽く手を合わせて、合格を喜んだ。それは友人同士が喜びを分かち合うには十分な動作だった。

「もっと……こう、抱《だ》き合って喜びを分かち合うとか、なさればいいのに」

しかし、案の定フジは物足りない顔で、二人に注文をつける。その小さな声が秋津に届くことはなかったが、

「そんなのを見て、フジは平気か？」

代わりに俺はフジにそんな問いを向けてみる。

「……私も何も知らない子どもではありませんから、平気ですわ」

俺の問いに、フジは数秒沈黙《ちんもく》して考える素振《そぶ》りを見せた。でも、結局返ってきたのは的外れな答えで、俺は小さく肩を竦《すく》めた。

「じゃあ、大人な赤頭巾《あかずきん》ちゃん、うさぎ林檎を食べてや」

「はい、わかりましたわ……では、多加良さん、お願いします」

フジは俺の反応に首を傾《かし》げたが、そこでイーストに促《うなが》されると、当然のように目を閉じ、口を開けた。

「ああ、はいはい」

フジの準備が出来れば、もうこの課題に関しては達観した俺は躊躇《ためら》わず、親鳥の気分で、その口にうさぎ林檎を入れるだけだった。

「これは……桑田さんが見たら、憤激《ふんげき》しそうな光景ですね、イースト」

「ほんまにいなくて良かったな。下手したらうちらも巻き添《ぞ》えや」

判定の為《ため》に俺達を見つめていたイースト＆ウエストはなぜかそこで桑田を引き合いに出すと

し答えを拒《こば》んで。

声を震《ふる》わせる。けれどその会話の意味を測れず俺が目で問うても、二人はマスクごと目を逸《そ》らし答えを拒《こば》んで。

「と、とにかく合格だね、イースト」

「ああ、林檎もなんとかうさぎやったしな。さあ、持ってけ泥棒《どろぼう》！」

そして話題を逸らすように俺達の合格をウエストが告げれば、イーストもまた同意しながら、さっき秋津達に渡《わた》したのと同じ紙を俺の手に押しつけてきた。

俺はその紙を受け取りはしたものの、釈然《しゃくぜん》とせず、イースト&ウエストを問い詰めたい衝《しょう》動《どう》に駆《か》られる。

「やりましたわね、秋庭様」

だが、素直に喜ぶフジを前に、とりあえずその感情を脇《わき》に追いやると、俺はイーストから渡された紙に改めて視線を落とした。

よく見ればそれは、ただの紙ではなくポートレート仕様のハガキで、表には死してなお有名なミュージシャンの顔が写っていた。

眼鏡《めがね》に長髪《ちょうはつ》の外国人、その名はジョン・レノン。

「……いよいよ、眼鏡祭りだな」

ここでも眼鏡ネタを振《ふ》ってきた鈴木に、俺は呆《あき》れながらも、思わず呟《つぶや》いてしまう。

「それで、この写真をどうしろというのですか？」

一方、俺の隣《となり》から写真を覗《のぞ》き込んでいたフジは、視線を上げるとイースト&ウエストにそう問いかける。

この写真が次の場所への手がかりであることはフジも当然わかっているだろうが、他に一言もなく写真を渡されるというのは確かに不親切な話である。

「ん〜？　赤頭巾ちゃんは考える前からヒントを寄越《よこ》せっちゅーんか？」

けれど、尋《たず》ねられたイーストは、なぜかそこで斜《しゃ》に構えるという態度に出て、フジを若干怯《じゃっかんおび》えさせてくれる。

「イースト……それじゃただのちんぴらですから」

「ぱ、パンチラっ！　ハレンチやでウエストっ！」

すかさずウエストが前に出て、イーストに突《つ》っ込んだが、その次のボケはどうやらウエストのお気に召《め》さなかったらしい。

「……そのハガキの裏に問題のヒントは書いてあるから、しっかり読んでください。まあ、これはやっぱり鈴木くん企画ってことだよ」

ウエストはイーストに背を向けると、穏《おだ》やかに説明してくれたが、その間も主に背後に向けて放射されている冷気にフジは怯えていた。

「ウエスト……突っ込みはな、どんなボケも拾ってなんぼやで！」

「へえ……さっきのボケだったんだ」

しかしイーストは果敢《かかん》にもその背中に強い声を送り——と同時にウエストの周りに漂《ただよ》い始めた物騒《ぶっそう》な空気に、俺はその場から早々に撤退《てったい》することを決めた。

足を結ばれているフジを半分抱《かか》え上げるようにして二人から離《はな》れれば、フジは明らかにほっとして息を吐《つ》いた。

そんなフジを床《ゆか》に下ろすと、俺はウエストに言われた通り、ハガキの裏面を見てみた。

〈ジョン・レノンの奥さんは誰《だれ》ですか？〉

そうすれば、そこには鈴木の字で問題が書かれていたが、その問いの意味するところまでは摑《つか》めない。

「ジョン・レノンの奥さんは、オノ・ヨーコだよな」

もちろん、単なる解答ならばすぐに導きだせる。ジョン・レノンには離婚歴《りこん》があるから、その妻は一人ではないのだが、やはり今もそう呼ばれるのはオノ・ヨーコで間違《まちが》いないはずだ。

「そうですの」

そして俺が出した答えにフジは一つ頷《うなず》くと、ポケットから例の手帳を取り出して——どうやらバスケットから移して来たらしい——生真面目《きまじめ》な顔でそれを書き付けていく。

「これはあくまでヒントだぞ？」

念のためそう言えば、フジは手帳から目を上げないままもう一つ頷いたので、とりあえず俺は自分の思考に集中することにした。

まず、音楽室のシューベルトと違い、俺は校内でオノ・ヨーコの写真や肖像《しょうぞう》を見かけた覚えがない。それにいくら鈴木でも続けて同じような問題は出さないだろう。

「軽音部かフォークギター同好会か……どっちかの部室にオノ・ヨーコの写真が飾《かざ》ってあるのを見たことがあるけど」

「う〜ん、次も単純に考えるべきですか？」

そこで俺の耳は——聞く気はなかったのだが——秋津と勝野の会話を捉《とら》えた。

秋津の言う部室の件は初耳だったが、それを聞いてもやはり俺は賛同しかねる。

鈴木の考えたことだから、複雑に考える必要は無いと思う。でもウエストの、「これはやっぱり鈴木企画《きかく》」という台詞《せりふ》を深読みするなという忠告だと考えるのには抵抗《ていこう》を覚え、俺は知らず唸《うな》っていた。

「多加良さん、ちょっとよろしいですか？」

と、ふいにフジに袖《そで》を引かれて、俺は思考を一時中断した。

「ああ、何だ？」

「おのようこさん、とは漢字でどう書くのですか？」

俺が応じれば、フジはペンを顎先《あごさき》に当てながら俺の顔を見上げ、そんな質問を寄越した。

けれど、俺はその問いの意味がわからず、答えあぐね、束《つか》の間沈黙《ちんもく》して。

ようやく、フジの問うところを理解した瞬間《しゅんかん》、俺の脳裏《のうり》にはある文字列と顔がよぎり——次いで俺は本当の答えに辿《たど》り着いていた。

答えがわかれば、ウエストのヒントはその上で用を為《な》すものだということもわかる。

「……なるほど。だから、鈴木企画、がヒントになるわけだ」

そして俺は一人納得して頷いたのだが、

「多加良さん？」

思いがけず俺を答えへと導いてくれた、当のフジがまだ別の答えを待ち、手帳を開いたままでいることに、俺は名前を呼ばれてようやく気付く。

「……その手帳、ちょっと貸してくれ」

少々申し訳ない気持ちで俺が言えば、フジは素直に手帳を差し出してくれ、今度は俺も素早く――でも、フジが丁寧《ていねい》に秋津聡史と書いたページはちゃんと避《よ》けて――ペンを走らせた。

「ジョン・レノンの妻のオノ・ヨーコは普通《ふつう》、カタカナで書けばいいんだ。でも、この問題の答えなら……〝小野葉子〟だ」

ペンを置くと同時に、俺はカタカナの下に漢字で並べた文字をフジに示して見せた。

「……つまり、私達にとって重要なのはオノ・ヨーコさんではなく、小野葉子さん、ということですの？」

フジは目だけを動かしてその二つの文字列を見比べ、俺の言わんとするところを半ば察した上で問うた。

「その通り。そして、小野葉子ならこの学校にいる」

「では、次は小野葉子さんの元へ向かえばいいんですわね……」

それに俺が首肯《しゅこう》して見せれば、フジは目に聡明《そうめい》な光を宿して、すべてを正しく理解した様子だった。が、次にフジの面《おもて》に浮かんだのは思案顔だった。

そして、その視線の先には当然のように、額を付き合わせながらも、まだ確信を持てる答えに辿り着いていない秋津達の姿。

「答えを出すまで待つなんて出来ないぞ」

山本達を除く殆《ほとん》どのペアがうさぎ林檎《りんご》の作成を終えている状況《じょうきょう》で、さすがにそれは認められないと俺が言えば、フジは無言で抗議《こうぎ》の眼差《まなざ》しを向けてくる。

だが、俺がそれを真《ま》っ直《す》ぐに受け止めれば、フジの赤茶色の瞳《ひとみ》は悲しそうに潤《うる》み、いまにも泣き出しそうに口許《くちもと》を歪《ゆが》めてしまい。

結局俺が折れる事になるのかと、一つため息を吐き、

「フジ、一ページだけ破らせてもらうぞ」

そう断りを入れてから、手帳を破くと、それで紙飛行機を作った。

「秋津」

次いで俺が声と共に投げた紙飛行機は、秋津の腕《うで》に当たってテーブルに落ちた。秋津は不思議そうにしながらも、そこに文字が記されていると気付くと開いた。

「オノ・ヨーコと小野葉子……あっ、そうか！　けど、秋庭、どうして？」

そうすれば、秋津はすぐに俺の導き出した答えに至ってくれたが、と同時になぜ俺がそれを教えるのかと、問うてくる。

「これはフジの恩返しの……おまけだ」

二人の戸惑《とまど》いはわかったが、俺はそれだけ告げると、後は自力でどうにかしろと、フジごと踵《きびす》を返して背を向けたのだった。

「あ、あのっ……多加良さん、ありがとうございます」

そこでようやくフジは俺の一連の行動を理解して、と同時に俺に頭を下げた。

「次はないからな……それと、俺達はこれからスピードを上げるぞ」

その真っ直ぐな感謝は快いものだったが、一応念を押して、それから俺はフジと共に再び走り出したのだった。

6

そうして、俺とフジが二人三脚《ににんさんきやく》で辿り着いたのは理科室。

「やっぱりいたか……小野葉子先生」

俺が名前を呼べば今年度赴任《ふにん》してきた新任の女教師はすぐに振《ふ》り向いて、

「はい。鈴木くんに頼《たの》まれたので、準備をして待っていました。秋庭くん……と、赤頭巾《あかずきん》ちゃんが一番乗りです。さあ、どうぞ」

声と同じく柔《やわ》らかな表情で、フジの姿にもさして驚《おどろ》きを見せず、俺達を室内に招き入れた。

「……お、お邪魔《じゃま》しますわ」

初対面の相手を前に、フジは小さく挨拶《あいさつ》だけすると恥《は》ずかしがって俺の陰《かげ》に隠《かく》れてしまったが、こちらはそのままにしておく。

「……どうして、鈴木の言うことを聞いてるんですか？　何か弱味を握《にぎ》られているとか？」

それよりも、可能性は極《きわ》めて低いと思いつつ、その点についての問いを優先させた俺に、

「いえ、そんなことは。ただ、どうせ騒《さわ》ぎを起こされるなら、目が届かない場所よりは届く範《はん》囲《い》の方がまだましかと思いまして」

小野教諭《きょうゆ》は悪びれる素《そ》振《ぶ》りも見せず、にこやかに即答《そくとう》してくれて、俺は軽い目眩《めまい》を覚えた。

確かにその理屈《りくつ》はある程度は理解できる。

「鈴木の担任が大変なのはわかりますが、少しは抑《おさ》えようとしてください」

だが、それでも俺は小野教諭に苦情を申し立てずにいられなかった。

「私も頑張《がんば》っていますが、あのように自由で楽しい子を受け持つのは初めてなもので……それに教師だって人間だもの」

ついでに軽く睨《にら》めば、さすがに目線を逸《そ》らし、その面にも苦慮《くりょ》の表情を浮かべたが、小野教

論が正直どこまで本気で言っているのかわからない。生徒相手にも丁寧《ていねい》な口調を崩《くず》さない小野教諭を、これまで俺は控《ひか》え目で、物静かな人物と評価していたのだが、その評価は今日を境に変えた方がいいだろう。

「だったらいっそ当番とか目付役をつけたらどうですか？」

内心でそう決めながら、俺は小野教諭に一つ提案してみた。当番になる人間は大変だろうが、中々良い考えだと俺は自負する。

すると小野教諭はなぜか俺をじっと見つめて、肩《かた》の辺りで束ねてある髪《かみ》を撫《な》でながら首を傾《かし》げる。

「お目付役ならもういるじゃ……」

「どこに？」

だが、続く言葉を俺は最後まで言わせなかった。地を這《は》うような低い声を被《かぶ》せ、ついでに冷えた眼差しを添《そ》えれば、

「ああ、二番乗りは秋津くんと勝野さんです。さあ、みんな課題に挑戦《ちょうせん》してください！」

小野教諭はあからさまに俺から目を逸らすと、秋津達の到着《とうちゃく》を口実にそう言ったのだった。

俺は仕方なく従ってやり、改めて理科室の中に目を向けて、実験台の上に当たり前のように置かれているビーカーを見つけた。

確かに、理科室にビーカーがあったところで、ここ程相応《ほどふさわ》しい場所はないのだから何の問題

もない。たとえそれが1リットル以上の容量がある巨大《きょだい》なものであっても、百歩譲《ゆず》って良しとしよう。が、しかし。

「……どうしてビーカーの中に林檎《りんご》ジュースが入っているんだ？」

「鈴木くんが、透《す》き通っていないタイプのジュースをと言っていましたから」

「……その前にビーカーはジュースを入れるものではないと思いますわ。林檎ジュースはいいのですけれど」

「だって理科室には丁度良いコップがなかったのです。でもちゃんと殺菌《さっきん》してありますし、バケツよりいいですよね」

俺とフジの至極《しごく》当然な疑問に、小野はそれが当たり前のことであるかのように答えてくれた。鈴木の担任という小野教諭の数奇《すうき》な運命に同情していたが、特大ビーカーに林檎ジュースを入れる神経の持ち主ならば、きっとこの先も大丈夫《だいじょうぶ》だろう――この瞬間《しゅんかん》、俺は確信した。

「……まあ、消毒してあるなら大丈夫だって」

なみなみと林檎ジュースで満たされたビーカーを前に秋津は剛毅《ごうき》なことを言ったが、やはりその頬《ほお》はひきつっていた。

「……次の課題はこれを飲み干すことか？」

そんな秋津の表情を横目に見ながらも、用意された席を数えて俺が問えば、小野教諭は首肯《しゅこう》で応じた。

「半分正解。ただし……ジュースを飲むのに使って貰《もら》うのは、このらぶらぶストローです」

しかし、次に小野教諭が取り出したストローの形状に、俺は言葉を失う。

そのストローは根本は一本なのだが、途中《とちゆう》で二股《ふたまた》に分かれ、ハート形の曲線を形成したその先に二つの飲み口が存在するという代物《しろもの》で。

「これぞ青春でしょう」

小野教諭はあくまで静かにそう言ったが、その80年代——或《あ》いはもっと以前——の感覚に俺は頭痛を覚え、秋津は目を背《そむ》けた。

「……うわー」

続いて、勝野は額に手を当てて、拒否感《きよひかん》たっぷりの絶望さえ漂《ただよ》わせた声をあげる。

「す、素敵《すてき》ですわ！　らぶらぶストロー！」

そんな中、一人歓喜《かんき》の声を上げ、手を叩《たた》いたのはフジだ。

「あら、わかりますか、赤頭巾《あかずきん》ちゃん」

唯一《ゆいいつ》の賛同者を見つけた、小野教諭《きようゆ》は嬉《うれ》しそうにフジに微笑《ほほえ》みかけ、フジもまた嬉々《きき》として応《こた》える。

「はい、これはとっても素敵なラブラブアイテムですわ！」

そして、フジは小野から受け取ったストローを印籠《いんろう》のごとく、秋津達の眼前に突《つ》きつけた。

「ささ、お先にどうぞ！」

フジがあくまで善意からそのストローを差し出しているのは二人にもわかっただろうが、それでも中々二人は手を伸《の》ばさなかった。

当たり前だ、たとえ恋人《こいびと》同士だったとしてもこのストローは恥《は》ずかしすぎる。

「これは、ゴールデンパークの為《ため》にどこまで体を張れるか、試《ため》されているんですよ、先輩《せんぱい》」

禍々《まがまが》しささえ感じるストローを前に、最初に覚悟《かくご》を決めたのは勝野だった。

「ああ、わかってる。つまり、ここで根性《こんじょう》を見せなければならないわけだ、チケットを手に入れるためには。……勝野、覚悟を決めてくれるか？」

「はい。私はＡ・Ｔのお弁当の為に頑張って、根性みせますよ」

そんな遣《や》り取りの後、秋津はまるで呪《のろ》いのアイテムを手に取る勇者のように、フジの手からストローを受け取ると、ビーカーのセットされた席に着いた。

俺はその覚悟にある意味尊敬を覚える。

「ジュースを飲み干したら、次の問題が出題されますから、頑張《がんば》って早く飲み干して下さい」

だが、二人の背中に小野がそう声をかければ、これを他人事《ひとごと》として見ていられる立場ではない自分を思い出す。俺もまた、あのストローを手に取るしかない運命だということを。

「あ、お二人とも、俯《うつむ》かずに、見つめ合って飲むとより一層いいですわよ」

「……フジ、俺達も挑戦するぞ」

早くも三分の一を飲み終えている秋津達に、俺は焦《あせ》りを覚えフジを促すと、覚悟を決めてストローを手に取った。

促されればフジは素直に俺の言葉に従って、ジュースを一口含《ふく》み、

「こ、これは！　紅玉《こうぎょく》とふじのブレンドですわ……ということは金のねぷた！」

先程《さきほど》と同じように大袈裟《おおげさ》に驚《おどろ》いてみせた。

確かにジュースは美味《うま》かったが、今度は俺も冷静に聞き流せば、フジは少しだけがっかりしたように俺を見てから、目線を秋津へと戻《もど》した。

フジのひたむきな眼差《まなざ》しは、本人が自覚しているいないにかかわらず、何よりも雄弁《ゆうべん》にその内心を語っていた。

だから、その一途《いちず》な瞳《ひとみ》がふいに曇《くも》れば気になって、俺もまた秋津と勝野にさりげなく視線を向けることになる。

そうして見た二人は、とにかくジュースを飲み干すことに集中していて、集中するあまり互《たが》いの額がくっついているのにも気付いていなかった。相変わらず漂うのは体育会系の雰囲気《ふんいき》なのだが、二人が運命の恋人同士と知っているフジの目には、

「……お似合いですわ」

そう映ったらしく、呟《つぶや》くとフジは無意識に胸の辺りに手を置いた。

「フジ、苦しいか？」

そんな仕草を見せられて、俺は思わずフジに尋《たず》ねていた。

「苦しい？　……ああ、ジュースの飲み過ぎでお腹《なか》は少々苦しいですわね」

だが、フジは俺の声に我に返ると同時に、その手を胃の辺りに置き換《か》え、首を傾《かし》げる。

「違《ちが》う、そこじゃない。二人を見ていてここが苦しいんじゃないのか？」

でも、俺はそこで引き下がらずに自分の胸を指で示して見せながら、同じ問いを繰《く》り返した。

「苦しくなんて……ありませんわ」

そうすれば、フジはようやく俺が尋ねている患部がどこなのか理解してくれたが、返ってきた答えはそれだった。

「だって、私はいまお二人が恋人同士のように見えて嬉しいんですもの。秋津様が幸せになるにはそれが一番ですから」

フジはその患部に宿る感情には気付かず、更《さら》にそう続けると、笑顔《えがお》を作ってみせる。

その胸の痛みにも、どうして自分がそんなにも秋津の幸福を願うのかにも気付かない――或《あ》いは気付かない振《ふ》りをしている――フジに言うべき言葉を探したが、見つからず、俺は唇《くちびる》を噛《か》んだ。

「……あら、だいぶ秋津様達にリードを許していますわ。私はそれでも構いませんけど、多加良さんは困るのではありませんか？」

「ああ、困る。レースに勝つのは俺じゃないとな」

だから俺は、明らかにフジが逸《そ》らした話に乗って、再びストローに口を付けたのだった。

よく冷えたジュースを一気に飲み干せば、アイスの類を食べた時と同じ疼痛《とうつう》——実際、アイスクリーム頭痛と言うらしい——に襲《おそ》われて、俺はこめかみを押さえた。

だが、その痛みと引き替《か》えに俺達は後続の三組を大きく引き離《はな》すことに成功していた。

となれば、目下のライバルは陸上部の肺活量で俺達を一歩リードしている秋津達のみ。

でも、秋津達はジュースを飲み干しているのにビーカーの底をじっと見つめたまま席を立とうとしない。その一方で、問題について小野に尋ねる様子もない二人を見て、俺はその理由に推理を働かせる。

「それで……次の問題はどこですの？」

けれどフジは、俺が秋津達に倣《なら》ってビーカーの底を覗《のぞ》き込み、答えを出す前にその疑問を口にしてくれたのだった。

最後まで頑張ってジュースを飲んだフジは、まだ疼痛に襲われているのか両目を閉じたままで、それでは問題文が見つからないのも道理と、俺は抗議《こうぎ》の声を飲み込んで。

「フジ、目を開けてビーカーの底を見てみろ」

俺はあくまで親切に教えてやり、指先でその場所を示してやった。

俺の言葉にフジは素直に目を開けて、ビーカーの底に問題文を見つけると、無言で目を大ききく見開いた。

「こういうことだ」

　フジに一声かけると、俺は改めてビーカーの底に書かれた文字を目で追った。

〈ゴールデン眼鏡《めがね》は力持ちの子じゃなくて、賢《かしこ》い子に授けました。ヒント……太郎《たろう》くんには兄弟がいないけど、金太郎くんにはいます〉

　つまり、この問題の答えに辿《たど》りつければ、そこでゴールデン眼鏡を手に入れられるということだ。

　その点にはすぐに気付いた俺だが、

「力持ちではなく、賢い子？　誰でしょう？」

　フジが小さく声に乗せた問いにはまだ答えを返せない。

　俺が黙《だま》っていると、フジはもう一度ビーカーの底を覗き込んで、自分でも答えを探し始め、俺もまたビーカーに視線を落としながら、脳《あたま》の回転運動を再開させる。

　前二つの問題からしても、考えすぎる必要は無いとわかっている。鈴木の問題は殆《ほとん》ど誰《だれ》もが知っていることに、ほんの一ひねりを加えているに過ぎないのだ。

　なので俺はまず、誰もが知っているゴールデン眼鏡の知識をさらってみる。

　河童《かっぱ》のミスター・タローが持っている金色の眼鏡、それがゴールデン眼鏡だ。

　そしてミスター・タローとは、河童なのにイケメンで、職業は義賊《ぎぞく》らしい。

「ミスター・タローって確かゴールデン眼鏡をかけるとパワーアップするんでしたよね」

「ああ、確か名前も変わって、どっかのロボットと同じ設定で十万馬力になるとか……」

「しーっ、先輩《せんぱい》それは言っちゃダメです」

そこでまた秋津達の会話が流れて来たのだが、やはりそれはヒントにはならなかった。

「ミスター・タローはゴールデン眼鏡で力持ちになるんですか。私のリンゴパワーみたいですわ」

一方、その会話を漏《も》れ聞いたフジは一人感心したようにまた手帳にメモをとった。

「ところで、力持ちになると、何というお名前になるのですか？」

「ああ、確か、金太郎になる……」

と、フジに問われるまま口を開いて、俺はそこでひっかかりを覚えた。

同時に〈太郎くんには兄弟がいないけれど金太郎くんにはいる〉というヒントが脳裏《のうり》を掠《かす》めていって。

「いや、いやいや……それは安易だろ、鈴木」

俺は辿り着いた可能性《こたえ》を前に思わずここにいない鈴木に向けて言っていた。

太郎というのは——最近はあまりいないかもしれないが——一般《いっぱん》的に長男につける名前だ。でも、鈴木曰《いわ》く「太郎くんには兄弟がいな」くて「金太郎くんにはいる」となれば、ゴールデンならぬ「金」という文字に注目するのが自然だ。

叶野学園には名前に「金」と付く生徒は何人かいる。だが、「賢い子」というには少し年が合わないし、誰もがそうと認識している存在となると、俺には校門の近くにいるあの銅像くらいしか思い浮《う》かばない。

「秋庭くんも秋津くんも苦戦しているようですね。では、もう一つヒントをあげましょう。その賢い子は多分次男です」

しかし、追い打ちのように小野の口からもたらされたヒントを聞けば、それを確信する他《ほか》無く、俺は鈴木の思考回路に呆《あき》れるしかない。

ああ、どうしてこんな単純なヤツが生徒会長で、この俺が副会長なんだろう。

一瞬《いっしゅん》レースのことも忘れて、俺がその不条理を噛みしめていると、

「次男？　多加良さん、いまのお話聞いてましたか？」

フジに服の裾《すそ》を引かれて、俺は我に返った。

「ああ、聞いていた。でも、その前にゴールデン眼鏡の在処はわかっていたけどな」

次いでそれを伝えれば、フジは一瞬目を瞠《みは》り、

「本当ですの？」

それから半信半疑の表情を浮かべて首を傾《かし》げた。確かに裏付けがなければ信じ難いだろう。

だが、小野からあんなあからさまなヒントが出た以上、ゆっくり説明してもいられない。

「ああ。次男の名前は多分、金次郎《きんじろう》だ」

俺はフジを立ち上がらせ、動き始めながらまずそう告げた。

もちろん声は潜《ひそ》めていたが、俺達が席を立てば、秋津達の視線はこちらに向けられる。

「……そして、それと同じ名前の賢い子は、学園には一体《ひとり》しかいない」

俺は秋津達の動きを気にしながらも、フジの肩《かた》に腕《うで》を回し、とにかく戸口に移動させる。

そしてその間に、秋津と勝野は短く視線を交《か》わすと、席を立った。

「……後を付いてくる気か」

俺は二人の意図をそう読み取る。

「あの、だったら一緒《いっしょ》にゴールを……」

「悪いが、レースは俺が勝つためにある」

俺の呟《つぶや》きを聞いたフジは案の定温《ぬる》いことを言いだしたが、ここまできて俺がそれを認める筈《はず》はなく、

「とにかく、さっさと撒《ま》くに限る」

俺は半分フジを抱《かか》えるようにして踵《きびす》を返すと、ゴールデン眼鏡《めがね》を目指して駆《か》け出したのだった。

7

俺が走り出せば、後ろ髪《がみ》を引かれていたフジも次第《しだい》に歩調を合わせてくれ、俺達は再び軽快な走りでゴール地点――つまり、二宮《にのみや》金次郎像のある校門を目指していた。

しかし、背後からは結局途中《とちゅう》で撒くことの出来なかった秋津・勝野ペアが迫《せま》って来ていて、俺達は一瞬もスピードを緩《ゆる》めることは出来ない。

それでも何とか呼吸を乱さず走れる俺は良いが、一緒に走るフジは既《すで》に肩で息をし始めていた。

「フジ、大丈夫《だいじょうぶ》か？」

俺が尋《たず》ねても、フジはずれた赤頭巾《あかずきん》を直すこともせず、ただ頷《うなず》きを返すだけだった。

現在地は新東棟《とう》の一階。昇降口《しょうこう》さえ出れば、どちらかと言えば南棟に近いゴールはすぐだ。

「フジ、もう少しだから、頑張《がんば》れ！」

とにかく俺はフジに励《はげ》ましの声をかけた。

「赤頭巾ちゃん、頑張れ！」

すると、思いがけず前方からもフジを励ます声が聞こえて、俯《うつむ》きかけていた顔をフジは上げた。

けれど、その声を送ってくれたのが桃原とわかると、フジは唇《くちびる》を結び、あからさまに目を逸《そ》らす。

「ついでに秋津もがんばれっ！」

だが、桃原はそんなフジの態度に気付かず、後から走ってきた秋津達にも声援《せいえん》を送る。

「おうっ！」

フジとは対照的に、秋津はその応援に声を上げて応《こた》え、俺はその声が思ったよりも近くに聞こえたことに驚《おどろ》いて、肩越《かたご》しに振《ふ》り返った。

俺が体を捻《ひね》れば、つられる形でフジも振り向いて秋津を見ることになり。

その瞬間、フジが息を詰《つ》めたのが、伝わってきて。

その視線の先では秋津が桃原に、熱病に浮かされているような一途《いちず》な瞳《ひとみ》を向けていた。

そこに桃原がいるだけで幸せだと語っているような、雄弁《ゆうべん》な眼差《まなざ》しを前に、フジは胸を押さえて俯いてしまう。

それと同時に、フジの足も止まってしまうが、さすがに俺もこの状況《じょうきょう》でフジを先に促《うなが》すことは出来なかった。

「おお、秋津、頼《たの》もしいね！」

「まあね……んで、勝ったらチケットは桃原にやるから」

しかし、極端《きょくたん》に視界の狭《せま》くなっている秋津は俺達を追い抜《ぬ》いたことにも気付かず、まだ手にも入れていないのにそう言って、桃原に笑いかける。

「へ？　なんであたし？」

だが、言われた方の桃原はきょとんとして、首を傾げて、

「だって、黒沼《くろぬま》と付き合い始めたんだろ？　だから、おれからのご祝儀《しゅうぎ》！」

一秒と待たずもたらされた答えに、俺は衝撃《しょうげき》を受け、フジは弾《はじ》かれたように顔を上げた。

隣《となり》にいる勝野もまた驚きに目を瞠って、二人の顔を見比べている。それ程に先刻の秋津の表情はわかりやすく桃原に対する感情を表していた。

「……あ、ありがとう、じゃあありがたく貰《もら》おうかな。って、まだ気が早いか」

なのにとうの桃原だけが秋津の思いに気付いていなくて。

そして、照れたように頬《ほお》に手を当てる桃原を見つめる秋津の瞳は、眼鏡の奥でひどく優《やさ》しく、でもひどく切ない光を宿す。

「……ですから、ですからその人ではだめだと言いましたのに。どれだけ想《おも》っても、秋津様はそれでは、幸せになれませんわ」

そんな秋津の姿を、同じ色を湛《たた》えた瞳で見つめながら、フジは握《にぎ》り締《し》めた拳《こぶし》を震《ふる》わせた。

確かに、秋津の想いは報《むく》われないだろうし、このまま伝えることさえ叶《かな》わないかもしれない。

でも、そうと知ってもまだ秋津が桃原を想い続けるのなら、俺達に出来るのはその気持ちを尊重することだけだ。

「……それでも秋津は桃原が好きなんだ。わかってやらないか？」

秋津が桃原の幸せを願っているように、秋津の幸せを願うフジにはわかって欲しいと俺は語りかけた。

けれど、俺の言葉にフジは黙《だま》って首を振り、苦しそうに胸を押さえる。そうして、再び眼差しを前へ向けると唇を噛《か》みしめた。

「じゃあ、秋津に彼女が出来た時には、あたしがお祝いをあげるからね。約束！」

そこには、あくまで屈託《くったく》なく、でも秋津にとっては残酷《ざんこく》な言葉を告げる桃原がいて。

その手が秋津の肩《かた》に触《ふ》れた瞬間、フジの胸の辺りで何かが光を放ち、俺は反射的に目を閉じていた。

それは見間違《みまちが》いと言われれば納得《なっとく》する位、束《つか》の間の煌《きら》めきだった。けれど、俺が再び目を開けた時、まるでその光を合図としたようにフジの様子は一変していた。

「……離《はな》れて、ください」

その表情は険しさを増し、昏《くら》い光の灯《とも》った瞳で桃原を半ば睨《にら》むように見据《みす》えながら、フジは硬《かた》い声で桃原に告げる。

「え？　なあに？」

それでも桃原はその不穏《ふおん》な空気を欠片《かけら》ほども察知することなく、呑気《のんき》に問い返し、それがフジの感情に油を注ぐ。フジの身を包む空気が更《さら》に鋭《するど》く尖《とが》るのを肌《はだ》で感じて、とにかく落ち着かせようと俺は肩に置いた手に力を込《こ》め、名前を呼んだ。

「フジ、冷静に……」

「あなたは秋津様が好きではないのですから……秋津様の運命の方ではないのですから、離れてくださいっ！」

けれど、俺の声を振り切るようにフジが叫《さけ》んだその刹那《せつな》――俺は空気《かぜ》が唸《うな》る音を聞いた。

「え、わっ、きゃぁっ」

かと思えば、桃原は悲鳴を上げて、とっさに目線だけを向けると、何か鞭《むち》のようなものに足《あし》下《もと》をすくわれ、尻餅《しりもち》をついていた。

「桃原っ！」

転倒《てんとう》した桃原に、秋津は自分の足が勝野と結ばれているのも忘れて駆《か》け寄ろうとしたが、当然うまくいかず、その場に膝《ひざ》を突く。でもそのまま秋津は紐《ひも》を解いて、桃原の元へ行こうとする。

「離れて……秋津様から、離れて！」

秋津の必死な姿に、フジは苦しそうに胸を押さえ、桃原には更にきつい眼差しを向けて叫び、その叫びに呼応するように鞭――木の枝で出来たそれはフジの意思をくみ取って桃原を襲《おそ》う。

「きゃぁぁっ」

木の枝ながら蔓《つる》のしなりを持ったそれは、桃原の体を拘束《こうそく》するように手足に絡《から》みつき、桃原はさっきよりも高い悲鳴を上げる。

しかし、絡みついた枝は緩《ゆる》むどころか、更にきつく締め上げ、そのまま桃原の体をどこかへ運び去ろうとする。

その力に桃原は引きずられないようにするのが精一杯《せいいっぱい》で、近付こうとした秋津の手もまたその枝に弾かれてしまう。

「なんなんだよっ、この枝っ！」

秋津は焦燥《しょうそう》も露《あら》わに叫んだが、それで木の枝が折れることはなく、

「桃原先輩《せんぱい》だけを、狙《ねら》ってる……の？」

目の前の光景に勝野は呆然《ぼうぜん》と呟《つぶや》いた。

確かに、勝野の言う通り、木の枝は桃原だけに狙いを定めていた。

そして、そんなことが出来るのはこの場に一人だけで——事実、枝はフジの足下、その影《かげ》から伸《の》びていた。

「フジっ、止《や》めろっ!!」

俺はフジの肩を掴《つか》み、その体を揺《ゆ》さぶって訴《うった》えかけた。

「嫌《いや》です。止めません……あの女が傍にいたら、秋津様は幸せになれません」

「フジ、それはお前が決めることじゃないっ！　お前の感情を秋津に押しつけるなっ！」

「……私が決めたんじゃ、ありません。これは〝恋眼鏡《こいめがね》〟が定めた、運命、ですわ。……ですから、邪魔《じゃま》をしないでっ！」

けれどフジは俺の言葉を聞き入れず、どこか焦点《しょうてん》を失った瞳《ひとみ》で首を振《ふ》る。

「フジっ！　くっ！」

と同時に俺とフジの足を結んでいた紐は枝の一閃《いっせん》で切断され、俺の身体は弾《はじ》き飛ばされていた。

咄嗟《とっさ》に受け身はとったが、勢いを殺しきれずに俺はごろごろと廊下《ろうか》を転がり、近くに壁《かべ》が迫《せま》った――その寸前で、俺の背中はしっかりと受け止められた。

「決めるのは、運命でもないと思うわ」

次いで、俺の背後からは静かだけど、強い声が響《ひび》いて。振り仰《あお》げば、そこにいたのは桑田だった。

「桑田……助かった。でも、このタイミングは偶然《ぐうぜん》か？」

「……花南ちゃんが、フジちゃんの力を感じとったのよ」

身体《からだ》を起こしながら一言礼をいい、俺が問えば桑田はそう言って後ろを示した。その指先を追えば、確かにそこには羽黒がいて、ちょうど桃原の手足に絡みついていた枝を取り去ったところだった。

それでも枝は再度攻撃《こうげき》を試みて、羽黒は桃原を抱《だ》きかかえながら何とかそれを防ぐ。

「羽黒、三人を任せていいか？」

その様子から今日はいつもよりは霊能力《ちから》が使えていると見て、俺は羽黒にそう言った。

「はい、お任せ下さい。みなさん、こちらへ」

そうすれば羽黒は力強く頷《うなず》いて、どこか呆然としている――それ故《ゆえ》にこの異常事態にもなんとかパニックを起こさずにいる――三人を近くの教室へと避難誘導《ひなんゆうどう》していく。

俺はわずかな安堵《あんど》と共に秋津達を見送ると、すぐにフジに向き直り、表情を引き締《し》めた。

そして、秋津達を追っていこうとするフジの前に腕《うで》を広げて立ち塞《ふさ》がる。

「……どうして、邪魔をするのですかっ？」

するとフジは足を止めたが、その憤《いきどお》りと共に数を増やした枝が俺と桑田を取り囲む。

「邪魔をしているのは、フジ、お前の方だ」

威嚇《いかく》するように唸りをあげて、俺の耳許を鞭の様な枝が何度も掠《かす》めていく中、俺は怯《ひる》むことなく昂然《こうぜん》と顔を上げ、フジに告げた。

「私は、邪魔なんてしていませんっ！　だって……秋津様の運命の恋人は、何度見たって変わりませんもの」

だが、やはりフジは俺の言葉に頷かず、スカートのポケットから〝恋眼鏡〟を取り出すと、それをかけ、

「桃原さんでも……私でもありません」

秋津の背中を見つめた後、その唇《くちびる》からこぼれたのは秋津への想《おも》いを認める台詞《せりふ》だった。

けれど、そうと認めた瞬間《しゅんかん》から、フジの表情は絶望に満ちたそれへと変わる。

秋津がいま想う相手も、未来にその可能性のある運命の恋人の存在も知っていて――そのどちらでも無い自分をも知っているが故の絶望だった。

「でも、だからっていまそこにある気持ちを……恋する気持ちを否定したり、止めたりする資格は誰《だれ》にもないわ」

でも、そこで桑田がフジに向けたのは真《ま》っ直《す》ぐな眼差しと、厳しい声だった。

その厳しさの陰《かげ》にはいつも通りの優《やさ》しさが潜《ひそ》んでいるのだろうが、今日出会ったばかりのフジにそれが読み取れるはずが無く、

「だけど、運命の人と恋をすれば、秋津様は幸せになれるんですっ！」

何度も繰《く》り返した台詞をフジはもう一度叫《さけ》び、その声に合わせて、唸《うな》りをあげながら木の枝は桑田に襲《おそ》いかかろうとする。

俺は桑田を庇《かば》う為《ため》に反射的に前に出た。が、桑田はすぐに俺の後ろから出て、もう一度正面からフジに向きあうことを選んで。

そうして、迫り来る凶器《きょうき》のような枝に怯むことなく凛然《りんぜん》と顔を上げると、フジを見つめ、

「幸せになりたいから、人を好きになるわけじゃないでしょうっ！」

声を張り上げて、そう言った。

その台詞は俺の胸に強く響いた。

俺はまだ恋と呼べるものをしたことが無いけれど、桑田の言葉はそんな俺の胸にも反響《はんきょう》し、浸透《しんとう》して。

それが、いま、この瞬間も恋をしているフジに伝わらないはずが無かった。

そして、その声が胸に届いた証拠《しょうこ》に、枝は勢いを失って下に落ち、フジの双眸《ひとみ》は焦点を取り戻《もど》す。

「幸せになりたいと思って、フジは秋津を好きになったのか？」

それと同時に涙《なみだ》をぎりぎりまで湛《たた》えた瞳を見つめながら、俺はフジに問いかけた。俺はまだ知らない感情だけど、でも、フジはそれを知っているはずだから。

「……違《ちが》いますわ。とても優しい方だから、好きになりました。でも……私は秋津様の運命の恋人では、なかったの、です」

そうすれば、思った通りフジから答えは返って来たけれど、その声にも涙は滲《にじ》んでいた。

「でも……それでも見つめることは止められなかったでしょう？　好きっていう気持ちは止められなかったでしょう」

泣き顔を赤頭巾《あかずきん》の中に隠《かく》そうとするフジに、桑田は今度は優しい声と眼差《まなざ》しで問いかける。

「はい……それじゃ、ダメなのに」

フジはその問いに素直《すなお》に頷き、けれどすぐにまたその想《おも》いを否定しようとして。

「だめじゃない。それは、お前にとって大切な感情なんだから」

だから、俺は語気を強めてそう言った。

その声に驚《おどろ》いたのか、フジは肩《かた》を震《ふる》わせて、けれど頭巾を上げると俺の顔をじっと見つめてきた。

俺はその林檎色《りんごいろ》の瞳《ひとみ》を真っ直ぐに受け止めて、もう一度口を開く。

「それが運命の相手じゃなくても、いま、この瞬間もお前の胸にある想いは本物だ。だから、大切にすればいい。大切に持っていていいんだ」

するとフジは目を見開き、俺の言葉の真否を問うように桑田に視線をスライドさせた。

その眼差しを受け止めた桑田が、更《さら》に柔《やわ》らかな微笑《ほほえ》みを添《そ》えて一つ頷けば、フジはその胸を両手で押さえた。そこに、大切なものがあると言うように。

「確かにここに秋津様を好きだという気持ちがあります。大切にしろとおっしゃるのもわかります。でも……苦しいんです。私は恋をするのは幸せなことと思っていましたのに……こんなに苦しいなら、私は恋なんて」

したくない――そう続くはずの言葉を、けれど桑田はフジの口許に手をかざし、寸前で言わせなかった。

「そうね。恋は幸せなばかりじゃないわ……あなたの眼鏡《めがね》みたいに真っ赤で情熱的な恋もあるだろうし、楽しい黄色、悲しい青色の恋もあると思うわ……でも、苦しくてもそれでも人は恋をするのよ。それは誰にも、自分でも止められないの」

代わりに優しく語りかけて、桑田は最後に同意を求めるように俺に一瞥《いちべつ》をくれた。

「……だから、苦しくても秋津様は桃原さんのことを好きでいらっしゃるんです、か？　でしたら、運命の恋人《こいびと》でなくても……私も秋津様を好きでいても、いいですか？」

そうして、自分に重ねることでようやく秋津の想いを悟《さと》ったフジの声は震えていて、顔に浮《う》かんでいるのも決して心安らかとは言えない、苦しげな表情だったけれど。

それでも、俺と桑田は頷《うなず》いた。

運命の恋人——その言葉は俺達の耳に心地《ここち》よく響《ひび》き、くすぐってくれる。

でも、人はフジのような〝恋眼鏡〟を持っていない。でも、だからこそ人は運命の人を探して、時には何度も恋に落ちるのだろう。

「なあ、フジ。運命の相手に会える確率なんて、どれだけあると思う？　好きになったその人が運命の相手だっていう可能性がどれだけある？」

「……わかりませんわ」

俺の言葉に、フジは数秒沈黙《ちんもく》した後、赤く染まった目許《めもと》を擦《こす》りながら、思った通り首を傾《かし》げて。

「だろうな。俺にもわからない。それに、誰が運命の相手かなんてわからない。でも、それでも〝運命の恋〟は出来るんだ。自分がそうと信じれば、な」

俺はそう言いながら手を伸《の》ばして、フジの顔から〝恋眼鏡〟を取り去った。

「これで余計な数字は見えなくなった。だからフジ、お前はこれから〝運命の恋〟を探せばいい」

「……私にも、探せますか？」

そうすれば、フジは何度も目を瞬《しばたた》かせ、

「ええ、きっと」

その言葉を桑田が強く肯定《こうてい》すれば、フジはまた目を潤《うる》ませて、けれど林檎《りんご》のように紅《あか》い唇《くちびる》に微笑みを浮かべたのだった。

「もう、枝は収められるな？」

「はい……」

落ち着いたのを見計らって俺が言えば、フジは素直に返事をして、その力を抑《おさ》える為《ため》に、まず全身の力を抜《ぬ》き目を閉じた。

そうしてから、伸びた枝を呼ぶように二度、三度と自分の影《かげ》を踏《ふ》んで――フジは顔色を変えた。

「なっ、なぜ!?　力の制御《せいぎょ》が利《き》きませんわっ！」

そう言われても俺はすぐにはその言葉の意味を理解することが出来なかった。

「……な、にっ！」

そして、それを頭で理解する前に、俺は身体《からだ》に思い知らされることになる。

一度は床《ゆか》に落ちた枝は見る間に葉を繁《しげ》らせると、その勢いのまま放射状に伸びていき。

若葉風などというものではない風と共に、枝葉は雪崩《なだれ》のように廊下《ろうか》を駆《か》け抜け、俺はその勢いに立っていられず、その場に身を伏《ふ》せた。

緑が巻き起こす旋風《せんぷう》に、窓は枠《わく》からがたがたと震え、俺よりも軽い桑田の身体は風に押されて廊下を滑《すべ》っていく。

縦横無尽《じゅうおうむじん》に走る枝と風とで目を開けることさえ困難な状況《じょうきょう》の中、それでも俺は何とか瞼《まぶた》をこじ開けて前を見た。

するとそこには、自分自身の生み出した緑に、まるで巣か繭《まゆ》のように周囲を囲まれ、翻弄《ほんろう》されているフジの姿があった。

「フジっ！　制御が利かないって、どうし、たっ！」

「わ、わかりませんわっ！　こんなこと、初めてで……。それに、私にここまでの力は無いはずなのにっ！　もう、どうしていいのか」

俺は声を張り上げて、途切《とぎ》れがちになりながらも尋《たず》ねたが、半ば恐慌《きょうこう》状態に陥《おちい》っているフジから返ってきたのはわからないという答えと、新たな緑の塊《かたまり》で。

「くそっ、どうすればいいんだっ！」

咄嗟《とっさ》に顔の前で腕《うで》を交差させ、何とかその鞭《むち》の攻撃《こうげき》をやり過ごしたものの、次に打つ手がわからず、思わず俺が舌打ちをしたその時だった。

しゃんしゃんしゃんしゃらん、と。緑が唸《うな》る音にも消されずにその音は俺の耳朶《じだ》を掠《かす》めて。

「困っているようだのう」

次の瞬間《しゅんかん》、俺の眼前には銀色の輝《かがや》きがあった。

その銀色は長く艶《つや》やかな髪《かみ》で、その持ち主は暴れる枝葉などものともせずに、いつも通り空中に佇《たたず》んでいた。

「かのう……」

俺がその名を呼べば、かのうはゆっくりと身体ごと振《ふ》り向いて、あくまでこの事態を楽しんでいるような光を湛《たた》えた黄金《きん》色の瞳《ひとみ》で俺を見た。

「ここは妾《わらわ》が一肌脱《ひとはだぬ》ぐしかなさそうだのう」

そうして、やはり楽しげな笑みを紅い唇に浮《う》かべると恩着せがましい口調で俺に言った。

その表情を見れば、かのうがこの件に一枚噛《か》んでいることはほぼ確実だったし、ここでかのうに借りを作れば、後でかなりの暴利をつけられることなど容易に予測出来る。

「……どうにか出来るって言うのか？」

それでも俺に打つ手が無い以上、いまはかのうの手を取るしかなく——俺は仕方なくかのうに問いかけた。

「うむ。それでは多加良。フジ殿《どの》から銅鑼《どら》……いや、鏡の欠片《かけら》を頂いてきてくれるかのう」

俺の問いかけに、かのうはいかにも自信ありげに頷《うなず》いたが、続く台詞《せりふ》に俺は数秒沈黙した。

フジの周りを囲む枝葉は、もはや竜巻《たつまき》に近く、中心にいるフジの姿さえ見えなくなってきていて、いくら俺でも容易には近付けない。

「……どうやって、フジに近付けと？」

「多少は妾が勢いを削《そ》いでやるからの。あとはまあ……多加良が頑張《がんば》るしかないのう。さすれば妾が浄《きよ》め、一件落着だのう。うむ……あれはやはり幼き神には毒となったようだのう」

だが、俺の問いに対するかのうの答えは、ようするに「突撃《とつげき》しろ」というもので。

「浄める？　毒？　どういうことだ、フジの暴走はやっぱりお前のせいか？」

しかし、俺が聞き咎《とが》めたのはその後に続いた呟《つぶや》きのような台詞の方だった。

目許を険しくして、俺は続けざまにかのうを問い詰《つ》めたが、かのうは悠然《ゆうぜん》と俺の眼差しを受け止めると、

「それは違《ちが》うのう……あえて言うなら事の発端《ほったん》は鈴木殿にあり、鏡の欠片を拾い、己《おの》が物とされたのはフジ殿の勝手だのう。叶野の地の物を持ち去ってはならぬと、妾は忠告したというに、の」

微《かす》かに眉《まゆ》を顰《ひそ》め、いかにも心外という表情で俺の顔を覗《のぞ》き込んでみせたのだった。

当然、そんな物に俺は惑《まど》わされたりしない。

「フジ、本当か？」

けれど、確かめるように俺が問えば、緑の竜巻の中でフジは青ざめながら、弱々しく頷いた。

俺はフジがそれを認めたことよりも、疲弊《ひへい》しきっていることに強い焦《あせ》りを覚え、拳《こぶし》を握《にぎ》りし

めた。

「以後、気をつけられませ」

そして、かのうもまたフジの状態を見て、急を要すると判断したのか、すんなりと許しを与《あた》えた。ただし、その面《おもて》に焦燥《しょうそう》の色が浮かぶことはない。

「では、多加良、用意はいいかの？」

かのうはあくまでゆったりと構えたまま俺にそう問うて。

「……ああ」

俺が頷きを返したのを見届けると、着物の袖《そで》をひらりと一閃《いっせん》させ、フジへ向けてその力を放った。

その力は不可視——けれど、その瞬間、フジを包囲している緑の力は確実に弱まり、俺はその好機に迷わずフジの元へと突進《とっしん》する。

枝が撓《たわ》んでいる部分を狙《ねら》い、その隙間《すきま》をこじ開けるようにして、俺は何とか緑の包囲網《まゆ》の中に入り込んだ。

そうして、半ば衝突《しょうとつ》する勢いで入り込んでみれば、台風の目の様に、その中心は静穏《せいおん》だった。

だが、ある意味、緑の動力となっていたフジは電池が切れかけた人形のようにぐったりとしていて。

それでも容赦《ようしゃ》なく力はフジの体から引き出されているらしく、その為《ため》にフジはその場に膝《ひざ》を突《つ》くことさえ許されないようだった。

「大丈夫《だいじょうぶ》か？　フジ、鏡はどこだ？」

「……これ、です、わ」

その体を支えながら俺が問えば、フジはかのうが言った通りの代物《しろもの》――鏡といっても金属を薄《うす》くのばして加工しただけのようなものの欠片を、胸の隠《かく》しポケットから取り出す。

「秋津様が……木の下に埋《う》めていかれた物で、だから、欲しかったんです」

それを俺に手渡《てわた》し、恋故《こいゆえ》の出来心だと俺に告白すると、フジは立ったまま気を失った。

「かのうっ、受け取れ！」

俺は片腕《かたうで》でフジを抱《だ》き留めながら、その欠片を迷わず上に向かって放《ほう》り上げた。必ずそこでかのうが受け取ると信じて。

「……しかと受け取った」

そうすれば、艶《つや》やかな声は予想通りの言葉を乗せて俺の耳に届き、びゅうびゅうと風のように唸《うな》りをあげながらしなっていた枝葉は、突如《とつじょ》として力を失い、鳴りを潜《ひそ》め。

ばしゃ～ん　ばしゃ～ん
代わりに俺の耳に届いたのは、かのうの手足に嵌《はま》っている連環《わ》が奏《かな》でるのとはまた違う、金属が鳴る微《かす》かな音だった。

そのさやかな音はどこからするのかと、俺はとっさに首を巡《めぐ》らせてみたが、俺の視界に映ったのは中空に浮かぶかのうの姿のみ。

そしてかのうは、その鏡の欠片を傾《かたむ》きかけた陽《ひ》にかざし、微笑《ほほえ》んでいた。

その次の刹那《せつな》。

俺は、その姿が映るはずのない鏡に、ほんの一瞬《いっしゅん》だけ、かのうと同じ表情《かお》で微笑む少女の顔を見たと思う。

「さて、妾《わらわ》は直ちにこれを浄《きよ》めなければのう……では、またの」

けれど、かのうは俺が少女の顔をもう一度確かめる前に、その場から姿を消していて——俺は何も問えぬまま、ただ疲《つか》れ切って、全身で息を吐《つ》くしかなかった。


結局、二宮金次郎像の元に一番に到着《とうちゃく》し、ゴールデン眼鏡《めがね》を手にしたのは、俺達でも秋津達でもなく、俺が一度は勝利したと思った山本・川口ペアだった。

思いがけず災難——というか超常《ちょうじょう》現象——に遭《あ》ってしまった秋津達だったが、その辺の記《き》憶《おく》はフジがリンゴパワーで消し、事なきを得て、フジはそれを見届けると俺達の前から姿を消したのだった。

少しだけ大人びた笑顔を最後に俺達に見せて。

フジのその笑顔以外は、ゴールデン眼鏡も何も手に入れられず、後に残ったのは疲労感《ひろうかん》のみと、レースは散々《さんざん》な結果に終わったのだが、それでも俺はまだ家路に就《つ》かずにいた。

これから行われる〝チケット贈呈式《ぞうていしき》〟とやらに立ち会い、A・Tのお弁当問題だけはクリアするために。

それに、贈呈式には鈴木も現れるに違《ちが》いない。

「……今日は何があっても鈴木を捕《つか》まえるぞ」

固い決意を声に宿して俺が言えば、隣《となり》を歩いていた桑田は強く頷《うなず》きを返してくれた。

けれど、羽黒はまだ迷っているように視線を彷徨《さまよ》わせながら、小さく唸る。

「羽黒、今日の騒動《そうどう》は、全部鈴木に帰結しているんだぞ」

だが、続けて俺がそう言えば、三つ編みをぎゅっと握《にぎ》り締《し》めて、羽黒もまた一つ頷いた。

そう、今回の騒動が鈴木に端《たん》を発していることはもはや動かしようのない、周知の事実なのだから。

戦わずしてレースに負けたと知った時点で俺は、かのうが残した「事の発端《ほったん》は鈴木にある」という台詞《せりふ》の意味をじっくり考えてみた。

そうして、俺はある結論を導くに至った——今回の騒動の発端は、先日のビンゴの賞品にある、と。

説明はまず、尾田のホラーDVD券から始めるのがいいだろう。

尾田が選んだホラーDVDを手に入れた生徒は、その物語「呪《のろ》われた鏡」の話を友人にした。

更《さら》にその友人は羽黒のお祓《はら》い券を当てた生徒にこの物語を話して聞かせた。そしてお祓い券を当てた生徒は呪われた鏡の真偽《しんぎ》を羽黒に問うたのだという。

そこで羽黒はその質問に「鏡が割れたら木の根本に埋めるといいですよ」というアドバイスを送ったそうだ。

けれど、友達の連鎖《れんさ》はまだ止まらない。羽黒の話を聞いたその人物は、また更にその話を友人にした。その友人こそが桑田のティー券を当てた人間——つまり陸上部員の一色——で桑田にその鏡の話をし、桑田は彼に「叶野学園鏡伝説」を語って聞かせたのだという。

それをいたずら心から一色は少々脚色《きゃくしょく》し、ホラーテイストにして秋津に伝えたところで事態は急展開をみせていった。

話を聞いた秋津は、どういう経緯《けいい》か最近割れた鏡を拾っていたので、その言に従い、木の根本に鏡を埋めに行ったところで、フジの危機に遭遇《そうぐう》した。

「で、最後にフジは家庭教師帰りの俺にぶつかった……ああ、間違いなく全《すべ》ては鈴木のせいだ」

そして俺はいま、贈呈式が行われる、樅《もみ》の木の前に辿《たど》り着き、いまかいまかと鈴木を待ち受けている、というわけだ。

今回俺が被《こうむ》った迷惑《めいわく》に対する怒《いか》りを鈴木に思い切りぶつける為《ため》に。

鈴木への怒りは時間を追う毎《ごと》に増していて、でも少しは落ち着こうと、レースの開始時に比べれば減ったものの、それでも少なくない数の生徒が集まった中庭に視線を巡らせて――俺の思考回路はショートした。

　そこに、人垣《ひとがき》をかき分けながら進んでくる鈴木の姿を見つけて。

　今日の鈴木は珍《めずら》しくきちんと制服を着込んでいた。ああ、それはいい。

　問題は、本来ならば色素の薄《うす》い髪《かみ》の上に黒髪のかつらを被《かぶ》り、銀縁《ぎんぶち》の眼鏡をかけて――名札代わりに〝なりきり副会長〟と書かれたたすきを肩《かた》からかけていることだ。

「会長会長！　その格好、やっぱりA・Tのお弁当って、秋庭多加良くんの手作りお弁当ですか？」

　過剰《かじょう》な程に胸を張りながら歩む鈴木に、どこからかそんな問いが飛べば、

「へ？　違《ちが》うよー、A・Tは〝味の田中〟の、鯵《あじ》のたたき弁当だよ！」

　口調は鈴木そのままで、奴《やつ》はそう答えた。

　ああ、そうかそうか、それも杞憂《きゆう》に終わってよかった。その弁当はさぞ生臭《なまぐさ》いだろうが俺の知ったことではない。

「鯵のたたき弁当……やっぱり、鈴木はんのボケは難易度高いわ。……にしても眼鏡祭りの締めはやっぱ、秋庭っちやったか」

「……今日こそは血を見ると思うよ」

　俺の耳にはイースト＆ウエストらしき会話も届いたが、最早《もはや》やつらもどうでもいい。

「ねえねえ、みんなどう？　多加良っちに似てる？」

そして、足を止めた鈴木は制服の裾《すそ》をつまみ上げながら近くに居た生徒にそんなことを問いかける。

「ええと……」

能天気以外の何ものでもない表情で問われた生徒は、俺の姿を視界の隅《すみ》に捉《とら》えると、青ざめてその場から走り去った。

ああ、英断だ。そこはたったいま第一種危険地域に指定されたんだからな。

「欠片《かけら》ほども、似てない」

「あっ、本人登場！　えー、ちょっとは似てるでしょ？　眼鏡《めがね》とか眼鏡とか眼鏡とか」

俺は低く低く否定したが、鈴木は恐《おそ》れを知らず、そう言い返し、俺の目の前は怒りに赤くなった。

「……似てないわよ」

次いで桑田が氷のような声で繰《く》り返せば、鈴木はそこでようやく我が身の危機を察知した。

「ええと……鈴木、今日という今日はお前を許さない、だっけ？」

「ああ、そうだ……待て、鈴木！　今日という今日は許さないっ！」

そうして、俺は鈴木と同じ台詞を口にして、逃《に》げる背中を追いかけたのだった。

キミイロマンゲキョウ

夕暮れ　帰り道　群青色《ぐんじょういろ》の空に光
ＵＦＯだ　彗星《すいせい》だと叫《さけ》んだあの光は
結局、飛行機のライトだった
希望の光じゃなかったんだ
万華鏡《まんげきょう》の中　宝石が入っていないみたいに
希望の光なんてないんだよ
赤　青　緑　それが光の正体だから
キミに希望の光もあげられないんだ

1

衣替《ころもが》えからほぼ半月。男子は半袖《はんそで》のシャツに青いネクタイ、それに冬服と色違《いろちが》いのズボンに、女子は淡《あわ》いブルーのワンピースにセーラー服の襟《えり》を付け足したような制服へと替わって、冬服の者はもういない。

あじさいが雨に濡《ぬ》れる季節《つゆ》も近いが、今日の空は晴れている。

だが、徐々《じょじょ》に雲の量が増えてきている空を見ながら、俺は一つため息を吐《つ》いた。

「今日はミントココアを淹《い》れてみたわ」

と、そこで目の前にミントの葉の浮《う》いたココアを差し出されて、

「ありがとう」

俺はありがたく桑田からそれを受け取った。

「ココアにミントって、合うの？」

「見た目は普通《ふつう》にココアですね」

同じく桑田からココアを受け取った尾田と羽黒はそんなことを言いながらもさっそく口をつける。

俺も二人に続いて、この初めての組み合わせの飲み物を、ゆっくりと口に含《ふく》んでみた。

「どう？　みんなには初めて淹れたけど、お口にあったかしら」

俺達が一口飲んだところで、桑田は少しだけ不安そうに首を傾《かし》げて尋《たず》ねてきたが、

『おいしい』

俺達の感想《こえ》が見事に揃《そろ》えば、ごく小さな微笑《ほほえ》みが口許《くちもと》に浮かんだのだった。

鼻と舌に仄《ほの》かに感じるミントの香《かお》りが良いアクセントになっていて、ミントココアは本当に旨《うま》かった。さすが桑田だ。

味が文句なしにいいだけに、このココアが紙コップに入っているのが残念だったが、まあ、場所が屋上では仕方ない。

現在の時刻は十一時を回ったところ。足下《あしもと》の教室ではまだ授業が行われている。

もちろん俺達は理由があって、授業中にもかかわらず屋上にいるわけだが、その理由の一つである待ち人はまだ現れない。

だから俺は、もう一つの理由に則《のっと》って、屋上から見える叶野市《けしき》に視線を投げた。

「ミントで気分はすっきりしたと思うけど……背中の青あざはもう消えた？」

「いや、まだけっこう青い。でも、痛みはもう殆《ほとん》ど無いから大丈夫《だいじょうぶ》だ」

「今からでも黒イモリの軟膏《なんこう》をつければ、治りが早くなると思いますよ？　つけますか？」

同じように紙コップ片手に叶野市を眺《なが》めながら、桑田と羽黒は四日前のウォークラリーの折、神様族絡《かみさまがら》みで負傷した上、コースは違うが二周もウォークラリーするはめになった俺をそれぞれ気遣《きづか》ってくれた。

「……気持ちはありがたいが、黒イモリは固く辞退させてもらう」

二人に感謝しつつも、俺は羽黒の申し出は断った。いくら薦《すす》められても黒イモリは怪《あや》しすぎて無理だ。

「本当によく効くんですよ？」

ポケットを探《さぐ》りながら――もしや、そこに入っているのか？――なおも黒イモリ軟膏を薦めようとする羽黒の気を逸《そ》らす物を俺は探したが、そう都合良く転がっているはずもなく途方《とほう》に暮れかけたその時だった。

「……待たせたな」

待ち合わせの時間には遅《おく》れていたが、タイミング的には丁度良く一人の男が屋上に現れた。

180センチ以上あるだろう長身をピンストライプの入ったダークスーツに包み、色の薄《うす》いサングラスをかけている男は、一見したところその筋の人間か、和家《かのう》の黒服のように見える。

「あ、冬空《とうあ》先生。お待ちしていました」

が、羽黒が見上げながら呼びかけたように、彼——森冬空《もりとうあ》は教師だ。

同じ名字の教師がもう一人いる為《ため》、彼は下の名前で呼ばれている。でも、呼びかけに応じる仕草が少々ぎこちないのは、下の名前で呼ばれることよりも、その肩書《かたが》きが厳密には教育実習生だからだろう。

そして、そんな態度を見る限り、冬空に教員の自覚があるとは思えない。

「で、冬空先生。例の物は？」

故《ゆえ》に、俺は「先生」とは呼ぶが、いつも通りの口調で冬空に問いを向けた。長身の冬空の目を見るために、わずかに首を上げながら。

「もちろん手に入れてきた。これが……オレとお前達の外出許可証だ」

すると冬空は、手に持っていた紙片《しへん》をヒラヒラと振《ふ》って見せた。だが、その軽い動作に反して、冬空の表情は少しも楽しそうではない。

それはつまり、その紙が俺達にとって自由へのパスポート、と呼べるような良い物ではないということで。

俺達がいま屋上にいる理由もまた、決して楽しいものではない、ということだった。


話は昨日の放課後に遡《さかのぼ》る。

俺達は来週の部長会議で配布する資料を作るために印刷室にいた。

旧式の印刷機で両面印刷をするのは面倒《めんどう》で手の汚《よご》れる仕事だったが、俺達四人は文句も言わず作業をしていた。

ああ、例によって鈴木はいなかった。

「疲労《ひろう》が回復するまでが遠足……ということはいつまでお休みされるのでしょう？」

途中《とちゅう》、羽黒はその欠席の理由を口にして、心配げに眉《まゆ》を曇《くも》らせたが、

「……さあ」

苦笑《くしょう》と共に声を返したのは尾田だけで、俺と桑田は黙々《もくもく》と作業を続けた。

その沈黙《ちんもく》は、そんなわけのわからない理由でウォークラリー後、三日も休んでいる鈴木への抗議《こうぎ》だ。

だいたい、どう考えても俺の方があのウォークラリーでは疲労している。なのになぜ俺は鈴木の分まで仕事をして、あいつは家でまったりしている――と俺は確信している――んだ？

なのに、今年度も皆勤賞《かいきん》まっしぐらで、生徒会長に最も相応《ふさわ》しいはずの俺がどうしてまだ副会長なんだろう？

選挙を経たとはいえ、最後の最後に勝敗を決したあみだくじと、その時の悔《くや》しさと絶望を思い出して俺は拳《こぶし》を握《にぎ》りしめ、

「……秋庭君、せっかく印刷したプリントが皺《しわ》になるわ」

桑田に静かに諭《さと》されてしまった。でも、その双眸《そうぼう》に俺と同じ憤《いきどお》りと気遣いが宿っていることに気付くと、俺は我に返った。

「失礼。ここに生徒会執行部《しっこうぶ》は……いるな」

と、同時に聞こえた低めの声に顔を上げると、戸口にはつい先日紹介《しょうかい》されたばかりの教育実習生が立っていた。

「俺達に何か用事か？」

俺が声を向けると冬空は頷《うなず》き、それからどこかだるそうな足取りで印刷室の中に入って来る。そうして、俺達全員の顔が見える場所に立つと胸ポケットを探り、そこに目当ての物——煙草《たばこ》だろうか——が無いと悟《さと》ると肩《かた》を落とし、そのまま口を開いた。

「新村先輩《にいむらせんぱい》……先生から伝言を預かってきた。早速《さっそく》だが、聞いてもらおうか」

そして、美術教師、新村要《にいむらかなめ》の名を出すと、俺達が頷きを返す間も無く話し出し、

「生徒会諸君、最近このスーパー美術教師・新村の授業をサボる生徒が増えている。最初から

サボるならまだしも授業中に脱走《だつそう》を図《はか》り、校外に出る者までいる事態を重く見て、あたしは超《ちょう》推理を働かせ、原因をほぼ特定した。彼らは羽虫のように〝光〟に向かって行っている。というわけで、生徒会諸君、その〝光〟を調査してくれたまえ」

メモも見ずに冬空はその長い伝言を淀《よど》みなく、しかも新村の口調でもって聞かせてくれたのだった。

「伝言は以上だ」

「……それ、本気で言っているのか？」

しかし、内容が内容だったので、俺もみんなもにわかには信じられず、冬空に疑いの視線を向けてしまう。

「オレは言われた通り伝えただけだ。けど、お前達は新村先生の性格を知っていて……この話が本気じゃないと思えるのか？」

そんな俺達の眼差《まなざ》しを冬空は冷静に受け止めると、逆にそう訊《き》いてきた。

残念ながら俺達は、その問いを否定出来ず、俯《うつむ》いて沈黙した。

新村が話のわかる良い教師である反面、一癖《ひとくせ》も二癖もある性格の持ち主なのは動かしようのない事実だったから。

一方冬空は、俺達の沈黙の意味を正しく理解した上で俺達に同情的な一瞥《いちべつ》をくれると、窓の外に視線を移し、一つ頷いてどこか遠い目で景色《けしき》を見つめたのだった。

だが、西の方に太陽の光が見えると少し慌《あわ》てたように目を逸《そ》らした。

実習生紹介の際、冬空のサングラスは、光に弱い彼の目を保護するための物という説明を校長から受けていたから、俺はその動作に特別疑問を持たなかった。

「あの……新村先生のおっしゃるその〝光〟なら、わたしも見たことがあります」

と、そこで沈黙を破ったのは羽黒で、羽黒にしては確信に満ちた声に顔を向ければ、やはり自信ありげな表情を浮《う》かべていたのだが、俺は首を傾《かし》げるしかない。

というのも、話に出てきた〝光〟に俺の方は覚えが無かったからだ。

続いて桑田と尾田も首を傾げると、羽黒は眉を八の字に寄せて、自信なさげな表情へと変じたものの、

「先日、授業中に、ふと窓の外を見たら、何かの光が見えたんですよ」

自分の言葉を取り下げることなく、改めてそう言った。

「そうか。なら本当にその〝光〟は存在するんだろう。だけど、だ。どうして俺達がその調査をしなければならない？」

「それは、今日の脱走者の中に鈴木という名の人物がいたからだ、副会長」

羽黒の目撃《もくげき》情報を真実と認めた上で俺が問えば、冬空は世の中の常識を語るような口調でそう答え、後は言わなくてもわかるだろうとばかりに、そこで口を閉《と》ざした。

「……あれ、鈴木くん、今日は来てたんだ。気付かなかった」

すると鈴木と美術の授業が一緒《いっしょ》の尾田は、頭をかきながら、どこかのんきにそう言った。

どうやら尾田は冬空の先の台詞《せりふ》の様々な問題点に気付いていないらしい。

生徒会長であるにもかかわらず鈴木がサボっていること、学校に来ているのにコピーの一枚も手伝わないという二つはいつもの問題行動だからそのまま流すとしても、最大の問題を尾田は見落としている。

「俺を副会長と呼んだことは、一度目だから見逃《みのが》すとして……どうして俺達が鈴木の追跡《ついせき》をすることを決定事項《じこう》として語るんだ？」

「秋庭はいつも鈴木を追いかけているんだろう？　新村先生からは専属の追跡者だと聞いたが？」

「あははは、面白《おもしろ》い冗談《じょうだん》だな。俺はやむなく鈴木を追いかけているだけであって、鈴木専属の追跡者になった覚えはない。それにあいつがやらない仕事で忙《いそが》しいから、余計なことをやっている暇《ひま》は無い」

込《こ》み上げてくる怒《いか》りを何とか抑《おさ》え込みながら、きっぱりと断ると、俺は冬空に背を向けて作業に戻《もど》った――否《いな》、戻ろうとしたのだが。

「でも、学校の敷地《しきち》内にいて授業に出ないならまだしも、生徒会長が授業をサボって校外に出たとなると……証拠《しょうこ》が摑《つか》めればリコールの材料になるんじゃないかしら」

背中に向けられた桑田の台詞に、俺は反射的に振《ふ》り向いてしまった。

「確かに生徒会長がサボりはまずい、よね」

そこに渋面《じゅうめん》ながら尾田からも同意の声が上がれば俺の心は大きく揺《ゆ》り動かされ、

「あのっ、また気分が悪くなって早退なさったということも……」

続く羽黒の言葉は、リコール——任期中でも鈴木を生徒会長の座から引きずり降ろせる素晴《すば》らしいシステム——のことでいっぱいになった俺の耳にはもはや届かなかった。

「つまり、その〝光〟の発生源に授業時間中に鈴木がいたことを証明出来れば、リコール出来るってことだ……よし、早速調査開始といこう！」

そうして俺が、叶野学園全生徒の為《ため》にも動くことを決めれば、羽黒も含《ふく》め、全員頷《うなず》いてくれたのだった。

「探索《たんさく》は明日からだ」

が、俺がやる気になったところで、水を差す台詞を発したのは、この伝言《はなし》を持ってきた冬空で、俺は思わずその顔を見上げ、睨《にら》んでしまう。

しかし、自身も強面《こわもて》である冬空には、俺の一睨みも大した効果はなく、逆に上から見下ろされ、不愉快《ゆかい》になりながら俺は問いを向けた。

「明日出来ることなら今日やったっていいだろ？」

「〝光〟が見えるのは昼間だけだ」

「昼間だけ？　じゃあ、その〝光〟は太陽が出ていないと見えないってことか？　でも、それならまだ間に合うと思うが？」

　冬空の言葉から素早く推測を立てると、俺はまだ日が沈《しず》んでいない外を指さした。

「もうだめだ。あの〝光〟は昼の十一時前後から十三時位までしか見えない」

　だが、冬空は俺が指さした方向に首を巡《めぐ》らせると、そう言い足して、どこかだるそうに首を振ったのだった。

　理由を全《すべ》て聞かされれば、俺も納得《なっとく》する他《ほか》なかったが、

「……そこまでわかってるなら、自分で探しに行けばいいだろうが」

　ここまでわかっていて、自分は動こうとしない新村への憤《いきどお》りと、口から出る呟《つぶや》きを止めることは出来なかった。

　俺はその言葉をあくまで新村に向けたのだが、

「オレには……光なんてどうせ見つけられない」

　思いがけず、冬空からそんな台詞が返ってきて、急ぎ訂正《ていせい》を入れようとした。

　けれど、その次の瞬間《しゅんかん》。

　ずくん、と。

　眼底で何かが隆起《りゅうき》したような感覚を覚えたのと同時に、その尖《とが》った何かで内側《なか》から眼球を抉《えぐ》られるような痛みに襲《おそ》われて、俺は息を詰《つ》めた。

　その強烈《きょうれつ》な痛みに視界は霞《かす》み、歪《ゆが》んで、俺はぐらつく身体《からだ》を近くにあった印刷機で支えた。

この痛みが、願いの植物《はな》の発芽の合図で、すぐに消えることもわかっている。でも、足下《あしもと》さえ危《あや》うくする痛みに、俺は銀髪金瞳《ぎんぱつきんとう》の約一名に文句の一つもぶつけたくなる。もっともそれすら今はままならない。

「秋庭？　どうした？」

とにかく、説明しても簡単には信用されないだろう痛み《はなし》だから、出来れば気付いて欲しくなかったのだが、そこで冬空は俺の異変を悟《さと》って様子を窺《うかが》うような視線を向けて来た。

しかし、痛みを堪《こら》えるのに精一杯《せいいっぱい》な俺に言い訳の言葉が紡《つむ》げる筈《はず》もなく。

「……印刷機の調子が悪かったのを思い出したのね」

「ああ、また変な音がした？」

「ハムスターでも入り込んでいますか？」

いつも通り、桑田達が代わりにフォローに回ってくれる。言い訳も大分回数を重ねた為か、三人がスムーズに台詞《せりふ》を繋《つな》げていくと、

「ハムスターはいないだろ。まあ、この印刷機も年代物だからな」

自分を見上げてくる羽黒の表情に多少の硬《かた》さはあっても、冬空はひとまず納得して、印刷機を軽く叩《たた》いた。

「……紙詰《づ》まり、だな」

それとほぼ時を同じくして、俺の目から痛みは消え去って、そんな台詞と共に口許《くちもと》を緩《ゆる》めて

見せると、三人は安堵《あんど》の表情を浮《う》かべた。

俺もそのまま同じ安堵に身を浸《ひた》したいと思ったが、視線を上げた途端《とたん》、芽生えたばかりの願いの植物を見つけてしまっては、そうもいかない。

その双葉《ふたば》は、体の大きな冬空の胸ではまるでタイピンのように小さく見えたが、間違《まちが》いなく願いの植物で。

その原石を蒔《たねま》く者に似て、つくづく厄介《やっかい》事が好きな植物に俺はため息を吐《つ》かずにいられなかった。

だが、どちらももう引き受けてしまったからにはやるしかないと腹を括《くく》ると、俺は両方を効率的にこなす方法を瞬時《しゅんじ》に考えた。

「……じゃあ、〝光〟の実地調査は明日の日中に行う。ただ、授業時間中に校外に出ることになるから、冬空先生、俺達の外出許可証と引率《いんそつ》を頼《たの》めるか？」

「ああ、わかった。最初からそのつもりだったし」

たったいま考えついた内容をそのまま提示すれば冬空は、眉《まゆ》ひとつ動かさず、あっさりと了解《りょうかい》してくれた。

「あの、引率してくださるのは助かりますけど、でも、教育実習でいらっしゃってるのに授業を抜《ぬ》けて大丈夫《だいじょうぶ》ですか？」

「というか、そもそも新村先生は冬空先生の実習教官じゃないのに、どうして伝言を頼まれたりしてるんです？」

羽黒と尾田はあまりにあっさりした態度に逆に疑問を抱《いだ》いたようで、二人はそれを率直に冬空に向けた。

「……正直に言えば、あまり大丈夫な状況《じょうきょう》じゃない。けど、それ以上に新村先輩《せんぱい》が握《にぎ》ってるオレの秘密はまずい。そいつをばらされたら、酒も煙草《たばこ》も我慢《がまん》して、睡眠《すいみん》時間も削《けず》ってやってる実習が一瞬でふいになる……記念すべき百個目の資格が取れないどころか、身の破滅《はめつ》だ」

表情こそあまり動かさなかったが、強面の大男が声を震《ふる》わせながら語る様子を見て何を想像したのか、羽黒と尾田は少々青ざめると、それ以上問いを重ねることはなかった。

俺は正直、その秘密を握って脅《おど》している新村の方に恐怖《きょうふ》を覚えたのだが。

「……新村先生には少し気をつけましょう」

だから、同じ思考に至ったらしい桑田の言葉に、俺は迷わず同意した。

「そうだ、新村先輩には気をつけろ。それから、お前達も大学に入ったらサークルに入るだろうが、慎重《しんちょう》に選べ。オレの人生最大の過《あやま》ちは新村先輩と同じサークルに入ったことだからな」

俺と桑田の会話を聞いた冬空に重ねて忠告されて、その常には無かった真剣《しんけん》さに俺達は深く頷《うなず》いたのだった。

その教訓を胸に刻んだ上で、俺達は簡単な打ち合わせをして、そうして約束通り今日、授業時間内に屋上に集合したのだった。

最後に到着《とうちゃく》した冬空の胸に一瞥《いちべつ》をくれれば、そこでは昨日より少し成長した願いの植物が揺《ゆ》れていた。

そして、俺の視線に気付くと冬空は、

「それで、〝光〟は？」

整髪料《せいはつ》で押さえてもボリュームが出てしまうらしい癖毛《くせげ》を手で撫《な》でながら、問いかけてきた。

その顔からはやる気の類《たぐい》は見受けられないが、義務――というか命令――を果たす気持ちは一応あるらしい。

「まだ見えない」

俺は短く声を返すと、再び〝光〟を探して顔を元に戻《もど》した。

昨日から今日にかけて集めた情報によると〝光〟が見える時間帯は冬空の言っていた通りで、よく見えるのは新東棟《とう》から、方角は南西で一致《いっち》していた。それらの情報に基《もと》づいて、俺達は先程から皆《みな》で南西の方角へ目を凝《こ》らしているのだが、まだ光は見えてこない。

今日は午後から曇《くも》りの予報だから、早いところ発光を確認して出発したいのだが、構えて待っている時に限ってなかなか事態は動かない。

「方角はわかってるから……見切り発車もありか」

待つことで時間を浪費《ろうひ》するよりはその方がいいかと俺が考えだしたその時だった。

ふいに視線を前に向けたと思うと、

「光った」

冬空はそう声を上げ、サングラス越《ご》しにもわかる程度に目を見開いて、俺は急いで同じ方向へ目を凝らした。

すると、そこでは確かにチカチカと何かが光っていて、俺はその光が直接目に入らないように少し首を動かした。そうすれば、眩《まぶ》しさを感じずに光の位置をちゃんと捉《とら》えられる。

「情報通り、南西だな」

「はい。でも、やっぱり先月まではあんなに目立つ光は見えませんでしたよ？」

俺が呟《つぶや》くと、同じく光の方へ目を凝らしながら羽黒はそう言い首を傾《かし》げた。羽黒によると、〝光〟は六月に入ってから見えるようになったそうなのだ。

「何か新しい看板か建物でも建ったのか？」

俺と羽黒の会話を聞くと冬空はそう尋《たず》ねてきた。確かにそれは順当な思考だったが、俺達は揃《そろ》って首を振《ふ》る。

「いや、あの辺りに新しく建った物はない」

だいたい、そんな物があったらさすがの新村も確かめて来いとは言わないだろう。

「今まで見えなかったものが見える……なんだか偏光《へんこう》と偏光子《へんこうし》みたいだよね」

「ああ……冬空先生の物理の授業ね」

と、そこで光を見つめたまま、尾田が突然《とつぜん》発した物理用語に俺達は一瞬沈黙《いっしゅんちんもく》したが、桑田がそうと気付くとその台詞《せりふ》の意味を正しく理解して頷き返した。

確かその授業は、最初は電磁波の話だったのだが、途中《とちゅう》から少し脇道《わきみち》に逸《そ》れて、偏光と偏光子という話に変わり、最後に冬空が見せてくれたのが、偏光フィルターを使った万華鏡《まんげきょう》、だった。

普通《ふつう》、自然光（無偏光）を人間の目は識別出来ないのだが、冬空が用意した――一見顕微鏡《けんびきょう》のような――万華鏡は偏光フィルターを通して自然光の色が見られるという代物《しろもの》だったのだ。

「尾田もあの万華鏡、見たんだな」

見えない光がふいに見える万華鏡――おそらく、それが今の言葉を引き出したのだろうと思って言えば、尾田は大きく頷く。

その語り口のせいか淡々《たんたん》と進み、印象も薄《うす》い冬空の授業だったが、この授業だけは俺の中にも強い印象を残していた。

「フィルターを通しただけで透明《とうめい》プラスチックに色がついて見えるなんて不思議で、とても楽しい授業でした！」

そして、羽黒は笑顔と共に顔を上げると、冬空に授業の感想を伝えたのだが、

「あれは借り物だ……オモチャが出てきて喜ぶなんて、な」

ポケットに手を入れながら、冬空は鼻で笑ったのだった。

羽黒はその反応に困惑《こんわく》して、眉《まゆ》を八の字に寄せると顎《あご》を引き、口を噤《つぐ》んでしまう。

「だったら、玩具《おもちゃ》無しでも面白《おもしろ》い授業を頼《たの》む」

そこで俺が羽黒の代わりに軽い皮肉を言えば、冬空は肩《かた》を竦《すく》め、

「面白い授業なんて、オレにはどうせ無理だな」

そこにあることを確かめるようにサングラスに触《ふ》れながらそんな風に言って、再び光に目を向けたのだった。

そのささやかな動きに伴《ともな》い、願いの植物もまた小さく揺《ゆ》れる。

「新しい建物がないなら、何だ？」

だが、胸の植物のことなど知らない冬空は、その眼差《まなざ》しとともに話を元へと戻す。

「あの辺りで、それなりに高さがある建物っていうと〝さんかく〟くらいだな」

胸の植物を横目に見つつも、焦《あせ》りは禁物だと自分に言い聞かせ、俺はその方向転換《てんかん》に付き合って、同じ方向へ目を向けた。

「確かに〝さんかく〟なら意味無く光ったりしそうね」

「最近は〝さんかく〟に関する噂《うわさ》は無いのか？　例えば変形するとか」

「さんかく……変形……叶野市には巨大《きょだい》ロボットに変形する建物があるんですか!!」

と、桑田と冬空の会話を聞いて、羽黒はそこで再び口を開いた。珍《めずら》しく的確にその筋を捉え

ていたものの、やはり一部を誤解していた。

　そして、キラキラと子どものように輝《かがや》く瞳《ひとみ》は、その誤解の部分を本気で信じていそうで、俺達三人はその誤りを訂正《ていせい》すべきか、数秒本気で悩《なや》む。

「いや、いやいやいや。〝さんかく〟も合同庁舎も県庁も変形なんてしないから。だいたい建物が変形したらその時中に居る人はどうなると思う？　危ないよ？　っていうか、そもそも〝さんかく〟っていうのは〝かのう劇場〟っていう映画館のことだから」

　しかし、尾田だけは即座《そくざ》に淀《よど》みなく、羽黒の誤解に突《つ》っ込みを入れた。まるで何か使命感に駆《か》られているかのように。

「……そうですか、かのう劇場ですか。変形しないんですか」

「まあ、世の中には大学を卒業しても都庁は巨大ロボットになるって信じている奴《やつ》もいるからな」

　尾田に誤りを訂正され、肩を落とす羽黒に、誰《だれ》を例に挙げているのか遠い目をしながら、冬空は淡々と告げた。正直、冬空らしくない、フォローなのかもしれない台詞を。

　ただ、俺の目には羽黒は、誤りを訂正されたことより、巨大ロボットが存在しないことに肩を落としているように映ったが、そこに触れるといよいよ話が進まなくなる気がして。

「とにかく、方角からみても距離《きょり》からみても一番怪《あや》しいのは〝さんかく〟だ。まずは〝さんかく〟まで行くぞ」

だから俺は全員を促《うなが》すと同時に、出発の号令をかけたのだった。

2

〝さんかく〟ことかのう劇場は、映画館という客商売でありながら、市街地からは少し外れた場所にある。よって、叶野学園からかのう劇場に向かうにはバスを利用するのが一番早い。

というわけで、俺達は最寄りのバス停から乗り込んだのだが、昼前の時間帯にしては珍しくバスは混んでいて、空いている座席は三つしかなかった。

冬空は迷わず一人掛《が》けの席に座ると、

「老人優先」

短く言って、長い足を投げ出した。

空いている席に座ったのだから問題はないが、見た目に反して体力というかやる気のない言動に俺は少し呆《あき》れてしまう。

けれど文句は堪《こら》えて、代わりに俺は桑田と羽黒に後方の空席に座るよう目で合図を送った。

「まだ本調子じゃないんだから秋庭君が……」

「大丈夫《だいじょうぶ》だから、桑田が座れ」

すると桑田は気遣《きづか》うようにそう言ってくれたが、俺がその声を途中《とちゅう》で遮《さえぎ》れば、小さなため息と共に、羽黒と並んで腰《こし》を下ろしたのだった。

「やせ我慢《がまん》じゃないの？」

尾田は既《すで》にそうと決めつけているように、苦笑《くしよう》混じりで言って寄越《よこ》したけれど、俺が首を振《ふ》れば、それ以上尋《たず》ねてはこなかった。

「ああ、若いな」

代わりに口を開いたのは、それまでこの成りゆきを黙《だま》って見ていた冬空だった。

その顔には妙《みよう》に悟《さと》ったような、それでいてシニカルな表情が浮《う》かんでいて、俺は一瞬《いつしゆん》返す言葉に迷う。

「別にばかにしてるわけじゃない。本当に若いと思っただけだ」

そして、俺が声を返す前に、冬空は勝手にこちらの感情を推測してそう言った。

「若い若いっていうけど、冬空先生だってまだ22歳だろ」

それを聞いて、俺はとりあえず冬空の台詞《せりふ》を額面通りに受け取り、その顔を見つめた。

「そう、22歳。もう十代じゃないんだ。初恋《はつこい》も失恋《しつれん》も経験済み。だからもう若者を見ると眩《まぶ》しくて仕方がないってわけだ。でも、戻《もど》りたいとは思わない。戻ったってどうせ光は摑《つか》めないからな」

そうすれば、冬空は俺の言葉に一つ頷《うなず》いて見せたものの、なおも若さを否定するようなおどけた台詞を抑揚《よくよう》少なく続け、

「それに、光が無くても生きていく術《すべ》ならとっくに学んでいる」

最後に冬空は降車ボタンの点字に何気なく触《ふ》れて口を閉じた。

その何気ない動きに俺は違和感《いわかん》を覚え、その真意を測る為《ため》の言葉を探して視線を彷徨《さまよ》わせたところで、バスは止まり、一組の親子が乗り込んできた。

俺はひとまず思考を停止して、桑田達に席を空けてくれるよう声をかけることにする。

「どうぞ」

が、その前に冬空が立ち上がっていた。

長身にサングラスという強面《こわもて》の冬空に、予想通り母親は一瞬怯《ひる》んだが、すぐに断っては却《かえ》ってまずいと思い直したのか、子どもの手を引くと、頭を下げて急いで座席に座った。

そうして座ったはいいが、母親の膝《ひざ》の上に乗せられた子どもの方は、冬空とまともに目が合った途端《とたん》に顔をひきつらせた。

その光景に何となくデジャヴを覚える俺の隣《となり》で、冬空は子どもと目を合わせたまま眉《まゆ》を寄せる。

親切な行動は見せても、子ども好きには見えない冬空だったから、俺は子どもの反応に不愉《ゆ》快《かい》になったのだろうと推測した。

だがこれは、俺達のような悪人顔が親切を行う場合、よくあることだ。俺はとうの昔に忍耐《にんたい》力をつけたが、年上の冬空はまだ完備していないようだ——と、俺は思ったのだが。

「大丈夫、怖《こわ》くない。オレはちょっとだけ顔が……面白いだけだから！」

そう言いながら冬空はサングラスを外すと、両手を使い顔を歪《ゆが》めて、おかしな顔を作って見せた。

その変顔のインパクトに子どもは口をポカンと開けて、俺もまた驚《おどろ》きに目を見開いてしまい。

「ぶはっ」

真っ先に吹《ふ》き出したのは尾田だった。反射的にその顔を見れば、数秒笑いを堪えた為か目が赤く、それでもまだ笑い声を殺そうと努力していた。

「うひっ、うひゃひゃはは」

けれど、子どもが笑いはじめると、その我慢も限界に達して尾田は笑い出し、続いて俺と母親、更《さら》には後部座席の桑田達まで笑い始めて、バスの中はしばし笑いに包まれたのだった。

「ごめんね。たっくん、お兄ちゃんが悪の総帥《そうすい》グラサンダーかと思ったの。だって、グラサンダーはサングラスをかけてるんだもん」

笑いが収まると、子どもは怯《おび》えた理由をそんな風に説明した。

「なるほど。それでオレをそのグラサンダーと間違《まちが》えたんだな」

「うん。だって、やつらは昼間はふつうの人間のふりをして、せかいせいふくを企《たくら》んでいるんだ。でも、ドンナ・ミラーズが戦っているから大丈夫なんだよ。ね、ママ」

そして、何度も息継《いきつ》ぎをしながら子どもが話すのを、冬空は相づち代わりに何度も頷きながら聞き続ける。

「グラサンダーの安易なネーミングには目をつぶるとして、ドンナ・ミラーズ？　どこのファミレスだ？」

「いや、ファミレスじゃないらしいよ。公式発表ではね。まあ、男二人に女子三人っていう微《び》妙《みょう》な編制の戦隊だけど」

その会話を聞きながら俺が首を傾《かし》げると、親切にも尾田が解説してくれる。

「……詳《くわ》しい、な」

「……たまたま、だよ？　たまたまドンナ・ミラーズにはまってる人が近くにいるだけだから」

その詳しさに俺が不審《ふしん》の目を向けると、尾田はそう弁解した後、すいっと目を逸《そ》らして沈黙《ちんもく》した。

これは、触れて欲しくないことなのだろうと判断すると同時に、俺は様々な疑問を胸の奥にそっと沈《しず》めた。

そうして、俺が気持ちの整理をつけている間にバスは交差点に差し掛《か》かり、左折の揺《ゆ》れを足で堪《こら》えて顔を上げれば、前方の車窓《まど》から見える景色《けしき》は住宅街のそれから商店街のそれへと変わっていた。

同時に、目指すかのう劇場の姿も小さいが正面に見えてきていた。この商店街を抜《ぬ》けたその先にかのう劇場はある。

「あ、見えてきたね」

「見えてきたね？」

同じくその姿を捉《とら》えた尾田が声を上げると、なぜか子どもはそれを鸚鵡《おうむ》返《がえ》しにして、尾田の視線を追いかけて。

その時、かのう劇場の方向では再び何かがキラリと光り。

「光ったな。やっぱり〝さんかく〟……」

「おおっ！　あれは希望の光だ！　いまこそ合体だ、ドンナ・ミラーズ!!」

俺の声は急にテンションの上がった子どもの声に掻《か》き消された。

声を高くした子どもを、肩《かた》を抱《だ》く力を少し強めて母親は諭《さと》そうとしたが、何かのスイッチが入ったみたいに興奮した子どもは口を閉じなかった。

「あれは希望の光だよ!!」

「違う。あれは希望の光なんかじゃない」

更に声を高くしてそう叫《さけ》んだ子どもに、きっぱりと否定の言葉を向けたのは冬空だった。

語気の強さに親子ばかりでなく、他の乗客の視線も向けられる中、だが冬空自身は前方の光に目を向けて。

「希望の光なんて、どこにもない」

次いで、厳しい声でそう言い切る冬空の目には昏《くら》い感情が宿っていた。

けれど、胸の植物は冬空がその目に〝光〟を映した、一瞬《いっしゅん》の間に、ぐんと丈《たけ》を伸《の》ばし葉を増やしていた。

その急成長を目にした瞬間、このバスは俺を厄介事《やっかいごと》のある場所へと運んでいるのではないかという考えがなぜか頭を掠《かす》めていき。

それは、この刹那《せつな》の思考を読み取ったかのようなタイミングで響《ひび》き渡《わた》った。

しゃらしゃりん

「うむ……やはりばすというのは、速すぎていまひとつ居心地《いごこち》が悪いのう」

そして、鈴《すず》に似た音と共に現れたあいつは、俺を見下ろしながら、そう第一声を発したのだった。

「もう少し、よい場所はないかのう?」

天井《てんじょう》に近いところに佇《たたず》んでいたかのうは、次にそう呟《つぶや》くと、ゆったりとした動きで、実際に居心地の良い場所を探す素振《そぶ》りを見せる。

それに伴《ともな》い銀色の髪《かみ》はさらさらとこぼれ、両手両足に嵌《はま》った連環《わ》は擦《こす》れ合ってまた鈴のような音をたてて。

忽然《こつぜん》と現れたかのうの気ままな行動に、ため息を吐《つ》いたのは、俺より尾田の方が早かった。

でも、その顔に浮《う》かんでいるのは、どこか寛容《かんよう》さを残した諦《あきら》めのそれで、俺のうんざりとした表情とは異なるものだった。

　だが、どちらにしろ俺達がいるのはバスの中。誰もいないはずの中空に声を向ければ奇異《きい》の視線は避《さ》けられない。

　だから俺は、バスの中を一周して、結局最初の場所に戻《もど》ってきたかのうを睨《にら》むことしか出来なかった。

「さように目を凝《こ》らさずとも、美しき姿《わらわ》の姿は見えるはずだがのう」

　その視線の意味をかのうはあえて取り違《ちが》え、黄金色《きん》の目を細め、戯《ざ》れ言を寄越《よこ》す。もちろん、俺達が反論できないのも承知の上で。

　そこで俺はこのまま黙《だま》っていてはかのうを調子に乗らせるだけだと判断した。

　不幸中の幸いというか、他の乗客の視線はいま、半分泣いている子どもとそれを懸命《けんめい》になだめる冬空へ向けられている。

「こんなところに現れるなんてどういうつもりだ？」

　声は出さず、唇《くちびる》だけ動かして俺はまずそう問うた。

「遠足ごっこかのう」

　かのうは小首を傾げるとすぐに声を返して寄越したが、ふざけきった答えに俺は拳《こぶし》を握《にぎ》りしめる。

　冬空の植物が急成長を見せたタイミングで現れたからには何かあるのかと期待した俺が愚《おろ》か

だった。やはりいつもの気まぐれで間違《まちが》いない。

そう確信すると俺は速《すみ》やかにかのうを意識の外に置くことにした。ついでに顔も背《そむ》けようとしたのだが、

「待て待て。いまのはほんの戯《たわむ》れ言での。実のところはあの〃光〃についてそなたらに伝えたきことがあって、参ったというわけだの」

俺が半分ほど首を巡《めぐ》らせたところで、かのうは珍《めずら》しく慌《あわ》てた声を上げた。

しかし、かのうがただで情報をもたらすわけが無いと、嫌《いや》になる程《ほど》知っている俺が、振《ふ》り向くなどという愚行《ぐこう》を犯《おか》すはずがない。

「けっして損はさせぬから、聞いてくれぬかのう」

よって、かのうはその声が俺達の耳に届く前に、ふわりと空中を滑《すべ》り、移動を終えて——俺と尾田の間の狭《せま》い空間に降り立ったのだった。

あまりの至近距離《きょり》に俺と尾田は二秒ほど硬直《こうちょく》し、我に返ると同時に身を引いた。

「ほほほ。かように驚《おどろ》くとは二人とも初《うぶ》だのう」

「秋庭、尾田、どうした？　……女の幽霊《ゆうれい》でも出たか？」

かのうのからかいに尾田は頰《ほお》を紅潮させ、俺は激しい怒《いか》りを覚えたが、そこに冬空の声が被《かぶ》されば、怒りに身を任せるわけにもいかなくなる。

「別に何も。冬空先生こそ、俺達の背後に何か見えたとでも？」

実際は、幽霊よりも性質《たち》の悪いのが傍《そば》にいるのだが、それを認めるわけにはいかず、俺はあくまでも冷静に、逆に冬空に問いかけた。

「いや、何も。オレの目で幽霊なんて見えるわけがない。ただ、秋庭なら女の幽霊の一人も憑《つ》いていているかと思ってな」

冬空は俺の言葉にあっさりと首を振り、冗談《じょうだん》を口にするには少々平坦《へいたん》な口調でそう答えた。

「くだらない冗談だ」

が、口調はともかくそのふざけた台詞《せりふ》に、わずかに頬をひきつらせながら、俺が冷たく告げれば、さすがに冬空も俺の怒りを察して、子どもの相手に戻っていった。

俺は一つ息を吐くと、再び視線を元に戻そうとしたのだが、そこで今にも席を立ち上がろうとしている桑田とそれを必死に止めている羽黒の姿が目に入った。

かのうのふざけた言動に桑田が怒りを感じているのは十分わかったが、ここは俺に任せて貰《もら》うしかない。

せめて安心して貰おうと、目配せと共に頷《うなず》けば、とりあえず桑田は座席に座り直してくれた。

「ふむ、一哉《かずや》の方がいいのう」

そして、ようやく視線を戻した俺の目にまず映ったのは、尾田の肩《かた》に手を回して楽しげに笑っているかのうと――そうしたところで実体ではないかのうの感触《かんしょく》が伝わるはずもないのだが――目許《めもと》を赤くしている尾田の姿で。

尾田、正気に返れ。それは妖怪《ようかい》だ。しかもとびきり腹黒いぞ。

苛立《いらだ》ちを覚えながら、俺は声に出来ない言葉を、ひたすら眼差《まなざ》しに込《こ》めて尾田に送った。

俺の強い感情がなせる技か、それはしっかりと届き、尾田は我に返ると、

「……話は聞きますから、離《はな》れてください」

そう言って、かのうから顔を背けた。

一方、小声ながら尾田から言質《げんち》を取ったかのうは――ゆっくりと口角を上げて。

その瞬間《しゅんかん》、俺達はかのうの作戦《わな》に落ちたのだった。そこで俺は自分の迂闊《うかつ》さとかのうの狡猾《こうかつ》さに今更《いまさら》ながら気付いたわけだが、もう遅《おそ》い。

「それでのう。妾もそなたらが探しておる〝光〟には興味があっての。それでちと考えて……一つ答えを見つけたというわけだのう」

かのうは俺達に耳を塞《ふさ》ぐ時間さえ与《あた》えず、一息に話を進めたかと思うと、そこでもったいぶるように言葉を切った。

そうして、再び宙に浮《う》くと着物の袖《そで》をひらひらと揺《ゆ》らしながら、俺と尾田の顔を交互《こうご》に見やって。

「きらきらしたものと言えば万華鏡《まんげきょう》だの。故《ゆえ》にそなた達は万華鏡を探せばよい！」

かのうは再び口を開くとそう言って、自信ありげな笑みを紅《あか》い唇に刻んでみせた。

「は？」

何とか声にはしなかったが、その瞬間、俺が浮かべたであろう、虚《きょ》を衝《つ》かれた表情を見て、かのうは更《さら》に笑みを深めた。

「……万華鏡は光らない」

その苛立つ笑みに大声を上げてしまわないよう俯《うつむ》くと、俺は低くその事実を伝えてやる。

「おや、そうかの？　なれどあれは中を覗《のぞ》けばきらきらとしているがのう」

だが、かのうは小さく首を傾《かし》げつつ、なおも食い下がり、尾田はその台詞に控《ひか》え目に頷いた。

「だとしても、かのう劇場に万華鏡は無い」

けれど俺も負けずにそう告げると、改めて否定した。そう、俺達がいま目指しているかのう劇場は万華鏡など関係ない場所なのだ。

「ふむ、多加良は妾《わらわ》の予想を信じてくれぬようだのう。だがの……その者はもっと大きな万華鏡が欲しいのではないかのう？」

そうすれば、そんな台詞と共に、かのうはゆっくりと首を巡らせていった。

その意味ありげな眼差しを追っていくと、冬空へ、更には胸の葉を繁《しげ》らせた植物へと辿《たど》り着いて。

黄金色《きん》の双眸《そうぼう》に見据《みす》えられた植物は、その声が聞こえていたかのように小さく揺れて、俺は思わず息を呑《の》む。

「オレの顔に何か付いてるか？」

と同時に、冬空とばっちり目があってしまい、俺は再び場を取り繕《つくろ》うはめに陥《おちい》った。

「いや、別に……ああ、その子どもが手に持っているのは何かと思って」

少し視線を彷徨《さまよ》わせたところで、俺は子どもが手にしている小さな、女性の親指ほどの筒《つつ》に気付き、それを見ていたのだと言えば、冬空はあっさり頷いた。

「これは、万華鏡だ」

俺はその思いがけない答えに思わず目を瞠《みは》る。

「まあ、半分アクセサリーの万華鏡だけどな」

少しごつめのチェーンが付いている万華鏡を見ながら更に説明する冬空に、俺と尾田は顔を見合わせた。

「お兄ちゃん達も見たいの？　いいよ」

だが、かのうの姿はおろか声も聞こえない目の前の二人には、当然ながら俺達の渋面《じゅうめん》の理由は正しく読み取られることなく、俺と尾田は小さくため息を吐《つ》いた。

そして、半ば押しつけられた形の小さな万華鏡を覗き込みながら、俺は今回もかのうが一枚噛《か》んでいることを確信し、抗議《こうぎ》の言葉を用意したのだが、

「妾の為《ため》にも綺麗《きれい》な万華鏡を探しておくれ」

こんな時ばかり察しのいいかのうは、しゃらんと軽い連環《わ》の音と勝手な台詞だけを残して姿を消してしまい、せっかく準備した言葉は奥歯で噛み潰《つぶ》すしかなくなってしまったのだった。

3

かのう劇場の最寄《もよ》りのバス停で降りて歩き出した時、桑田の足音はらしくない大きさで、また苛立《いらだ》ちを感じさせるものだった。

その原因はバスの中で黙《だま》ってかのうと俺達の遣《や》り取りを見ているしかなかった、という点にあると推察出来たが、すれ違《ちが》い様、俺と尾田が睨《にら》まれた理由はいまひとつわからなくて。

「……俺達はそんなにふがいなかったか？」

まともな交渉《こうしょう》など無理な状況《じょうきょう》だったとはいえ、結果だけを見ればかのうに翻弄《ほんろう》され続けたことを怒《おこ》っているのかと、俺は小声で尾田に尋《たず》ねてみた。

「うん……まあ、そんなところだよね」

俺の言葉を曖昧《あいまい》にだが肯定《こうてい》すると、尾田は桑田と距離《きょり》を取るように少し後退した。少々ひきつっているその顔を見て、さすがに反省しすぎというか怯《おび》えすぎだと俺は言おうとしたのだが。

「桑田、怒ってるみたいだな。こういう時は謝るより黙って手でも繋《つな》げ。失恋《しつれん》したての俺の前でいちゃつくのは禁止だけどな」

冬空が声を発する方が早かった。

はっきり言って役に立ちそうもないアドバイスへの抗議を込めて、俺は振《ふ》り向くと冬空を軽く睨んだ。

口調と同じくどこかだるそうな足取りで後ろを歩いていた冬空は、俺の視線に気付くと肩《かた》を竦《すく》めてみせたが、発言の撤回《てっかい》はない。

「……っと、いま光ったぞ」

そして、目敏《めざと》くその発光に気付くと、進行方向へと指先を向けた。

「やっぱり〝さんかく〟で間違《まちが》いないわね」

俺達は反射的にその指先を追い、どうやら気持ちの落ち着いたらしい桑田が、確かめるように言った言葉に揃《そろ》って頷《うなず》いた。

「晴れが保《も》っている内に、行こう」

天気《てんき》予報のこともあったが、時計を見れば〝光〟が観測出来る時間もあと一時間もない。

冬空の植物の方に時間を取るためにも、俺はかのう劇場へとみんなを促《うなが》すと、さっきよりも足を速めた。

「でも、脱走《だっそう》した人達はどうして光が消えてから、二時間以上経《た》たないと戻《もど》ってこないのかしら？」

再び歩き出しながら、そんな疑問を口にしたのは桑田だった。

桑田が言うように、脱走者の何人かはその日の内に学園に戻り再び授業を受けていた。でも、かのう劇場までバスは片道三十分弱。〝光〟の場所を確かめるだけなら時間は余ってしまう。

それは情報収集しながら俺も不思議に思っていた。だから、脱走者本人にこそ接触《せっしょく》できなかったものの、近い情報源《すじ》に尋ねてみたのだが、しかし、彼らもまた「光の元に行ってみればわかる」という答えしか得ておらず、結局わからず終《じま》いだった。

「授業を抜《ぬ》け出すような強者《つわもの》なんだから、ついでに遊んで戻ったんだろ。結局戻るってところが叶野っ子らしい話だけど」

だが、俺達が首を傾《かし》げる隣《となり》で、冬空はしたり顔でそう言った。確かに普通《ふつう》に考えれば冬空の示したそれが可能性としては高い。

「映画館なら、映画鑑賞《かんしょう》ですか？」

三つ編みの先を弄《もてあそ》びながら羽黒が口にしたことは、俺も考えてみたが、

「だけど、そんなにタイミングよく上映時間に重なるか？」

都会とは違う叶野市の映画館事情を考えると、俺の意見は否定的なものになった。この辺りの映画の上映時間は交通網《こうつうもう》のそれに近いものがあるのだ――つまり、前後の間隔《かんかく》が非常に長く、本数が少ないという。

「けど、調べてみるまで可能性が無いとも言い切れないよ」

しかし、尾田の言葉ももっともで、結局話はかのう劇場へと急ぐ、というところに戻ったのだった。

と、そこでまた日差しがかげって、それと同時に冬空は空を見上げた。

ポケットに手を入れながら、サングラスの奥の瞳《ひとみ》で太陽にかかった薄《うす》い雲をうっとうしそうに睨む。

「天気予報通りなのが不満か？」

もちろん違うとわかっていたが、バスの中で気付いた冬空と植物の、そして〝光〟の関係を探《さぐ》る入口になりはしないかと、その顔をわずかに見上げながら俺は問うた。

「クレーマーじゃあるまいし、そんなわけないだろ」

俺が問いかけた途端《とたん》、冬空は顎《あご》を下げてそう言うと口許《くちもと》だけで笑ってみせた。

否定の台詞《せりふ》は予想通りだったけれど、何かを誤魔化《ごまか》すように浮《う》かべたその笑みに俺は違和感《いわかん》を抱《いだ》く。だから、俺は更《さら》に問いを重ねようとしたのだが、

「やっぱり、曇《くも》ると〝光〟は消えるんだ」

「みたいだな」

冬空はそれを拒《こば》むように尾田の声に応じると、俺から顔を背《そむ》けてしまって、そうすれば、そこから話を元に戻すことは出来なかった。

「あれはやっぱり消える光か……消える光なんて、どうせ誰にも掴《つか》めない。希望の光もどうせ無い」

それでも聞こえてきた小さな呟《つぶや》きには〝光〟という言葉が混ざっていて。

何かを諦《あきら》めるように冬空が足下《あしもと》を見つめれば、今度は胸の植物も一緒《いっしょ》に俯《うつむ》き萎《しお》れて見えた。

願いの植物《はな》は普通の植物とは違うから、その成長に光合成《ひかり》は必要な要素ではない。

だからいま、〝光〟に反応して見えるのは、宿主たる冬空の内面に反応しているということだろう——ならば、冬空の願いは〝光〟を得ることだろうか。

そんなことを考えながら俺が自分を見ていることなど知らず、冬空はポケットに手を入れる。

そのポケットの中にある万華鏡《まんげきょう》は、さっき覗《のぞ》いて見た限り、大きさ以外は殆《ほとん》ど普通の万華鏡と変わりない物だ。

かのうが言うように、本当に万華鏡と冬空の願いの植物が関係しているのかはまだわからない。

でも、冬空にとって〝光〟が何かしらのキーワードであることだけは確信して、俺はもうしばらく、冬空の言動を観察することを決めたのだった。


「本当に三角です!!」

かのう劇場に到着《とうちゃく》して、その建物を自分の目で見た途端、〝さんかく〟という通称《つうしょう》にそれまでしきりに首を傾げていた羽黒は興奮した声をあげた。

そう、それは確かに〝さんかく〟な建物だった。

建築学を齧《かじ》ったことのある支配人が設計したというかのう劇場は、とにかく屋根を大きく作ってあり、地面すれすれまでその両翼《りょうよく》は伸《の》ばされている。

つまり、この大きな屋根が作り出している三角形からかのう劇場は〝さんかく〟という通称で呼ばれているのだった。

市街地からは外れているが、かのう劇場の周辺、御深《ごみ》地区には何軒《けん》かオフィスビルが並んでいる。それらに遮《さえぎ》られて、正面に回らなければかのう劇場の全貌《ぜんぼう》は見えないのだが、もしもビルに阻《はば》まれずに遠くからこの建物を見ることが出来たら、人は一階建てと思うことだろう。

けれど、近くで見ればそんな誤解は起こらない。

なぜなら、建物を支える為《ため》というよりもデザインの一部のように壁面《へきめん》に表出している梁《はり》や柱によって、この建物が三階建てである事は明確にされているからだ。というか、この柱に注目すると、三角形が三段重なっているようにも見える。

「ピラミッドのような物を想像していましたけど……鏡餅《かがみもち》みたいにも見えますねぇ」

よって、羽黒のこの感想は、その柱に注目したものとわかったが、

「花南ちゃん、お腹空《なかす》いてるの？」

桑田が冗談《じょうだん》交じりにそう問いかけると、羽黒は顔を赤くして、それから頬《ほお》を膨《ふく》らませた。

「違います！　もう、美名人ちゃんは意地悪なんですから！」

狙《ねら》い通りの反応を羽黒が見せると、桑田はごく小さく微笑《ほほえ》みながら、その抗議《こうぎ》を受け止める。

「なあ、前は両隣《りょうどなり》にビルがあっただろう？」

そんな女子チームの楽しげな様子を横目に見ながら、冬空は尾田に尋《たず》ねた。

「ええ、ありました。でも、東側のビルは最近、建て替《か》えの為に解体されたんです」

問われた尾田は首と一緒に視線を上げて冬空を見てから、東側の更地《さらち》を示し、事情を説明した。

「建て替え？　まだ割と新しかっただろ？」

確かに冬空の記憶《きおく》通り、そこには先月まで、まだ耐久《たいきゅう》年数のありそうな五階建てのビルがあったのだが、

「築二十年は経《た》ってなかったけど、会社を継《つ》いだ息子《むすこ》が今時のものに建て替える、と主張したんだそうだ」

人づてに聞いた理由を俺が告げれば、冬空は少しだけ呆《あき》れた顔をしながらも納得《なっとく》して頷《うなず》いた。

「……〝光〟は真下に来たら見えなくなったな」

そこで俺は話を本題に戻《もど》すと、さっきまで光のあった方向——頭上を仰《あお》ぎ見た。

そうしたところで、見えたのは張りだした屋根の庇《ひさし》ばかりで、続いて上を仰いだ尾田達もやはり同じ物を見て、すぐに顔を元に戻した。

冬空だけはなおも首を反らして〝光〟を見ようとしたが、その長身をもってしても上にあるものを確かめることは出来なかった。

「けど、場所は間違《まちが》いないんだ……よし、従業員に聞いてみるか」

ひょっとするとあの光は何かのキャンペーンと連動しているかもしれないという考えも頭に浮《う》かんで、俺は早速《さっそく》チケット窓口へと赴《おもむ》いた。

「すみません……ちょっと聞きたいんですが」

「は……いぃぃっ！」

しかし、小さな窓口に俺が顔を寄せた途端《とたん》、若い女子従業員は悲鳴を上げた。

ああ、うん。確かに顔を上げてすぐ俺の悪人顔があったらびっくりするだろう。でも、そこを堪《こら》えるのが大人の態度ではなかろうか？

そのリアクションに激しい憤《いきどお》りを感じたものの、二十歳《はたち》を過ぎてなお大人の良識を身につけていない相手に、俺は見本を見せてやることにする。

窓口から少し顔を離《はな》すと、代わりに声を大きくして、

「お忙《いそが》しいところすみません。最近昼頃《ごろ》になると、この劇場から光が出ているんですけれど、お心当たりはありませんか？」

極《きわ》めて紳士《しんし》的に、改めて問いかけた。

「ひ、光？　光っているのはあなたでは？」

「イベント等、お心当たりはありませんか？」

が、再び意味不明な返答を寄越《よこ》されて、今度は苛立《いらだ》ちを覚えたが、これは鍛錬《たんれん》だと自分に言い聞かせ、俺は繰《く》り返し尋ねた。

「は、はいっ！　いえっ！　あの、光というのに心当たりはありませんです！　い、いまは特にイベントもやってませんしっ！　支配人も買い付け旅行に出ているので、妙《みよう》な飾《かざ》り付けもされていません！」

忍耐《にんたい》が実って、俺はようやく質問の答えを得ることが出来たが、残念ながらその中に有益な情報は無かった。

相変わらず怯《おび》えた様子の従業員に、他《ほか》にも二、三質問してから俺はみんなの元へ戻ると、それを報告した。

といっても、殆《ほとん》ど知らないという事実ばかりの中、

「最近、昼の時間帯に叶野学園生を見かけるようになったことは、気になっていたらしい」

有益と言える情報はそれだけだったが。

「つまり、ここまで辿《たど》り着いた生徒は映画を観《み》てから学校に戻った、っていうことかしら？」

「そうみたいだな」

空白の時間の答えは出たが、予想範囲《はんい》内における予想外の結果に俺達はため息を吐《つ》いた。

「……中に入れないでくだされればいいのに」

羽黒の意見は俺も当然だと思うが、俺はそれに頷かなかった。

「今年の標語に従って、学生を拒《こば》むことは出来ないそうだ」

代わりに俺は従業員の言い分を添《そ》えて、かのう劇場の入口を指で示した。

そこには骨太な達筆で『若人《わこうど》よ、学校より映画館に来たれ！』と書かれた張り紙があり、俺の指先を追ってそれを見た羽黒は、なんとも複雑な表情を浮かべる。

「……大人って大変なのよ」

そんな羽黒の肩《かた》に手を置いて、桑田が大人びたことを言えば、羽黒はゆるゆると頷いた。

その隣で俺は腕《うで》を組みながらかのう劇場を見つめ、次に取るべき行動を考える。

「とにかく、これで〝光〟の発生源はわかったし、ついでにサボった生徒が何をしていたかもわかった」

だが、俺の思考はぽんっという手を打つ音と、妙に明るい声で早々に中断された。一人だけ既《すで》に任務《しごと》を終えたようなその声を聞いて、さぞせいせいとした顔をしているだろうと思いつつ目を向けたが、その表情はよく見えなかった。

なぜなら冬空は再び屋根の上に目を凝《こ》らしていたから。

そしてもう一度、そこに光を探そうとするような冬空の動きに合わせて胸の植物もまた天を仰ぎ、更《さら》に葉を増やし、一層の成長を見せて。

「調査としてはこれでもう十分だ。一応そこの従業員に叶野学園生の入場を止めてくれるように一言頼《たの》んで、後は新村先輩《せんぱい》に報告すれば、オレの首の皮は繋《つな》がって、万事《ばんじ》オーケーだ」

冬空が頬《ほお》を安堵《あんど》に緩《ゆる》め、言葉を続けている間も、植物は上へ上へと伸《の》び続けていた。

それはまるで嘘《うそ》を吐くと伸びる、ピノキオの鼻のようだった。

けれど、自分自身の植物が見えていない冬空は、口に出した言葉だけが真実だと言うように、欠片《かけら》ほどの迷いもその面《おもて》に見せず、むしろ嬉《うれ》しそうにチケット窓口へ向かおうとする。

「待て！　俺はあの〝光〟が何の光なのか、どんな意味があって光っているのか確かめるまで帰らない」

何を信じるべきか迷った時は、自分の直感を信じることにしている——だから俺は、冬空の広い背中にそう声を放った。

冬空には、その願いの植物を咲《さ》かせる為《ため》には、あの〝光〟の源に行くことが、その輝《かがや》きの意味を知ることが必要だと、咄嗟《とっさ》にそう思ったから。

俺の声に冬空は軽くたたらを踏《ふ》んで立ち止まり、それからゆっくりと振《ふ》り向くと、怪訝《けげん》な顔で俺を見た。

「何の光か確かめる？　あれはかのう劇場から出ていた光、ただの光……報告にはそれで十分だろ」

そうして、予想通り、俺の直感を拒む言葉を冬空は返して来る。

でも、自分の直感を信じると決めた以上、俺が引き下がることはない。

「本当にそうだったか？　新村は光の正体を確かめて来いって言ったんだろう？　なら、正体はまだ摑《つか》めていない」

その意志を込めて、真《ま》っ直《す》ぐに冬空を見つめ、向き合えば、

「光の正体？　お前達も鈴木みたいにあれが希望の光だと思って……」

一瞬《いっしゅん》、冬空は動揺《どうよう》を見せ、なぜか鈴木の名前を口にした。けれど、すぐに我に返ると、冬空は言いかけた言葉を飲み込み、代わりの台詞を放って寄越した。

「光の正体なんて、そんなのは電球だったとか、適当に言えばいい」

サングラスの奥の切れ長の目でこちらを見据《みす》える冬空は、譲歩《じょうほ》してくれそうもなく、ならばと俺は伝家の宝刀を抜《ぬ》く決意を固めた。

「適当……なんて新村に通用すると思うか？」

自分自身は適当なくせに、他人にはそれを許さない新村の性格を引き合いに出すと、冬空はわずかに頬をひきつらせ、ぐっと言葉に詰《つ》まる。

「確か、先日適当に穴を埋《う》めた温泉同好会の皆《みな》さんは、それが新村先生にばれて地中に埋められたとか埋められなかったとか……」

と、そこに絶妙《ぜつみょう》のタイミングで相の手を入れてくれたのは羽黒だった。

三つ編みの先を弄《もてあそ》びながら、何の思惑《おもわく》も感じさせない——事実思惑など無かったはずだ——羽黒だったからこそ、その話は真実味を帯びていて、冬空が息を呑《の》んだのがわかった。

「……お忙《いそが》しい生徒会執行部《しっこうぶ》の皆さんは、早く学校に戻《もど》った方がいいんじゃないか？」

それでも、最後のあがきとばかりに、冬空は俺を見下ろしながらそう言った。

「ああ、確かに忙しい。でも物事を途中《とちゅう》で投げ出すのに比べたら、あとで忙しい思いをする方がいい」

それはまごうことない真実だったから、俺はサングラス越《ご》しにも鋭《するど》い冬空の目から逃《に》げることなくそう言い返し、

「俺はあの光の意味をちゃんと知りたい」

冬空の代弁をするつもりで、そう続けたのだった。

「……もし、映画館に入るなら、チケット代は自分達で出せよ」

そうすれば、冬空はうんざりした声でそう言って、天を仰《あお》ぎ、白旗の代わりに両手を挙げたのだった。

4

「次の上映は十五分後、十二時三十分からです！　今月封切《ふうぎ》りの新作です！」

窓口の従業員は俺からチケット代を受け取ると笑顔《えがお》を見せたが、チケットを手にした俺の方は正直笑えなかった。

本当に映画を観《み》に来たのなら、チケット代も惜《お》しくはないが、俺の目的は映画にはないのだから。

しかし、俺の交渉術《こうしょうじゅつ》を駆使《くし》する時間も惜しい状況《じょうきょう》では高いチケット代も仕方のない出費と無

理矢理割り切って、俺達はかのう劇場の中に入ったのだった。

中に足を踏み入れると同時に、かのうの台詞《せりふ》がちらっと頭を掠《かす》めて、俺はエントランスホールをぐるりと見回したが、外観《そと》にも無かったように、内側《なか》にもやはり万華鏡《まんげきょう》やそれを思わせる装飾《そうしょく》は存在しなかった。

代わりに俺の視界を埋めたのは、大きなポスター。同じ物が三枚並べて貼《は》られていて、嫌《いや》でも目に入ってくる。

そして、実際に冬空は、そのポスターを見て、なぜか嫌そうに顔をしかめた。

だがそれは、吊《つ》り橋の上で目隠《めかく》しをされた男女が手を繋《つな》いでいるだけ――それが叙情《じょじょう》的と言えないこともないが――の邦画《ほうが》のポスターだ。

「『橋の上の恋人《ふたり》』……この映画、もう上映されてるのね」

「話題作だよね。これがタイミングよく上映されてたら、確かに観てから帰りたくなるよ」

「だ、だめですよ、尾田さん！」

その証拠《しょうこ》に桑田達は興味を惹《ひ》かれても、その顔に不快感など微塵《みじん》も浮《う》かべていない。

「……この映画、きっとアンハッピーエンドだな。オレなら別れる」

けれど、冬空はその目隠しの男女に何を重ね、どんな物語を想像したのかそう言い捨てると、足を速め、ポスターの前を横切って先へ行ってしまう。その手はポケットの中に入れたまま。

「え？　確か最後は主人公達は幸せになって……」

情報誌でも読んでいたのか、尾田は結末を言いかけたが、冬空の横顔に浮かんでいる、どこか苦しそうな表情を見ると口を噤《つぐ》んだ。

桑田と羽黒も同じ考えに至ったのだろう、俺達は顔を見合わせると頷《うなず》き合い、とにかく冬空の後を追った。

「で、中に入ったけど、どこから調べるつもりだ？」

そうして、ポスターが見えなくなったところで冬空は足を止め、くるりと振《ふ》り向きながら首を傾《かし》げて見せた。

その顔からは、もうさっきの表情は消えていて、冬空は冷静さを取り戻していた。

だから俺も追及《ついきゅう》はせず、代わりに冬空の質問の答えを探すように、もう一度劇場内を見回してみる。

かのう劇場は特異な外観をしているが、中はホールが二つあるだけと至ってシンプルだ。二つあるホールの内一つは映画用、もう一つは舞台《ぶたい》演劇用と役割が分けられていて、常時使われているのはスクリーンのある第一ホールのみ。

「一階は舞台と客席にまるまる使われていて、外に光が出るような場所はないな」

そして観察と推考の結果、俺はそう結論を出した。

「じゃあ、二階から調べましょうか？」

それに従って桑田が提示した意見に、行ったことのない二階席の存在を思い出しながら俺は一つ頷いた。

「階段は……」

「こっちだ」

と、俺達がそれを探して体を動かす前に、冬空がそこを示し、次いで、確信に満ちた足取りで歩き出したので、俺達は素直にその後に続いた。


「ん……二階はだいぶ明るいな」

冬空に続いて二階に上がると、その明るさに俺は何度か瞬《まばた》きをして目を慣らした。

階段を上りきったところ――二階席の入口の前にはラウンジというには手狭《てぜま》だが、休憩《きゅうけい》スペースが作られていて、そこは光に溢《あふ》れていた。

枚数は少ないが、大きめに作られている窓から充分《じゅうぶん》に光が入る為《ため》だろう、一階よりずっと明るく感じられる。

「思ったより広い……ようで狭いだろ」

全体としては、顔だけ振り向きながら冬空が言ったような印象のスペースだった。

実際、端《はし》から端まで、二十メートルもなく、とりあえず調べる場所が限られているのはありがたかった。

のだった。

「二階席、よく来たのか？」

「叶野学園の生徒だった頃《ころ》はな」

今までの振《ふ》る舞《ま》いからそう尋《たず》ねると、冬空は頷き、俺はそれを見てから〝光〟探しに入ったのだった。

俺が動き出した時には桑田達は既《すで》に動き始めていたから、俺はまだみんなの足が向いていない自販機《じはんき》のところへ行ってみることにする。

だが、そこは一番太陽の光が差し込んでいる場所で、あまりの眩《まぶ》しさに俺は左腕《ひだりうで》を頭上にかざして光を遮《さえぎ》った。

と、同時になぜか冬空が俺の方を振り返る。

けれど、その目が見ていたのは俺の顔ではなく腕時計で、更《さら》に視線は下に落ちて、俺の時計が日の光を受けて作った、光の模《か》様《げ》を捉《とら》えたところで冬空は自嘲《じちょう》するように笑った。

その一連の行動と今までの冬空の行動を思い出して、俺は冬空は何時でも光を探しているのだとやっと気付いた。

でも、探して、確かに見つけているのに、冬空はいつもその光を否定するような台詞を口にする。それは求めている光ではないというように。

ならば、冬空はどんな光を探しているのだろう。その胸の植物はどんな光を求めているのだろうか。

俺は思いきってそれを本人に聞いてみることにして、一歩前に踏《ふ》み出した。

「〝忍法《にんぽう》映画の術〟……これが去年の標語ですか。どういう意味でしょう？」

が、羽黒が誰ともなく発した問いに、冬空は興味を惹《ひ》かれて体ごと行ってしまう。

質問の機会を逸《いっ》して、ほんの少しだけ羽黒を恨《うら》めしく思いながら、俺は冬空の後に続き、そこでまた支配人の達筆と遭遇《そうぐう》した。

ただしそれは入口にあったものとは違《ちが》い、短冊サイズで、どうやら支配人の毎年の標語を写して並べたもののようだ。

ご丁寧《ていねい》にも額の中に収められた標語は、古くは二十年前まで遡《さかのぼ》れる。

「はっ！　もしやっ！　支配人さんは忍《しの》びの者ですか‼」

「いや、いやいやいやいや、それは無いから……って、あれ？　でももしかして鈴木くんが弟子《でし》入りしたのって？」

羽黒が例によって勘違《かんちが》いを口にすると、すかさず尾田の突《つ》っ込みが入ったが、今回は途中《とちゅう》で不発に終わり、二人揃《そろ》って首を傾げ続けることになる。

「〝光あれ〟って、映画館でこの標語はおかしいだろ？」

そんな二人を早々に視界の外においやると、冬空は十五年前の標語に目を留めて、呆《あき》れた声で呟《つぶや》きながら、サングラスに軽く触《ふ》れた。

冬空がまた〝光〟という単語に反応したのはわかったが、その台詞《せりふ》の意味はよくわからず、俺は隣《となり》に並ぶと目で問いかけた。

「映画フィルムっていうのは、太陽光、照明器具、放射線……とにかく光に弱い。光に当たれば黒くなって使い物にならなくなる。それなのに〝光あれ〟なんてあり得ないだろ」

俺の問いに冬空は教師らしく丁寧《ていねい》に答えてくれた。そうして、説明を終えると同時にもう一度指先でサングラスに触れて。

「……フィルムは冬空先生と同じで、光に敏感《びんかん》ってことか」

俺はわずかに影《かげ》の差した横顔に、静かに言葉を向けた。あくまで冬空の癖《くせ》を、光を探すその動作だけを指摘《してき》するつもりで。

「そりゃ敏感にもなる。オレの目もフィルムと似たようなものだからな……サングラスなんて気休めだ。オレの目は光の影響《せい》でじきに見えなくなる」

でも、冬空から返ってきたのは予想外の答えだった。その事実を語り慣れているのか冬空は顔色も変えず、さっきまでと同じ口調で言ったけれど。

初めて聞かされた俺達はそうはいかなかった。

続けようと思っていた問いはどこかへ消えて、反射的に俺は冬空の双眸《め》を見ていた。冬空がいま、フィルムになぞらえて語ったその瞳《ひとみ》を。

一拍置《いっぱく》いて、桑田も尾田も羽黒も俺と同じように長身の冬空を見上げて、都合四対《つい》の目に見つめられた冬空はそこで初めて驚《おどろ》いたように目を瞠《みは》り、わずかに身を引いた。

「素直な反応。生徒会執行部《しっこうぶ》といえどもやっぱり高校生だな」

だが、冬空はすぐに表情から驚きを消すと、代わりにどこか優《やさ》しい苦笑《くしょう》で俺達と対峙《たいじ》した。

その軽い口調が俺達に気兼《きが》ねさせない為《ため》のものなのか、それとも本心からのものなのかわからず、やはり俺は沈黙《ちんもく》しか返せない。

それは他の三人も同じで、桑田は唇《くちびる》を結んだまま冬空を見つめ、尾田は軽く目を伏《ふ》せ、羽黒は両手を握《にぎ》り合わせながら、冬空を見上げ続けた。

「その、な。じきにとは言ったが、今日明日に見えなくなるってわけじゃないから心配はない。教員免許《めんきょ》はちゃんと取れるだろうし、他にも資格はたくさん取ってある。その前に宝くじでも大当たりすれば遊んで暮らせるだろうな。それが一番楽で良いと思ってるんだけどな」

深刻な空気が耐《た》え難《がた》いというように、冬空はわざとらしい程《ほど》声を明るくしたが、

「……でも、十年、五十年先の話じゃなくて、数年内の話なんだろ？」

考えた末、俺は真摯《しんし》にそう問うた。

俺が沈黙を破ったことに冬空は一瞬頬《いっしゅんほお》を緩《ゆる》めたものの、俺があくまで真剣《しんけん》な眼差《まなざ》しを向ければ、観念したようにゆっくり頷《うなず》いた。

そうして、俺達全員の顔を見回した後、サングラスの奥の瞳をゆっくりと閉じる。

「ああ、そう遠くないいつかの話だ。でも、本当にお前達が心配する必要はない。その日を迎《むか》える準備は、このサングラスをかけた日から始めてるからな」

虚勢《きょせい》とは思えない強い声で語りながら、目を閉じたまま冬空は体を半分反して俺の方へと向けた。

そして、冬空は、構える隙《すき》も与《あた》えず、見事にこの俺の額を指先で弾《はじ》いてくれた。

「痛っ！」

「ほら、目をつぶっていたって見事命中だ！　オレが大丈夫《だいじょうぶ》だってこれでわかっただろう？　わかったなら、お前達は〝光〟の正体だか意味だか突き止めろ！　お前達はせっかくいま伝説の光に遭遇してるんだからな！」

俺が痛みに額を押さえると、声を高揚《こうよう》させながら冬空は満足げに笑ってみせた。

が、俺が多少の抗議《こうぎ》を込《こ》めて見上げれば、冬空ははっと我に返り、自分らしくない発言を恥《は》じるように笑顔ごと俺から顔を背《そむ》け、

「この話は、これで終わりだ」

そのままぱんっと手を叩《たた》き、話を打ち切る合図とした。

確かに、俺達が心配するまでもなく、いつか視力を失う準備をあらゆる意味で冬空はしているのだろう。

でも、その事実がわかってもやはり、冬空には〝光〟が必要だという俺の直感は揺《ゆ》らがなかった。

その〝光〟が視力《ひかり》だったら俺には与えられない。

けれど、冬空の胸にはいま願いの植物《はな》がある。〝光〟を探している。

ならばそれは俺に、俺達にいま、冬空の為に出来ることがあるということだから。

「尾田、桑田、羽黒」

そう自分の心を定めると俺は、まだ定まらない気持ちのまま眼差《まなざ》しを揺らしている三人の名前を順に呼んだ。

そして、三人の視線が集まったことを確認すると、俺はすうっと指先を冬空の胸へと向けた——鬱蒼《うつそう》と葉を繁《しげ》らせているその植物へ。

三人は催眠《さいみん》術にかかったように俺の指先に眼差しを移すと、その動きを追い、冬空の胸を見て。

「やるぞ」

俺がそこで一言告げれば——全てを理解した三人の眼差しは定まった。

さすがに笑顔とまではいかなかったが、それぞれ表情を緩めて、三人が大きく頷けば、冬空は困惑《こんわく》を浮《う》かべて首を傾《かし》げたが、俺は満足だった。

「……ところで、冬空先生。〝伝説の光〟って何のことですか？」

そして、気持ちの整理がついたことを証明するように、質問を発したのは尾田だった。

動揺《どうよう》していても、聞くべきところはちゃんと聞いていたようだ。

その問いに、今度は逆に冬空の顔に動揺が浮かぶ。

「……オレはそんなことを言ったか？」

「ええ、言いました」

次に冬空は、眉《まゆ》を寄せてわざとらしい困惑の色を見せたが、桑田はいつも通り静かな声で肯定《こうてい》し、その隣《となり》で羽黒は首が折れそうな程何度も頷いた。

そうすれば、冬空はとぼけることを諦《あきら》めて、一つため息を吐《つ》いた。

「別に大した話じゃない。オレも叶野学園のOB・OGからちょっと話を聞いただけだし」

俺達が再び視線を向ける中、冬空はそう前置きしてから、改めて口を開いた。

「いまを去ること十数年前、我々の先輩《せんぱい》はここ、かのう劇場で自主映画の上映会を行ったらしい。そしてその際〝光の伝説〟を作ったらしい。以上」

語られたそれは、前置き通り余りに短く、以上、と告げられたにもかかわらず、俺達は数秒話の続きを待ち、冬空を見上げ続けてしまった。

「それだけ、か？　具体的にどんな〝光の伝説〟なのかとか、わからないのか？」

しかし待っても冬空の口が続きを語ることはなく、少々眉を寄せながらもう一度問うても、冬空は首を振《ふ》り。

「それ以上はわからない。その話が出た時、既《すで》にみんな酔《よ》ってたし、オレが学生の時は光すら見えなかったから、最近まで法螺《ほら》話だと思っていた」

代わりに弁解するように、今までこの話を俺達にしなかった理由を語った。ただし、法螺話うんぬんの部分は、これまでの冬空の言動から見て嘘《うそ》だろう。

「それに、お前達がこの話をまったく知らなかったってことは、実際は伝説にすらなってなかったんだろうな」

そうして、冬空はつい先程の自分の台詞《せりふ》を自分で否定すると、肩《かた》を竦《すく》めた。

確かに否定できない事実に、俺達もまた顔を見合わせ、期待はずれの情報にため息を吐いたのだが。

「そうですか……では、わたし達がその光を見つければ伝説は復活、というわけですね！」

羽黒だけはため息の後にそう言うと、目を輝《かがや》かせながら笑ってみせたのだった。それは、場の空気を一変させるに充分《じゆうぶん》な台詞《せりふ》と笑顔《えがお》で。

「そうだな。じゃあ、急いで調査再開だ！」

その言葉に勇気づけられこそすれ、否定する理由などなく、俺は大きく頷《うなず》き返し、早速行動に移ったのだった。

「……どうせ希望の光じゃないだろうけどな」

冬空がぼそりと呟《つぶや》いたその台詞は、もちろん無視して。


だが、二階を探しても、目的の物は一向に見つからず、唯一《ゆいいつ》見つけた光り物は、ポスターを留めている画鋲《がびょう》くらいだった。当然ながら、こんな光が数十キロ先の叶野学園にまで届くはずがない。

そして、簡単に目に付く場所には何も無い、という事実を踏《ふ》まえて、俺はさっきから緊急《きんきゅう》避難《ひなん》経路と共に館内の見取り図が描《えが》かれたパネルを見ていた。

中でも俺が注目しているのは「第一映写室」と「第二映写室」という文字だった。ほぼ反対に置かれている二つの部屋──俺の目はその二つの上をさっきから往復していた。

次に探す場所はこの二つのどちらかだと思う。その一方で見取り図を見ても三階に続く階段が見当たらず、外から見て確かに存在しているそこへどうやって向かえばいいのか、という疑問を俺は抱《いだ》いていたのだが、

「第一映写室と第二映写室、どっちから探す？」

まずはこちらをみんなに尋《たず》ねておく。

「どちらかは、次の上映に使われるのよね」

俺の問いに最初に声を返したのは桑田だった。ただ、頬《ほお》に手を当てているところを見るとまだ結論には至っていない。

「わたしの霊感《れいかん》の調子がよかったら探《さぐ》れるんですけど」

眉を八の字に寄せながら羽黒はそう言うと、小さくため息を吐いた。

「当然、人のいる方は避《さ》けたいけど……でも、上映スクリーンは一つなのにどうして映写室が

二つあるんだろう？」

尾田はそんな羽黒に気遣《きづか》うような視線を向けつつ、もっともな疑問を口にした。

「……お前達には、どちらにも入らない、という選択肢《せんたくし》は無いのか？」

最後に呆《あき》れたような口調で冬空は俺達に尋ねてくれたが、

『ありません』

俺達の返す声が見事に揃《そろ》えば、悪あがきは止《や》めて口を閉じる——と思ったのだが。

「映写室が二つあるのは、昔は第二ホールでも映画の上映をしていたからだ。素人《しろうと》にも映画の機材とホールを貸し出したりしてな。さっき話した自主映画の上映会も第二ホールで行われたはずだ」

冬空は尾田に視線を向けると、まずその疑問に答えを返した。

「あ、そうか。そういえば第二映写室は第二ホールの上だ」

冬空から答えを聞くと、尾田は一瞬《いっしゅん》目を見開き、それから首を巡《めぐ》らせてパネルを見ると改めて納得《なっとく》し、頷く。

「その通り……ではあるが、ここからが本題だ」

だが、尾田の疑問への答えはもう十分だというのに冬空はそう言うと、一度言葉を切った。

いったい何を言うつもりなのかと俺達が首を傾《かし》げれば、冬空はいたずらが、或《あ》いは零点《れいてん》の答案を隠《かく》していたのがばれた子どものような表情を浮《う》かべて俺達を見返した。

「……出来れば思い出したくない記憶《きおく》ゾーンの近くにあったから忘れてたんだけどな。第二映写室から三階に行けるとしたら、どちらから調べる?」

これは本当に忘れていただけなのだと言い訳した後、冬空はあえて問いの形をとって俺達にそれを告げた。

そうと聞いた瞬間、場には沈黙《ちんもく》が落ちて、

「……なるほど。三階には第二映写室から入るのか!」

それを破ったのは俺の声だった。

怒《いか》りのそれではなく、快哉《かいさい》に近い響《ひび》きを聞いた冬空はサングラスに触《ふ》れながら戸惑《とまど》いを浮かべたが、正直、そんな顔をする必要はない。

冬空が新たにくれた情報は、見取り図を見ても三階へ続く階段《みち》が見当たらない——という疑問を解消してくれたから俺は声を上げた、そういうことなのだから。

当然、冬空がこの情報を今まで忘れていたのも、これでチャラだ。

「そうか。一階にも二階にも無いならやっぱり三階が一番可能性が高い場所だね」

そして、尾田達も冬空を責めることなく、この情報の有益性を理解すると、大きく頷《うなず》いた。

「つまり〝みかん〟の部分が怪《あや》しいんですね!」

羽黒に至っては三階をそう称《しょう》したが、それに対して他の四人が理解を示すには多少の時間を必要とした。

「じゃあ、みかんの前に、まずは第二映写室へ向かいましょう」

とにかく、俺達は桑田の声に応じて、第二映写室へ足を向けようとしたのだが、

「おや？　学生さん達、こんなところで何をしてるんだい？　もう映画が始まるよ」

そこで下から上がってきた従業員の中年男性に、声をかけられてしまった。

運命の女神《めがみ》とやらはとかく俺の足を引っ張るのが好きらしい。

俺達がいま向かおうとしているのは、本来ならば無許可では入れない場所だ。このまま、一度ホールに入ってやり過ごす、という手もあるが、残り少ない時間を正直これ以上浪費《ろうひ》したくない。

どうするべきか考えて、動かないでいる間にも男性は訝《いぶか》しげな表情を浮かべながら近付いてくる。

「……桑田、羽黒。ここで足止め役を頼《たの》んでもいいか？」

「……ええ、もちろん」

「はい！　美名人ちゃんとわたしなら大丈夫《だいじょうぶ》です！」

悩《なや》んだ末出した答えに、桑田も羽黒も力強く頷いてくれた。

「それじゃあ、頼む。尾田、冬空先生、いくぞ！」

そうして俺は、二人を信じてその場を任せると、冬空の腕《うで》を引いて、第二映写室へと走り出したのだった。

5

第二映写室に到着するまで結局一分もかからなかった。

なぜなら第二映写室はパネルに描《えが》かれていた通りの場所にあり、その上あっさりと入室出来てしまったからだ。

そう、第二映写室には鍵《かぎ》さえかかっていなかったのだ。

「ちっ、せっかく鍵開けの技術を実践《じっせん》で試《ため》せると思ったのに」

「多加良……どこで誰に学んだかはあえて聞かないけど、それ、一歩間違《まちが》えたら犯罪だから」

舌打ちと共に思わず漏《も》らした呟《つぶや》きは、尾田の耳に届いてしまったらしく、俺は尾田に呆れたような視線を向けられてしまう。

俺が犯罪者になることは百パーセント無いが、確かに不謹慎《きんしん》な発言ではあったので、

「この部屋は暗いから、〝光〟は無さそうだな」

俺はそれとなく話題を変えながら尾田の視線をかわした。

「でも、明かりはちゃんと点《つ》く」

と、そこで薄暗《うすぐら》かった部屋はその声と共にふいに明るくなって、俺は目を細め、ゆっくりと明るさに慣れた。

部屋の電気を点けたのは冬空で、明かり取りの窓にもブラインドがかけられている映写室の中ではさすがにサングラスを外していた——そうやって見ても、切れ長の目はどこか鋭《するど》く、強面《こわもて》だったけれど。

「じゃあ、この部屋も調べつつ、三階への入口を探すか」

俺はそう言うと、明るくなった部屋を改めて見渡《みわた》した。

まず目に入ったのはやはり映写機だったが、それにはカバーがかかっていて、そのカバーの上には埃《ほこり》が積もっている。それに比べると床《ゆか》の埃は少なく、やはり多少の人の出入りがあるようだった。

映写機の他《ほか》には、舞台《ぶたい》に使うのだろう音響《おんきょう》機材が置かれていて、それでも部屋の中にはまだ割とスペースが残っていた。

だが、一通り部屋を見回して、俺達三人が首を傾げたのは、もちろんその思いがけない広さに対してではない。

「階段はおろか梯子《はしご》もないな」

俺達が偶然《ぐうぜん》にも同じ方向に首を傾《かたむ》けたのは、その事実に対してだった。

俺はもう一度、部屋を見渡してみたが、フィルムの特性を考慮《こうりょ》した結果、窓すらも壁《かべ》に埋没《まいぼつ》して見える部屋の中に、上の階へと続くものは無かった。

「……オレの記憶《きおく》違いか？」

冬空は癖毛《くせげ》の中に手を突《つ》っ込むと、眉間《みけん》に皺《しわ》を寄せて、自信を失った声で呟きを落としたが、

「いや、結論を出すのはまだ早い」

「うん、僕もそう思う」

俺と尾田はいままでの経験から首を振《ふ》った。

経験とはつまり——そこに部屋があるのなら、必ず入る方法がある、というそれだ。

そして、その方法を探し出す為《ため》に、俺達は更《さら》に詳《くわ》しく映写室の中を調べて回ることにした。

「諦《あきら》めないのが、若さか？」

さっそく動き始めた俺達を見て、冬空はうんざりとした口調でそんなひとりごとを口にしたが、最終的には俺達と同じように動き始めた。

動き出した冬空の胸を一瞥《いちべつ》すれば、そこでは植物がまた成長していて、俺は開花の時は近いと一人確信する。

でも、その為に必要な〝光〟へ向かう手がかりはなかなか見つからない。

そう大がかりな仕掛《しか》けではなく、単純な物だろうと、スイッチや紐《ひも》の類《たぐい》を俺は探しているのだが、上から下まで目を動かしても、コンセントくらいしか見当たらないのだ。

午後一時までという〝光〟の出現時間のことや、足止め役をさせている桑田と羽黒のこともあり、俺は次第《しだい》に焦《あせ》り始めた。

「あっ！　ここに『入』っていうステッカーが……ん？」

「……尾田、それは『人』という字だ」

尾田もまた、気が急《せ》いていたのだろう。冬空に指摘《してき》されるまでもなく、自分の間違いに気がつくと一瞬俯《いっしゅんうつむ》いて、それから顔を上げると再び部屋の中を探しだす。

「まぎらわしいシールだな」

一言だけ、それに文句をつけると、俺もまた尾田にならって急ぎつつも落ち着いて、室内に目を凝《こ》らした。

「鏡よ鏡……。って、白雪姫《しらゆきひめ》か？」

俺達がそれぞれ部屋の中を探し続けて数分後、その文字に最初に気付いたのは冬空だった。

冬空は読み上げているに過ぎなかったのだが、俺はそれをふざけているものと捉《とら》え、振り向いて冬空を睨《にら》んだところで事実に気付いた。

俺は興味を惹《ひ》かれるまま冬空の元へ向かうと、千社札《せんじゃふだ》のような小さな張り紙を横から覗《のぞ》き込んだ。

そうすれば、そこにはペン字で「鏡よ鏡」と記してあった。紙自体は変色して年月を感じさせるが、文字は幼く、達筆な支配人の字とは似ても似つかない。

「この筆跡《ひっせき》は……中高生ってところだね」

同じく興味を惹かれてやってきた尾田もその字を見ると、探偵《たんてい》めかした口調でそう言った。

「でも、鏡よ鏡、だけじゃ意味があるともないともわからないな。どう思う？」

筆跡のせいもあって、どうしても稚拙《ちせつ》な印象がぬぐえず、俺は軽く眉《まゆ》を寄せながら、第一発見者である冬空に意見を求めてみる。

「鏡ならそこにあるけど……ああっ！」

が、第一発見者は既《すで》に興味を失っているような声でそう言いながら首を後ろに向けて——そこで、教壇《きょうだん》でも出したことのない大声を上げた。

「そうかっ！　尾田、悪かった。お前は正しかった、入口はそこだ！」

次いで、首と一緒《いっしょ》に体を翻《ひるがえ》すと、さっきまで尾田が立っていた一隅《いちぐう》——例のステッカーが貼《は》ってあったその場所を指さした。

冬空らしくない興奮した様子に、尾田はぱちぱちと瞬《まばた》きを繰《く》り返しながらその行動を見つめることしか出来ない。

しかし冬空はその視線をまるで無視して、大股《おおまた》に歩き出すと、さっきのステッカーに指を突きつけた。

一方俺は冬空が移動している間に、冬空が見ていた鏡を覗き込み、そこに同じ物を見て、それに気付く。

『鏡文字だ！』

そこで、俺と冬空の声は見事に重なり、ステレオのように両サイドから大声を聞かされた尾田は、反射的に耳を塞《ふさ》いだ。

そして、そのポーズのまま尾田は、俺が指さした鏡と、冬空が示したステッカーを見比べて、

「そっか。この鏡にあの「人」っていう字が映ると「入」になる……だから、そこが三階への入口なんだ」

俺達二人の言いたいことを正しく理解して、納得《なっとく》の笑《え》みを浮《う》かべたのだった。

「よし、じゃあ、さっさと開けてくれ」

暗号解読者に栄誉《えいよ》を与《あた》える気持ちで、俺は冬空にその役を任せる。

冬空は了承《りょうしょう》し、すぐに頷《うなず》いたものの、取っ手がないからか、それとも何か躊躇《ためら》っているのかそのまま動こうとしなかった。

やがてステッカーに触《ふ》れていた手は、ポケットの中にしまい込まれてしまって。

この扉《とびら》の向こうに、そしてその上に今日の目的が存在することは、もう殆《ほとん》ど確定事項《じこう》だ。

それを冬空が怖《おそ》れてようと、或《あ》いは強い期待を抱《いだ》いていようと、対面してもらわなければならないことは変わらない。

「……ここは、俺が開ける」

ならば最悪の事態はここで時間を喰《く》って、目当ての物を見られないことだと判断して、俺は冬空に代わり、入口の前に立った。

一見、他の壁《かべ》と同じようにしか見えない入口だが、平面かと思っていたステッカーには一センチ弱の厚みがあって、それは取っ手のようにも見える。

俺はそこに指をかけると、まずは引いてみた。けれど、壁はぴくりとも動かない。ならば、と次は押してみる。

すると、がたっ、という音とわずかに壁が動く手応《てごた》えが返ってきて、俺は押す力を加えたまま、腕《うで》を右に動かしてみた。

そうすれば、今度こそ壁《とびら》は開き、と同時に俺の前には階段が現れていた。

「引いてダメなら、押しながら横に引く、なるほど」

尾田はぱちぱちと手を叩《たた》きながら、感心したようにその仕組みを声に出した。

では、冬空はどうかと見れば、その階段を――〝光〟へと続く道を前に立ちつくしていた。

かと思うと、ポケットに手を入れて、その中の物をぎゅっと握《にぎ》り締《し》めながら、俯《うつむ》く。

でも、胸の植物は、宿主とは逆に光の気配を探すようにぐんと花茎《かけい》を伸《の》ばし、蕾《つぼみ》をつけて。

だから俺は、

「行くぞ。年寄りは高いところが苦手だって言うなら、若者が手を引いてやる」

迷わず促《うなが》し、半分挑発《ちょうはつ》するように冬空の前に手を差し出した。相変わらず、少し見上げなければならないのが癪《しゃく》だったが。

目の前に突《つ》き出された手に冬空は一瞬顎《あご》を引いたけれど、すぐに顔を上げると目つきも悪く俺を睨《にら》んで、

「あいにくそこまでもうろくしていない」

そう言うと背筋を伸ばし、俺の手を取る代わりに横をすり抜《ぬ》けて、階段に足を載《の》せたのだった。

「……若者こそ、そこに希望の光がなくてもがっかりするなよ」

まるで、自分に言い聞かせるような一言と共に。


八段ばかりの階段を上って着いた三階は、外観から想像していた通り三角の天井《てんじょう》を持った部屋だった。

人を招くつもりがないからか梁《はり》も何もかもむき出しのままで、下の二つのフロアとは異なりログハウスのような印象を受ける。

「予想よりずっと広いね」

その上天井も低かったが、その分縦横の奥行きが十分で、確かに尾田が言う通り、広い部屋だった。俺達がいま居る部屋は十畳《じょう》ほどだが、仕切り壁《かべ》の奥にはまだ部屋がありそうだ。

だが、予想と違《ちが》う点はもう一つあり、それは、

「ここも薄暗《うすぐら》いな」

ということだった。

三階は一番太陽に近いし、何より〝光〟があるはずだから、室内は明るいとばかり思ってい

たのだが、そうではなかった。

もちろん第二映写室よりは明るい。しかし、空が天気予報通り曇《くも》り始めていることを差し引いても、やはりこの部屋は暗いというべきだった。

先に乗り込んでいた冬空を見習って、室内を見回してみたが、窓は円形のステンドグラスのそれくらいしか見当たらない。

でも、窓が一つだけにしては、部屋の四隅《よすみ》まで見えすぎる気がして、俺は更《さら》に首を巡《めぐ》らせた。

けれど、俺の目に入ったのは四人掛《が》け程度の円テーブルとその上に置かれた電気スタンドくらい。その電気スタンドも学園まで届かないどころか、部屋中を照らすことさえ出来ないような小さなものだった——何より、プラグが抜けている。

「やっぱり、光なんてどこにもないんじゃ……」

そうして、遂《つい》に冬空が俺達に向かってその台詞《せりふ》を口にしようとした、その時だった。

ふいに室内の明るさが増したかと思うと、チカチカと反射するような光が視界の隅《すみ》を掠《かす》めていって。

「何だ？　また鏡？」

「多加良！」

無意識にその光を追い、床《ゆか》に近いその場所に鏡があることを確認《かくにん》した途端《とたん》、大声で名前を呼ばれ、俺は急いで振《ふ》り向いた。

すると、尾田は左側の壁を指さしていて、そこにも俺が見つけたのと同じ名刺《めいし》サイズの鏡があり、床にある鏡から反射された光を受け、さらにそれを別の鏡へと反射させていた。

そんな風に光を受けては他《ほか》の鏡へ反射させる鏡は全部で五枚。

そして、五枚目の鏡の反射光は円いステンドグラスの中心、唯一《ゆいいつ》色の入っていないその部分を貫《つらぬ》き、外へと伸びていた。

北東へ――つまり、叶野学園の方向へと。

「……鏡の反射か。仕掛けとしては単純だけど、鏡の角度の微調整《びちようせい》にはさぞかし労力を費《つい》やしただろうな」

鏡を設置する作業と、その単純ながら根気のいる作業を思って、俺は感嘆《かんたん》のため息を吐《つ》いた。

「救難信号を出すためのシグナルミラーとかの反射光は160キロメートルまで届くって聞いたことがあるけど、本当にこんな小さな鏡の反射光でも、遠くまで届くんだ」

尾田は俺の言葉に頷《うなず》くと、ステンドグラスを貫く光に釘付《くぎづ》けになったまま、どこか熱っぽく呟《つぶや》いた。

その間も冬空は、声さえ出さずにその光に見入ったままだったけれど。

「でも、そこから光が出ているとなると、日光はどこから入って……ああ、そこの窓か」

俺は今度は逆に床すれすれに設置された一枚目の鏡から光を辿《たど》り、そこでようやく、梁で死角になって見えなかった天窓の存在に気付いたのだった。

至る。

同時に、なぜ六月までこの〝光〟が叶野学園に届かなかったのか、そのからくりにも考えが
見え始めたのが、六月という点がやはり重要だったのだ。

五月と六月の大きな違い――かのう劇場におけるそれは、建物の隣《となり》にビルがあったか無かったかということにつきる。

五月にはまだ、かのう劇場の東隣《ひがしどなり》には五階建ての、かのう劇場よりも背の高いオフィスビルが建っていた。

つまりそのビルが、この仕掛けが正しく機能する為《ため》に必要な光を遮《さえぎ》っていたのだ。だから、叶野学園に光が届くことはなかった。

隣のビルが解体されて更地《さらち》になった六月までは。

恐《おそ》らく、隣のビルはこの仕掛けが設置された後に建てられた物だったのだろう。

「うん、確かにそれでつじつまはあうね。でも、この仕掛けを誰が何の為に作ったのかは……わからないけど」

俺がそのからくりを説いてみせると、尾田は一つ頷いたものの、何者かの動機がまだ不明だと首を振った。

確かにそれを解き明かすことこそが俺達の目的で、冬空の植物の開花に必要なことだと信じてここまで来たのだった。

ないのだから。

〝光〟を叶野学園まで飛ばさなければならなかった理由を見つけなければ、冬空の植物は咲《さ》け

「そんなのもういいだろ。この〝光〟はOB・OGのお遊びで、ただの反射光……伝説の光でも希望の光でもない。オレが言った通りだ」

けれど、俺が答えを見つけ出す前に、冬空は勝手に答えを出してしまった。

到底《とうてい》俺が納得出来ない答えを口にする冬空の目は、もう光もステンドグラスも見ていない。

代わりにその目にあるのは、諦《あきら》めの色で。

「オレには光なんていらないんだから、もう解放してくれ」

でも、俺は勝手に出したその答えも、その諦めも受け入れるつもりはなかった。

「だったら、どうしてあんたはあの小さな万華鏡《まんげきょう》を大切にしている？　〝Ｐｈｏｓ《ポース》〟……〝光〟って文字が刻んである、万華鏡を」

だから、ずっと用意しておいたその問いを、俺はいま冬空に向けた。ポケットの中にずっとしまい込まれていたその小さな万華鏡のことを。

そうすれば、冬空は弾《はじ》かれたように顔を上げて。その面には狼狽《ろうばい》の表情が浮《う》かんでいた。

「……なんで、ギリシャ語なんて読めるんだ？」

冬空は即座《そくざ》にそれを隠《かく》すと、代わりにはぐらかすような言葉を俺に寄越《よこ》す。

「語学は趣味《しゅみ》だ。それで、質問の答えは？」

もちろん、俺はそんな逃《に》げを許さず、射貫《いぬ》いてやるような気持ちで真《ま》っ直《す》ぐに視線を向け、重ねて問うた。

すると冬空は一度は俺の眼差《まなざ》しを受け止める素振《そぶ》りを見せたが、結局、サングラスをかけるついでにその目を逸《そ》らした。

「大切にしてるんじゃない……捨て方がわからないだけだ。大体、オレの目が見えなくなるってわかってるのにそんな物を寄越すなんて嫌味《いやみ》な話だろ。だから……あいつとは別れた」

けれど冬空は、言い訳のような答えだけは俺に寄越した。

「あいつって？」

「……元恋人《カノ》だ」

次いで俺がそれを問うと、冬空は素っ気ない声で答えながら、ポケットの中から万華鏡を取り出す。

「万華鏡は、この、のぞき穴のある反対側を塞《ふさ》いで光を遮ったら、何も見えなくなる。真っ暗なんだ。だから、光が無いと見えないこんな物は、オレにはいらないんだよ」

実際に筒《つつ》の反対側を塞いでみせながら、冬空は更にそう言葉を重ね、それから手のひらを返すと、万華鏡を地面に落とした——否《いな》、落とそうとした。

でも、それは床《ゆか》には落ちず、冬空の上着のボタンにひっかかって止まってしまう。

それは俺の目には、万華鏡のチェーンが願いの植物と絡《から》み合っているように見えて。

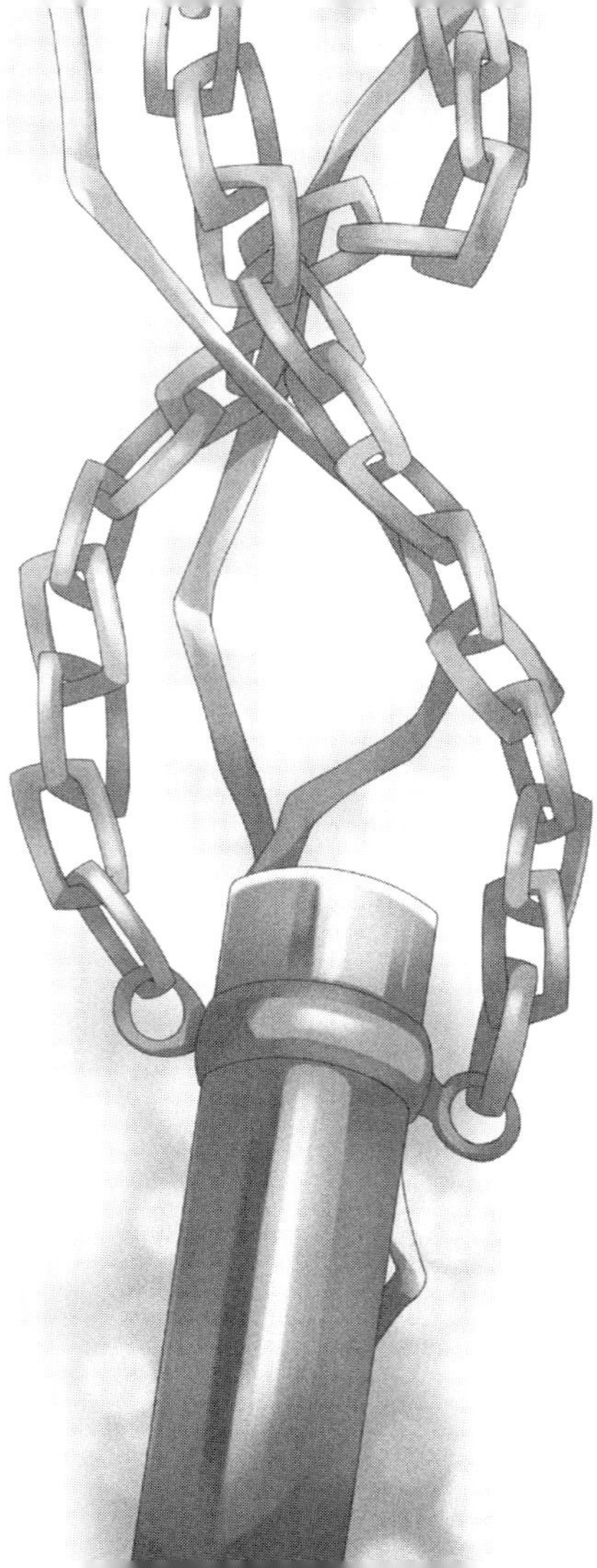

冬空はボタンにひっかかった万華鏡を泣きたいような顔で呆然《ぼうぜん》と見下ろし、動きを止めた。

その顔を見ていたら『橋の上の恋人』のポスターを見て、なぜ冬空がアンハッピーエンドだと言ったのかわかったような気がした。

目隠《めかく》しをされた俳優の姿を冬空は自分に重ねたのだろう、と。

そして、やがて自分が光を失うことを知っていた冬空は自ら恋人の手を離《はな》したのだろう、と。

だけど、冬空は何かを見誤っている気がする。

その小さな万華鏡の贈《おく》り主の気持ちを。そこに刻まれた〝光〟の意味を。

俺は絡《から》まったチェーンのようなその気持ちをどうにか解こうと思考を巡《めぐ》らせた。しかし、なかなか答えが出せず、唇《くちびる》を噛《か》んだ、その時、

「あの……ちょっといい？」

ふいに声を上げたのは尾田だった。

控《ひか》え目ではあるが、しっかりと意志を持って割り込んできた声に顔を向ければ、尾田はいつの間にか円テーブルの脇《わき》に立っていた。

「僕はこれが、この〝光〟の動機《りゆう》だと思うんだけど」

そうして尾田は俺達のところに戻《もど》ってくると、一緒《いっしょ》に持ってきた紙を俺達に手渡《てわた》す。

それは大分色の抜けた、手書きのチラシで。

「『シンデレラVSグレーテル』？　いったい何だ？」

「映画のタイトル……か？」

俺が首を捻《ひね》る隣《となり》で冬空がそう言うと、尾田は冬空の方を見ながら頷《うなず》いた。

「そう、映画のタイトルです。ただし自主制作で、制作者は十五年前の叶野学園生です」

既《すで》にそのチラシの詳細《しょうさい》を確認《かくにん》済みらしい尾田の言葉を聞きながら、俺はまたチラシに書かれた文字を追う。

そこにはタイトルと尾田が語っている情報の他には、自主映画の上映会が開催《かいさい》される旨《むね》が記されていた。

映画のタイトルの次に大きな文字で書かれているのは、
囚《とら》われの鳥よ　自由を得たくば光を見定めよ！　我らに希望の光あれ！

という煽《あお》り文句で、平日に設定されている上映日と共に、そこからは何となく学園の許可がないイベントの匂《にお》いがした。

「ん？　上映時間が書かれてないな」

それもまた、ゲリラ的に事を行うための布石のように見え——そこに至って、俺はようやく尾田の言いたいことを悟《さと》る。

確かめるように視線を上げれば、尾田は確信に満ちた表情を浮かべながら、俺の目を受け止めた。

だが、冬空はまだわからないのか、渡されたチラシを透《す》かすようにして首を捻《ひね》っている。

「そのチラシを前提に、今度はこっちのパンフレットの……ここを見てください」

そんな冬空に、尾田は今度は自分の手に持っていた、やはり手作りのパンフレットを開くと、ある部分を指で示してみせた。

素直にその指示に従った冬空はそこで目を瞠《みは》り、俺はそこに記された時刻に納得《なっとく》する。

「十二時三十分上映開始……今日の上映時間と同じだな」

故意か偶然《ぐうぜん》かわからないが——殆《ほとん》ど埃《ほこり》を被《かぶ》っていない鏡や床、支配人の性格を考えると前者の可能性の方が高そうだが——その一致《いっち》は一つの答えを示していた。

「ううん、逆。この映画の上映時間と今日の上映時間が同じなんだ」

だからこそ尾田は、俺の言葉をそう訂正《ていせい》してから、

「この〝光〟は映画の上映時間を知らせるためのものだったんだと、思う」

その答えを口にしたのだった。

俺達が〝光〟を確認してから出発し、そうして映画の上映時間に丁度よく到着《とうちゃく》したのは偶然ではなかったのだと。

「つまり、この仕掛《しか》けを作ったのは十五年前の叶野学園生ってことか」

「……冬空先生、僕は、この仕掛けを作った人達は自分の為《ため》じゃなくて、誰《だれ》かに、みんなにこの光を届けたかったんだと思います。だからこの光はただの光なんかじゃなくて、人の気持ちの籠《こ》もった、希望の光だと思います」

そして尾田は、俺の言葉に頷く代わりに顔を上げ、自分より高いところにある冬空の目を見つめながら、そう言ったのだった。

けっして大きな声ではなかったが、強い気持ちのこもったその言葉に、冬空は目を瞠る。

けれど、首を縦には振《ふ》らなかった。

「ただの光だ。隣にビルが建ったくらいで失われるような脆弱《ぜいじゃく》な光で、ビルが建ったらまた消える、ただの光だ」

そのまま足下《あしもと》に目を落としながら、更に首を振り、冬空は尾田の言葉を否定して。

「希望の光なんか無くていいじゃないか……そんなもの無くても生きていける」

さっきまで同じ光を見ていた筈《はず》なのに、その双眸《そうぼう》にまた諦《あきら》めの光を宿して、静かに語る冬空に尾田は肩《かた》を落とす。

確かに、自分の目が光を失うと知っている冬空は、そう言う方が楽なのだろう。そう言って、心の準備をしているのだろう。

だけど、その未来に遠慮《えんりょ》して、いま見えているものを否定することを、俺は認められない。

自分にも、冬空にも。

ボタンに引っかかっていた万華鏡《まんげきょう》を、その心と同様に不器用な手つきで外しにかかる冬空を見ながら、俺は懸命《けんめい》に言葉を探す。

それは、同じ映像を見せたいと思っても、毎回違《ちが》う模様を見せる万華鏡の模様を説明するように難しいことかもしれないけれど。

と、そう考えて、俺はふいに自分が考え違いをしていたことに気付いた。

そう、万華鏡の模様は見る人ごとに変化し、違うものだ。

そして〝光〟もまた人によって見え方が違う——だから、いま、あの万華鏡は冬空の胸にあるのだと。

気付いてみれば当たり前のことで、忘れていた自分に少しだけ羞恥《しゅうち》を覚えたが、まあ教師である冬空でさえ忘れているのだから仕方ない。

それに、いま、この時気付けたのだから問題は無い。

俺はまるで万華鏡のようなステンドグラスの影《かげ》の中に一歩だけ入ると、目を閉じ、先刻覗《のぞ》いた万華鏡の模様を思い出すと同時に、確信を持って口を開いた。

「赤・青・緑……光の三原色はこの三色だよな？」

「あ？　ああ、そうだ」

俺が問えば、冬空はまだ手に持っている万華鏡を握《にぎ》り締《し》めながら頷《うなず》いた。

ということは、冬空もまた、その万華鏡の模様を作り出している中身《もの》が、この三色のみだと気付いているのだろう。その真意はまだ誤解したままでも。

「なら……お前の探してる〝光〟はその万華鏡の中にある」

そして俺は冬空に、その誤解を解く為の言葉を告げた。

くる。

　すると冬空は一瞬《いっしゅん》、呆《ほう》けたような顔をして、それから俺の正気を疑うような眼差《まなざ》しを向けてくる。

「この万華鏡の中に光だと？　……オレは、何度もその万華鏡を覗いた。でも、光なんて無かった。仮にあったとしても、どうせ見えなくなるなら無いのと同じだ」

　次いで、どこか怒《いか》りを滲《にじ》ませた声を発すると、今度は俺を睨《にら》んだ。

「確かにお前の目はいつか見えなくなる。でも、その万華鏡は無くならないし、お前は存在し続ける……俺や尾田、それからその万華鏡の贈《おく》り主は、万華鏡も森冬空の姿もずっと見えるんだ」

「……そんなこと、秋庭に言われるまでもなくわかってる！」

「本当にわかってるか？　だったら、もう一度その万華鏡を覗いて見ろ」

　俺の言葉に冬空はきつい調子で返して来たが、それも俺が静かに受け止めれば、冬空は声を荒《あら》らげた自分を恥《は》じるように俯《うつむ》き、手の中の万華鏡に視線を落とした。どこか、迷うように。

「何度見たって……同じだ」

「だったら、僕に先に見せてください」

　それでも同じ言葉を繰《く》り返す冬空に、そこで尾田が焦《じ》れたように手を差し出せば、冬空は束《つか》の間躊躇《ちゅうちょ》した後、万華鏡を尾田の手に載《の》せた。

　大切な、壊《こわ》れ物《もの》を扱《あつか》うような仕草でもって。

尾田は黙《だま》ってそれを受け取ると、同じように丁寧《ていねい》な動作でその万華鏡を覗き込んだ。

そうして、「見えた」とも「見えない」とも言わず、そのまま俺に手渡《てわた》す。

無言だったけれど、一瞬目が合えば、尾田の言いたいことはわかったから、俺は黙って頷き返し、筒《つつ》を目にあてた。

万華鏡が尾田の目から俺の目に移動する間、冬空の目はずっと俺達の動きを追っていた。

蕾《つぼみ》をつけた願いの植物と共に。

何が見えたのか――俺達に問おうとして口ごもった冬空の植物の蕾がさっきまでより大きく膨《ふく》らんでいるのを確かめてから、俺は冬空の大きな手に万華鏡を押しつけた。

そうすれば、冬空はようやくサングラスを外して、自分の目に万華鏡をあてる。

光が入る天窓の方に筒を向けて、くるくると冬空が万華鏡を回す度《たび》に、胸の植物は更《さら》に蕾を膨らませて。

「……やっぱり、オレの目には秋庭の言う光も、どんな光も見えない」

けれど、冬空の言葉は変わらなかった。

「そんなはずはない。俺とも尾田とも違うけど、でもちゃんと光が見えたはずだ」

失望の翳《かげ》りを帯びたその声に、それでも見えているのに気付いていないだけだと言えば、

「オレをからかうのもいい加減にしろ！　それともオレがうらやましがって見せれば満足するのか？　光を……本当は希望の光が欲しくて堪《たま》らないって言えばいいのかっ！」

オレの言葉に冬空はついに感情を爆発《ばくはつ》させて、声を荒らげ、ようやくその願いを言葉にした。

だから俺も、回り道を止めて、伝えることにする。

「万華鏡《まんげきょう》の映像を……同じ映像をもう一度見たいと思ったら、４６００億年はかかるんだ。毎日覗いたって、生きている内には同じ映像は見られない。当然、俺が見た映像も尾田が見た映像も、お前が見たのもみんな違うってことだよな」

つまり、これまで何度その万華鏡を覗いたか知らないが、その度に冬空は違う映像を見ていたということを、俺はまず伝えた。

「確率の話をしたかったのか？　どっちにしろ光の話じゃないんだろ」

俺の説明に目を瞬《しばた》かせながらも、まだ理解には至らない冬空は憮然《ぶぜん》と返してきたが。

「話は最後まで聞け。それに今のはヒントその一ってところだ。じゃあ次に、どうしてその万華鏡の中身が三色なんだと思う？」

「……〝光〟って名前がついているからだろ」

冬空は予想通りの答えを寄越《よこ》したが、

「中身は光の三原色……なんだよね」

尾田は何かを悟《さと》った顔で俺を見てそう呟《つぶや》いた。

「ああ、そうだ。つまり……光の三原色を入れてあるから〝光《ポース》〟って刻んであるんだよ。どんなに回しても発光はしないけど、な」

俺は尾田に頷いてみせてから、二人にその名の秘密を解いてみせた。

色というのは簡単に言えば、光の波長を人間の目が捉《とら》えることで認識されるものだ。でも、同じ波長の光を受けたとしても、それをどう知覚するかは人によって異なる。

つまりは、同じ名前を呼んでいても色覚を共有していない以上、別の色を見ているわけだ。

「その万華鏡の中に入ってるのはあくまで〝光の色〟だ。でも色《いろ》だからこそ、それを覗《のぞ》く人間が、受ける人間が何色か決められる……お前が望むなら〝希望の光〟って呼んだっていいんだ」

そう、それこそがこの万華鏡の贈り主の真意なのだろう。

色が人がそうと思い定めて初めて見えるものならば、光もまた人が望むように思い定めればいつでも見えるのだというメッセージを込《こ》めて、その人は冬空にこの万華鏡を贈《おく》ったのだろう。

やがて光を失う冬空へ、光の贈り物を。

「オレが色を決める？　オレがこの中に〝光〟の色があるって認めれば、そこには光が存在するってことか？」

そして、ようやくそのメッセージを受け取った冬空の声は震《ふる》えていて、けれどその手は、きつく万華鏡を握《にぎ》り締《し》めていた。

「この目が光を失って……暗闇《くろ》しか見えなくなっても、それでもオレは、この中に光が見えるといっても、いいのか？」

縋《すが》るような眼差しとともにそう問いかける冬空に俺は大きく頷《うなず》き返す。

「もちろんだ。だってその万華鏡を贈った人はそれを願って……お前がいつでも光と共にあるようにって、贈ったんだからな」

きっともうわかっていると思ったけれど、改めて俺は冬空に、会ったこともないその人の代わりに伝えた。

「だけど……どうしてそれが本当だと思える？　だって、彼女はそんなことオレに言わなかった」

けれど、冬空は確信が持てないと言って、そして怖《おそ》れるように小さく首を振《ふ》る。

「だったら、これから確かめればいいじゃないか。確かめるために、会いに行けよ！」

「だけどっ！　オレは希望の光を彼女にあげられないんだっ！　光をもらったって、オレには何も返せない。だったらせめてあいつの重荷になりたくないんだっ！」

感情を露《あら》わにして叫《さけ》ぶ冬空の胸では、もう充分《じゅうぶん》に膨《ふく》らんだ蕾《つぼみ》が揺《ゆ》れていて、そこで俺はようやく、冬空が光を探し、求めていた本当の理由を知る。

冬空が探していたのは、その大切な人の未来を、人生を照らす光で。

自分の為《ため》ではなくて、大切な人の為の光は、だから途中《とちゅう》で消えてしまうような物ではだめで。

いつまでも消えない光でなくてはならなかった——それは、希望の光。

でも、それなら、探すまでもない。

「視力を失ってもお前は生き続けるんだろうが！　この世界から消えるわけじゃないんだから！　未来を現在《いま》の言い訳に使うなっ！　未来に遠慮《えんりょ》するくらいなら、ずっとその人にお前を見て貰《もら》って、お前がその人の希望の光になってみせろよっ!!」

だから俺は、強い声でそう叫んでやった。

そう、冬空はこれからもこの世界で生きていくのだから。そうして生きる限り、その体は何色の光にだってなれるのだから。

「オレが、光に、なる？」

そんなことは思ってもみなかったのだろう。冬空は呆然《ぼうぜん》と呟いて。

「……ハードルは高いかもしれないけど、先生はまだ若いんだから、大丈夫《だいじょうぶ》です」

尾田はまた目を瞬かせて俺を見た後、冬空に穏《おだ》やかな微笑《ほほえ》みを向けて。

冬空の願いの植物は、その蕾はゆっくりと綻《ほころ》び始める。

「光になるなんて、難しいことを、簡単に言ってくれる」

でも、あと少しだけ冬空には力が必要だった。その背中を押して、一歩を踏《ふ》み出させる力が。

「じゃあまず、ここに立ってみればいい」

だから俺は実際にその背中を押す代わりに、いままで自分が立っていた場所を空け、冬空を促《うなが》した。

俺の台詞《せりふ》に冬空は訝《いぶか》しげな表情を浮《う》かべたものの、素直《すなお》に俺が示した場所へと移動した。

背中にはステンドグラスの模様の光が、胸には反射光が当たるその場所へ。

「ああ、そうか……光はただ明るいだけじゃなくて、温かいのか。オレの手と……同じで」

しばらくその場所に佇《たたず》んで、冬空はそうと気付くと、呟いた。自信がなさそうに小さな声だったけれど、自ら見つけた真実に瞬《まばた》きをすると、じっとその手を見つめて。

「オレは、彼女の希望の光になれると思うか？」

そして、どこまでも透《す》き通った、真摯《しんし》な眼差《まなざ》しで、冬空は俺に問うた。

「大丈夫だ。でも、もし自信が無いなら言ってやる……俺にはいま、森冬空が光って見える!!」

だから俺は、天井《てんじょう》が揺れるほどの大音声で、そう言ってやったのだった。

そうすれば、冬空は大きく目を見開いた後、ひどく優《やさ》しい顔で、はにかむように笑って、ゆっくりと上を仰《あお》いだ。

そうして、反射光《ひかり》を受けながら、その胸でゆっくりと、回るように開いたその花は、トケイソウに似たもので。

本来ならば他の植物に頼《たよ》りながら咲《さ》くその花はいま、一本でまっすぐに咲いていた。

空へ伸《の》びる、一筋の光の方を向きながら。

俺がそっと胸の花を手折《たお》ると、目許にわずかに滲《にじ》んでいた涙《なみだ》が恥《は》ずかしかったのか、冬空はさっさと俺に背を向けて、階段を下りていってしまった。

「体は大きいけど、冬空先生って実は子どもっぽい人だったんだね」

尾田はその背中を苦笑《くしよう》混じりで見つめて呟《つぶや》くと、少し間を置いて、先に階段へ向かった。

しかし俺はすぐに二人の後を追うことが出来なかった。

つい先程、冬空が、何気なく口にした、

「鈴木《すずき》百人《ももと》は希望の光に辿《たど》り着けたんだろうか」

という台詞と共に明らかになった、予想外の真実にダメージを受けたが為に。

まさかと思いながら追及《ついきゆう》した結果、冬空がずっと呼んでいた「鈴木」とは、同じ鈴木でも「朔」ではなく「百人」であり、つまり、昨日聞かされた脱走《だつそう》者の鈴木も、百人の方だったことがついさっき判明したのだ。

そうとわかった瞬間《しゆんかん》、俺の鈴木朔リコールの野望は潰《つい》えたのだった。

あくまで、今日のところは叶《かな》わなかっただけなのだが、俺に与《あた》えられたダメージは予想以上に大きかった。

脱力感《だつりよくかん》に襲《おそ》われながら、俺はふらふらと歩を進め、気付けば再びステンドグラスの影《かげ》の上に立っていた。

と、そこに、さっきは気付かなかったが不自然な板の継《つ》ぎ目を見つけてしまう。

気付いてしまえば無視することなど出来ず、近くで確かめれば、その板の継ぎ目は外れそうに見えて、俺は好奇心《こうきしん》を抑《おさ》えきれず力を込めてみた。

そうすれば、思った通り板は外れ、現れたのはごく小さな収納空間。その扉《とびら》を更《さら》に開けてみれば、中には万華鏡《まんげきょう》。

子どもの腕《うで》くらいの太さのその筒《つつ》を目にした瞬間、俺の脳裏《のうり》にはかのうの顔がよぎり、

「ほほ、やはりここにあったのう」

ほぼ同時にしゃらん、という金属が微《かす》かに鳴る音と共に、目の前には実物が現れていた。

「ささ、多加良、はようその万華鏡を妾《わらわ》に」

そしてかのうは挨拶《あいさつ》すら寄越《よこ》さず、当然のように手を差し出し、俺にそれを要求してきたのだった。

「俺が見つけたんだから、俺の物じゃないか？」

だが、かのうの企《たくら》みで踊《おど》らされたことが明白なこの状況《じょうきょう》で、実に楽しげなかのうの笑みを見た俺が、それを素直《すなお》に渡《わた》す気になるはずもない。

「どうしても欲しいなら、ちゃんと事情を説明してもらおうか」

しっかりと、赤い筒の万華鏡を手に摑《つか》むと、俺は静かにかのうに要求を告げた。事情説明を聞いた上で、かのうに説教をするための、実に正しい要求を。

「……覗《のぞ》いてみれば、わかるのではないかのう？」

するとかのうは、空中に佇んだまま、ほんの数秒考えるように首を傾《かし》げた後、そう言って寄越したのだった。

俺は妙《みょう》に素直なその態度を訝しんだものの、結局は言われた通り、左目を瞑《つぶ》ってから右目に万華鏡をあてた。

だが、そうしたところで見えたのは、金銀に青や赤といった至って普通《ふつう》の万華鏡の映像で、またも騙《だま》してくれたかのうに苛立《いらだ》ちを覚えながら俺は万華鏡を外す。

と、両眼をしっかりと開けたところで、俺の目に飛び込んできたのは黄金《きん》色。

光を集めたようなそれが、かのうの瞳《ひとみ》であると認識《にんしき》すると同時に、自分とかのうの顔の距離《きょり》があまりに近い——息が触《ふ》れそうな距離であることに気付いて。

さすがに驚《おどろ》き、慌《あわ》てて身を引いたついでに、俺は万華鏡を取り落としてしまって。

「ほほ……これで妾のものだのう」

それに気付いた時には万華鏡は、かのうの白い手に渡っていた。

俺はしばし呆然《ぼうぜん》の体《てい》で、かのうの満足げな笑《え》みと万華鏡を見比べ、

「ふざけるな、かのうっ！」

我に返ると同時に、拳《こぶし》をあげてその汚《きたな》い手段に猛然《もうぜん》と抗議《こうぎ》したが、かのうはどこ吹《ふ》く風だ。

それどころか、目当ての物が手に入ったことに機嫌《きげん》を良くして、その紅い唇《くちびる》には更に深い笑みが刻まれて。

そして、どこか無邪気《むじゃき》にさえ見える仕種《しぐさ》で、かのうがそれを胸に押し抱《いだ》いた時だった。

じゃしゃん　しゃん　じゃしゃしゃーん
波紋《はもん》を広げていくような、銅鑼《どら》のような金属音が耳朶《じだ》を打ったかと思うと、眼前を小さな鏡のような物を手にした着物姿の少女が横切って行き。

俺は思わず眼鏡《めがね》を外して目を擦《こす》った。

それからもう一度、目を凝《こ》らしたのだが、そこにはもう少女の姿はおろか、かのうの姿も無かった。髪《かみ》の一房《ひとふさ》の残像さえも残さずに消えていた。

「……かのう」

低く低くその名を呼んでも答えはなく、いつもの鈴《すず》のような連環《わ》の音の代わりに、銅鑼の音がじゃしゃーん、ともう一度だけ俺の耳を掠《かす》めれば、

「……もう、疲《つか》れた」

俺はどうしようもない脱力感に襲われて、その場に倒《たお》れ込んだ。

なぜか熱い頬《ほお》に床《ゆか》の冷たさは気持ち良かったけれど、俺は尚《なお》も頭の中で、皿洗い当番からも外されそうな罵詈《ばり》雑言《ぞうごん》の類《たぐい》を延々と並べ続けたのだった。

かのうの顔を思い浮《う》かべながら。

エピローグ

黒という言葉では足りぬ、漆黒《しっこく》の世界。

常ならば音さえも飲み込むその闇《やみ》の中、けれど今日は鳴り響《ひび》く音があった。

じゃしゃーんじゃしゃしゃーん、という金属の音は音色と呼ぶには、少々荒《あら》すぎる。

けれど、細い棒で、鏡にも似た金属のそれ——手のひら程《ほど》の大きさの銅鑼を叩《たた》いては鳴らす女の美しい顔には、愉悦《ゆえつ》の表情が浮かんでいた。

「鏡よ鏡？　鏡か鏡？　鏡にあらず、朝寝《あさね》はやめよ　寝坊《ねぼう》はしまい」

節はついているがどこかでたらめな言葉は、けれど女が紡《つむ》げば唄《うた》にも聞こえる。

楽しげに叩き、歌い続ける女の足下には壊《こわ》れた万華鏡《まんげきょう》が転がっていたが、女はもはやそれに目もくれない。

袖《そで》を翻《ひるがえ》し、くるくると回りながら、どれほど銅鑼を鳴らしていたか、やがて女はそれを下に置いた。

そして、自分のつま先を見るように、鏡のようなその表面を覗き込む。

そこに己《おのれ》の姿が映らぬことは承知の上で、自分では無い誰かの面影《おもかげ》を、姿を探して、女はじっと目を凝らす。

「ようやく一つになった……なれど、どれほど鳴らしてももう、起きてはくれぬのだのう」

どれほど見つめてもそこに求める姿が見えないことを悟《さと》ると、そんな呟《つぶや》きと共に黄金《きん》色の双眸《そうぼう》には束《つか》の間、寂《さび》しげな、諦《あきら》めにも似た色が宿って。

だが、女はすぐにその色を消し、更《さら》には全《すべ》ての表情を消し去った後、目を閉じた。

何か思案しているのか、それとも何も考えていないのか、傍目《はため》からは判然としない表情のまま、女は虚空《こくう》に佇《たたず》んで。

ふいに、その紅《あか》い唇に深い笑《え》みを刻んだ。

「ならば……別の術《すべ》で起こすまでだのう」

そのまま、黄金色の目に強い光を宿すと、そう言葉を紡ぎ、ひとり頷《うなず》いて。

そうして女は深い深い漆黒の世界に、怪《あや》しい闇の中に咲《さ》く花のごとく、ゆっくりと静かに身を沈《しず》めたのだった。

叶野学園生徒会 本日妄想中!
〜お願いマイクさん、あの子の妄想聞かせてよ〜

「えーと、録画のボタンはこれでいいんデスヨ……っちゅうわけで、みなさんこんにちは！　これからお送りするんは、〝お願いマイクさん！　あの子の妄想《もうそう》聞かせてよ！〟や。簡単に説明すると、あるマイクで、いつもはつんとすました生徒会副会長、秋庭《あきば》多加良《たから》にちょっぴり恥《は》ずかしい妄想を語って貰《もら》い、かつそれを映像に残してしまおうっちゅうスーパーどっきり企画や！」

「……映像に残すのはもちろん後で色々な用途《ようと》に使う為《ため》だがね。まあ、それはさておき、ポイントはなんと言っても今日のために用意したマイクだがね。手に取ったが最後、問答無用で自分の妄想《がんぼう》を口にしてしまうという魔的《まてき》に素敵《すてき》な呪《のろ》いのマイクなのだね」

「呪いのマイクって、ほんまかいな……いえ、何でもないデスヨ。えー、ビデオ撮影《さつえい》及《およ》びレポートはイースト＆ウエストの東側ことイーストが、解説は……ええと、自分、本名通称《つうしょう》芸名どれにするんや？」

「そうだね、まあ昔の名前でもなんでもかまわないがね……今日の気分は黒《くろ》部長だね。そう呼んでくれたまえ」

「ラジャー。じゃあ、黒部長、生徒会室にマイクを置くで！」

「では、少々狭《せま》いが、我々はロッカーの中から撮影するとしようかね」

叶野《かのう》学園生徒会会計尾田《おだ》一哉《かずや》は、その日も放課後になると、いつものように生徒会室に赴《おもむ》き、その扉《とびら》を開けた。

「やっぱり、今日は僕が一番乗りか」

鍵《かぎ》がかかっていた時点でわかっていたのだが、誰《だれ》もいない室内を見回して尾田は一人呟《つぶや》いた。

その部屋の中は、昨日掃除《そうじ》したばかりにもかかわらず、さっきまで誰《だれ》かがいたみたいに散らかっている。

けれど尾田にとってはいつも通りの光景で、何ら違和感《いわかん》を覚えることなく、尾田はひとまず机の上に自分の作業スペースを確保することにした。

「あれ？　なんだろう、このマイク」

と、尾田はそこに一本のマイクを見つけて首を捻《ひね》った。

机の上にぽつんと置いてあるマイクは白。でも尾田はそのマイクに見覚えが無い。

そして、マイクに添《そ》えるようにして置かれたメモにはこう記してあった。

《この魔法のマイクに向かって、あなたの望みを言ってみて下さい。若者らしい主張と認められたら、その望みが叶《かな》うかもしれません》

当然、尾田はメモの内容を鵜呑《うの》みにしたりしない。

「鈴木《すずき》くんのいたずらかな……」

そう見当をつけると、とりあえず仕事の邪魔《じゃま》にならない場所に片付けておこうと尾田はマイクを手に取った、その次の瞬間《しゅんかん》。

尾田は強い目眩《めまい》に襲《おそ》われた。ほぼ同時に視界は狭く暗くなり、自分と周囲が隔《へだ》てられてしまったような感覚に陥《おちい》って。

そして、尾田の口は勝手に動き始めた。

「僕は……僕は名探偵《めいたんてい》として密室事件を解決したいんだ!!」


新聞広告に『密室有りマス』という文字を見つけた時は、正直、半信半疑どころか一信九疑だったのだが、

「名探偵尾田が断言しよう……ここは間違《まちが》いなく密室だ！」

木造アパートの固く閉《と》ざされていたその一室に足を踏《ふ》み入れるやいなや、尾田はそう叫《さけ》んでいた。

ずっと探し求めてきた「密室」というシチュエーションを前に昂揚《こうよう》した気分を抑《おさ》えきれずに。

つい先日、この部屋で亡《な》くなった人がいるという事実を正直、尾田は一瞬《いっしゅん》忘れていた。そう

と見て取った、助手の少女東雲《しののめ》は彼をつぶらな瞳《ひとみ》で睨《にら》んだが、

「さすが、名探偵尾田。一目で見抜《みぬ》かれたんですなぁ。いやはや、さすがですなぁ」

依頼《いらい》者であり、この密室及《およ》びアパートの所有者である老人が尾田の不謹慎《ふきんしん》な喜びに気付いていないとなれば、問題は皆無《かいむ》と尾田は判断した。

「いえいえ、それほどでもありますよ。ところで、いくつか質問をさせていただいてよろしいですか?」

そして、感心しきりの老人の言葉に、謙遜《けんそん》もせず、尾田は早速《さっそく》本題に入ることにした。

尾田の目的はあくまでこの部屋で起こった密室事件の真相――主に密室はどう作られたか――を明らかにすることなのだから。謎解《なぞと》きに勝《まさ》る快感は無く、称賛《しょうさん》は心地《ここち》良くともほんのおまけに過ぎないのだ。

玄関《げんかん》の鍵も窓の鍵もしっかりとかけられた上、その玄関の鍵は家の中。他《ほか》に侵入《しんにゅう》経路の見つからない密室という状況《じょうきょう》で、この部屋の前住人Aが不審《ふしん》な死を遂《と》げたのは半月前のことだ。

「この部屋の住人だったAさんに最近変わった様子はありませんでしたか?」

「そうだねぇ……もともと神経質な人だったけど、亡くなる前の数日間は更《さら》に苛々《いらいら》しているようだったねぇ」

尾田が尋《たず》ねると、好々爺《こうこうや》然とした老人は皺《しわ》の刻まれた頬《ほお》を撫《な》でながら、そう答えた。

「……神経質だったというのは、事実みたいですね」

「どうしてそんなことがわかるんデスヨ？」

老人の言葉に尾田が頷《うなず》くと、少女東雲は彼を見上げながら小さく首を傾《かし》げた。

「この位のこともわからないとは、東雲くんはまだ当分僕の助手だね」

少し呆《あき》れた声で尾田が言うと、少女東雲は頬を膨《ふく》らませたが、口答えをしなかったので尾田は推理を披露《ひろう》してやることにする。

「Aさんの使っていたテーブルの上、耳栓《みみせん》がおいてあるだろう？　この辺りは住宅街だし、Aさんの両隣《りようどなり》の部屋は空き部屋で気になるような物音は立たないはずだ。それでも耳栓を使っているような人は……」

「神経質な人デスヨ……先生さすがデスヨ」

軽く部屋の壁《かべ》を叩《たた》きながら尾田が説明すれば、こくんと頷いて、普段《ふだん》は生意気な瞳に尊敬の光を宿して彼を見たのだった。

尾田はその殊勝《しゆしよう》な態度に満足しつつ、改めて部屋の中を見回した。

「ああ、窓の隙間《すきま》にガムテープまで貼《は》ってあって……これは本当に念入りな密室だ」

「針金とか糸を使ったトリックもこれじゃ難しいデスヨ」

「郵便受けも、この部屋にはないな」

部屋の中をゆっくりと検分しながら、尾田と少女東雲は密室トリックを思い浮《う》かべては、その可能性を否定していった。

だが、可能性が否定されても尾田は落ち込まなかった。それどころか、尾田の体内を流れる探偵の血は一層騒《さわ》いでいた。

謎は難しければ難しいほどいい。謎が解けた時に身を巡《めぐ》る快感は、謎が難しい程、高いものを得ることが出来るのだから。

「ふ、ふふふ……これは、名探偵に相応《ふさわ》しい密室事件だよ」

少女東雲に冷たい目を向けられても、尾田は込《こ》み上げてくる笑いを堪《こら》えることが出来なかった。

「ああ、そういえば……半月前は丁度この前の道で下水道の工事をしてましたなぁ。わしは自宅が別にあるんで良かったが、ここに住んでいる人は、朝昼なくうるさかったみたいですなぁ」

しかし、ふと思い出したように老人が口を開き、そう語った瞬間、尾田は凍《こお》りついた。

「工事？　それはかなり、うるさかった？」

縋《すが》るような気持ちで尾田は老人に確認《かくにん》を求めたのだが、老人は断罪の斧《おの》のごとく首を縦に振《ふ》ったのだった。

「いや、いやいやいや。そりゃうるさかったら窓は閉めるよ。でも、ガムテープで目張りはやり過ぎだよね。ああ、玄関扉《げんかんとびら》にもガムテープを貼った跡《あと》が……。でも、それで窒息《ちっそく》って……これはミステリへの冒瀆《ぼうとく》だ――っ！」

「尾田先生っ、落ち着いてっ！　ええい、落ち着けっちゅーねんっ！」

スッパーン

という景気のいい音と共に側頭部に衝撃《しょうげき》を受け、尾田は我に返った。

我に返ると同時に、痛む頭を撫でながら尾田は周囲に目を走らせたが、まだ視界はぼんやりとしていて、上手《うま》く焦点《しょうてん》が結べなかった。

ゆっくりと瞬《まばた》きをすれば視力は回復し、尾田は改めて周囲を見回してみたけれど、やはり生徒会室には尾田しかいなかった。

また、頭部の痛みははっきりしているのだが、ここ数分の記憶《きおく》には靄《もや》がかかっていて、夢か現《うつつ》か判然としない。ただ、まるで妄想《もうそう》のようなそれをもしも誰かに見聞きされていたら、物凄《ものすご》く恥《は》ずかしいことだけは確かだ。

が、尾田はそこでテーブルの上に転がっているマイクを見つけてしまって。

「まさか、主張なんてしてないよ、ね？　……ちょっと、顔洗ってこよう」

尾田は一瞬《いっしゅん》脳裏《のうり》をよぎった考えを必死に振り払《はら》うと、掠《かす》れた声で呟《つぶや》きながらふらふらと生徒会室を後にしたのだった。

「ほんまに喋《しゃべ》り出したで……あのマイク本物やったんや。黒部長、さすがや。けど、最後はあない錯乱《さくらん》状態になって、大丈夫《だいじょうぶ》なんか？」

「大丈夫、黒部長には不可能も抜《ぬ》かりもないから安心したまえ。それにしても尾田君はあんなことを考えていたのだね。少女東雲、興味深い存在だね。ハリセンを振るいロッカーに戻《もど》ってくるまでのイーストの疾風《しっぷう》のような動きと合わせてだがね」

「少女東雲は、尾田っちの妄想やねんから忘れてや。ハリセンの方はツッコミの神が降臨したんや。……っていうか、うちらの目的はあくまで秋庭多加良なんやで！」

「わかっているがね。まあ、そう順調にいかないのも計算の内だからね……ほら、また一つ足音が近付いてきた。次こそは秋庭君ではないかね」


いつものように深呼吸をした後、生徒会書記、桑田美名人《くわたみなと》は生徒会室の扉《とびら》を開けた。

鍵《かぎ》がかかっていなかったから、てっきり中には誰《い》かいるものと思ったのだが、部屋はもぬけの殻《から》で、美名人は小さく嘆息《たんそく》した。

念のため、警戒《けいかい》しながら美名人は中に足を踏《ふ》み入れ、素早く室内に目を走らせたが、

「気のせい、みたいね」

不審《ふしん》な影《かげ》も、気配も察知出来なければ緊張《きんちょう》を解く。

「ああ、尾田君、来ているのね」

本人の姿はなかったが、尾田の荷物を見つけて、美名人は鍵が開いていた訳を理解した。

「すぐに戻って来るわよね」

鍵がかかっていなかったことからそう考え、とりあえず二人分のお茶を淹《い》れる為《ため》、キッチンスペースに向かおうとしたのだが、美名人はそこで半ば無意識に多加良の指定席《いす》を見てしまって。

そうすれば美名人は抗《あらが》いがたい誘惑《ゆうわく》に駆《か》られ、きょろきょろと周囲を見回し、耳を澄《す》ませて外から足音が近付いていないことを確かめた上で、いつも多加良が掛《か》けているその椅子《いす》にそっと腰《こし》を下ろしたのだった。

掛けてみると、椅子自体はいつも美名人が座っている物と同じなのに、なぜかそれより座り心地《ごこち》が良いような気がして、却《かえ》って落ち着かない気分になる。

けれど、椅子に慣れてくると共に、美名人の胸には嬉《うれ》しいようなくすぐったいような気持ちが広がっていき、気付けばその唇《くちびる》にはごく小さな、だが幸せそうな笑《え》みが浮《う》かんでいた。

「さあ、お茶を淹れましょう……あら？　これ、何かしら？」

でも、そんな幸せなひと時をぽんっと一つ手を打って自ら切り上げ、椅子から立ち上がったところで、美名人は机の上に放《ほう》り出されたマイクとメモを見つけた。

一度はそのまま見過ごそうとしたのだが、何となく気になって、

「私の望み、ね……」

気付けば美名人はそのマイクを手に取っていた。

その次の瞬間《しゅんかん》、強く頭を揺《ゆ》すぶられたように意識は遠のき、周囲の景色《けしき》は紗《しゃ》がかかったように遠くなって——やがて、美名人の唇は彼女の意志に関係なく言葉を紡《つむ》ぎ始めてしまう。

「私は……二人だけでデートがしてみたい……の」


初めてのデートの待ち合わせは駅前で午前十時。

予定は何度も何度も確認《かくにん》したし、マニュアル本にも到着《とうちゃく》は十分前が妥当《だとう》と書いてあったのだが、結局美名人はその三十分前には待ち合わせ場所に到着していた。

昨夜はよく眠《ねむ》れなかったし、起きても心の中は緊張《きんちょう》と興奮《こうふん》がない交ぜになっていてそわそわと落ち着かず、家でじっとしていることは出来なかった。

それに遅刻《ちこく》するよりはずっといいはず、と自分に言い聞かせると、美名人はもう一度身だしなみのチェックを始めた。

髪《かみ》はサイドをピンで留めて、いつもと少しだけ違《ちが》う印象に、唇には薄《うす》くグロスを塗《ぬ》ってある。カットソーとスカートはデザインはシンプルだけれど、可愛《かわい》らしい明るい色の物を選んだ。そ

うだ、靴《くつ》に汚《よご》れは付いていないだろうか……

「桑田、悪い、待たせたか？」

と、足下《あしもと》に目を落としたところで声をかけられて、美名人は慌《あわ》てて目を上げた。

顔を上げた途端《とたん》、思ったよりも近いところに彼の顔があって、美名人は動揺《どうよう》して目を逸《そ》らしてしまう。

「桑田？」

するとと彼は、その綺麗《きれい》な瞳《ひとみ》を不安げに揺らしながら首を傾《かし》げて見せて、

「……大丈夫《だいじょうぶ》、私も今来たところだから」

美名人は内心では慌てながらも静かに声を返した。

「そうか、良かった。ええと、じゃあ、今日はどこに行こうか？」

美名人の返事に彼はほっと胸を撫《な》で下ろすと、少しだけぎこちない口調で美名人にそう尋《たず》ねてきた。

どこに行っても彼と一緒《いっしょ》ならば楽しいはずだが、だからといって「どこでも」と言うのは答えにならないし、自分の意志を主張出来ない人間はそもそも彼の好みではない。

「そうね……いまちょうど企画《きかく》展をやっている美術館があるの。それにその美術館に併設《へいせつ》されているティールームも評判がいいんだけど、どうかしら？」

だから、ちょっと考える素振《そぶ》りを見せた後、美名人はそう提案した。

デートをすると決まって一週間余り。映画館やショッピングに行くことも検討したが、やはり自分のデートにティールームを欠かすことは出来ないと、美名人はこの計画を練り上げた。

でも、少しだけ不安になって、そっと彼の顔を窺《うかが》えば、

「美術館か。絵を描《か》くのは苦手だけど、見るのは好きだ……うん、いいな、行こう！」

彼はいつもはあまり見せない笑顔でそう言って、美名人の不安を吹《ふ》き飛ばしてくれて。

「お茶はきっと桑田が淹れてくれる方が美味《うま》いと思うけど、な」

最後に彼が言い足した台詞《せりふ》に、揃《そろ》って頬《ほお》を染めつつ、二人は一路美術館へと足を向けたのだった。


「うわ……これ、本当に写真じゃなくて絵なのか？」

「そうみたい……すごいわね」

美術館という場所柄《ばしよがら》、耳がくすぐったくなるような囁《ささや》き声で美名人と彼は会話《はな》しながら、少し暗い館内を進んでいく。

だが、相づちを打ちながらも、正直美名人はあまり絵の方に集中出来ていなかった。

休日の美術館は場所柄、家族連れよりもカップルが多く、彼らは皆《みな》、ごく自然に手を繋《つな》いでいた。

よって、美名人の目はさっきから少し先を行く彼の手ばかり追っていた。

こうして肩《かた》を並べて歩き、同じ物を見て、同じ時間が過ごせるだけでも十分嬉しい。

でも、周囲のカップルを見ると、彼らの繋がれた手がどうしようもなく羨《うらや》ましくなってしまう。

一つ望みが叶《かな》えばもう一つ——恋《こい》というのはどうにも人を欲張りにする。だけどそれに流されてはならないと、美名人はその欲求を抑《おさ》え込むべくゆっくりと呼吸した。しかし、日々の鍛《たん》錬《れん》で養われているはずの平常心は、今日に限ってなかなか訪《おとず》れない。

そんな風に美名人は内心で葛藤《かっとう》していたのだが、

「ううん？」

そうとは知らない彼はふいに足を止めると、小さく唸《うな》った。

美名人が見上げる眼差《まなざ》しで問えば、彼は黙《だま》って目の前の絵を指で示して、その指先を追って美名人は、彼が何に疑問を覚えたのか理解した。

「点描画《てんびょう》……確かにこの位置からじゃ何が描いてあるのかわからないわね」

そして、美名人がそう言うと彼は頷《うなず》いて、二人はどちらからともなく、数歩後ろに下がる。

そうやって見れば、描かれているものは判然としたのだが、美名人と彼は一瞬《いっしゅん》顔を見合わせて、すぐにお互《たが》い顔を背《そむ》けた。

それは男女が仲良く手を繋いでいる——まるで美名人の願望をそのまま表したような絵で、それを前に美名人の頬は瞬《また》く間に赤く染まっていった。

このままでは自分が何を考えていたのか、語らずとも彼に知れてしまう。そう思って美名人は何とか落ち着こうとしたのだが、思えば思う程《ほど》、却《かえ》って冷静さは失われていく。

「……桑田」

だから、差し出された手の意味もすぐには理解できなかった。ただ、大きな手だな、と思う。

「……ほらっ」

どこかぶっきらぼうな声と共に、焦《じ》れたようにもう一度手を差し出され、美名人はそこでようやくその手の意味を理解した。

つまり、彼は手を繋ごうと言っているのだと。

そうと気付いて、反射的に彼の顔を見れば、彼の頬もまたわずかに赤かった。

その一方で間近で見ると、黒の向こうに深緑が見える彼の双眸《そうぼう》には真剣《しんけん》な光が宿っていて。

手を繋いだら、きっといつもの倍以上の自分の鼓動《こどう》は彼の手に伝わってしまうとわかっていたが、美名人はその手を拒《こば》めなかった。

そうして、二人の手はゆっくりと重なり——

バタンッ、とすっ
ドアを開ける音と、背中への軽い衝撃《しょうげき》で美名人は白昼夢のような世界から現実へと引き戻《もど》された。

「あのっ、鈴木さんがお餅《もち》を喉《のど》に詰《つ》まらせて保健室に運ばれたというのは本当ですかっ!?」

振《ふ》り返ればそこには、生徒会臨時採用改め隠密《おんみつ》の羽黒花南《はぐろかなん》が息を切らして立っていて、

「……さっき元気な姿を見かけたから嘘《うそ》だと思うわ」

美名人はひとまず、そう声を返した。

それから、テーブルの上に転がっているマイクにゆっくりと視線を戻す。

そのマイクを手にしていた感覚はまだ美名人の手に残っている。だが、それを持って自分が何をしていたのかという記憶《きおく》はどうにも曖昧《あいまい》だった。

いったい自分はマイクを持って何をしていたのかと考えながら手を頬に当てれば、そこはなぜか常とは違《ちが》う熱を帯びていて。

その熱を意識すると同時に、美名人の心臓は速い鼓動を刻み始めた。

メモにあるような主張など自分がするはずは無いと思うが、否定するにはこの数分の記憶は頼《たよ》りない。

「鈴木さん、ご無事で良かったです……あれ、美名人ちゃん、どうかしましたか？」

美名人の面《おもて》に現れた不安はわずかなものだったが、花南はそれをちゃんと読みとると、気遣《きづか》うように美名人を見上げてきた。

「ううん、なんでもないわ。でも、花南ちゃん、私、ちょっと風に当たってくるわね」

だが不安は口に出した途端《とたん》、現実になってしまうような気がして、美名人は冷静を装《よそお》いつつ、そう言い置くと、とにかく頬の熱を冷ますべく、生徒会室を後にしたのだった。

「ある意味予定調和なのかもしれないが、いいところで邪魔《じゃま》が入ったものだね。しかし……ふふっ、手を繋ぐところまでとは、やっぱり桑田さんは純情だね」

「ああ、美名人っち、乙女《おとめ》過ぎるで……って、せやからうちらの目的は秋庭っちなんやて！もー、さっきからどないなってんねん！」

「まあまあイースト、落ち着きたまえ。騒《さわ》いだところで次は羽黒さんの番なのだね。私にとっては中々興味深いし、ここは一つ静かに観察しようではないかね。嫌《いや》だというなら……イースト、私は君を呪《のろ》ってしまうがね？」

「呪うって、ノロウイルスのこと……やないんやね。わ、わかったで、黒部長、イースト、ただいまより沈黙《ちんもく》します！」

心なしかいつもより赤い顔をして美名人が出て行ってしまえば、花南は生徒会室に一人になった。

「美名人ちゃん、風邪《かぜ》でしょうか……ん？」

一人になりたいようだったので追いかけなかったが、美名人を心配して一人呟《つぶや》いたところで、花南は机の上にマイクを見つけた。

普通《ふつう》の人間ならばいくら見つめても普通のマイクにしか見えないだろうが、

「何か……魔力《まりよく》のようなものを感じます」

しばらくマイクに目を凝《こ》らし続けた結果、花南は、そこから怪《あや》しい気配を感じ取った。

叶野市では霊感《ちから》が制限されてしまう花南だが、ここまで近付けばこのマイクに何らかの呪いがかけられていることはわかる。不用意に手にするのは危険だということも。

だから花南は誘い文句《メモ》を見つけても、然《しか》るべき封印《ふういん》をするまで、マイクに触《さわ》るつもりはなかった。

が、しかし、花南は自分のどじっ子ぶりを少々甘く見ていた。

そうでなければ、封印に使えそうな道具を探そうと身を翻《ひるがえ》したところで、その腕《うで》が鈴木が積み重ねた本の山を崩《くず》し、その雪崩《なだれ》を何とかせき止めようと慌《あわ》てて腕を伸《の》ばしたところで、マイクに手を触《ふ》れてしまうという事態は避《さ》けられた――かもしれない。

マイクに指先が触れた瞬間《しゆんかん》、そこから糸のように伸びてくる呪力《じゆりよく》を花南は感じとった。

その糸に搦《から》め捕《と》られてはならないと花南は必死に抗《あらが》ったが、叶野市では本来の力を発揮できない花南はその呪力に抗いきれず、次第《しだい》に体の自由を奪《うば》われていき、

「わ、わたしは……生徒会隠密の名に相応《ふさわ》しい働き振《ぶ》りを……皆《みな》さんに、見せたい、です」

遂《つい》に花南の唇《くちびる》は本人の意志を裏切り、その妄想《ねがい》を紡《つむ》いでしまったのだった。


叶野学園に番長皿屋敷《さらやしき》あり——と、その名を聞いた時から、花南は彼とはいつか対決する日が来ることを予感していた。

なぜなら番長とは学園を陰《かげ》から仕切る悪の存在で、一方花南は、生徒会隠密《おんみつ》という陰から学園を守る役目を課せられた存在《もの》。

同じ陰に生きながらも、相容《あいい》れない二人が対立するのは、ある意味必然であったから。

そして今日、黄昏《たそがれ》時の体育館裏で、遂に二人は対決の時を迎《むか》えたのだった。

「本当に、話し合いで解決することは無理ですか?」

それでも、出来るなら平和な道を選びたいと、花南は最後にもう一度だけ皿屋敷に話し合いを呼びかけた。

瞬《まばた》きの間にも夜の帳《とばり》は世界を覆《おお》おうとしていたが、花南は夕闇《ゆうやみ》の中でもしっかりと皿屋敷の姿を捉《とら》え、その目に訴えかけた。

「そりゃあ無理だぜ。盗《ぬす》んだバイクで走り出しちまったら、もう止まれないんだぜ」

皿屋敷は真っ向から花南の眼差《まなざ》しを受け止めたものの、花南の言葉に頷《うなず》くことはなかった。

一度決めたことは最後まで押し通す、彼の目にそんな揺《ゆ》るぎない決意を見て、花南は小さくため息を吐《つ》いた。

破れた学生帽《がくせいぼう》に長ラン――昭和《しょうわ》の匂《にお》いのする服を身に纏《まと》った男は、中身もまた昭和の気質らしい。というか、

「でも、あの……番長さんはその盗んだバイクで事故を起こされてその……亡《な》くなられているんです」

平成《へいせい》の世を知らぬまま皿屋敷はこの世を去っているのだが、その事実を認めない、認められない、幽霊《ゆうれい》の皿屋敷に花南は憐《あわ》れみを込《こ》めた眼差しと共に、もう一度そう告げる。

「そんなのは知ったこっちゃないぜ！　おれはまだまだバイクで走り続けるんだぜ！」

だが、皿屋敷は再び首を振《ふ》り、バイクのエンジンを盛大に吹《ふ》かすと花南を睨《にら》みつけた。

バイクもまた皿屋敷の霊体の一部なのだが、エンジンを吹かせばマフラーから立ち上った白《はく》煙《えん》は夕闇の中に広がっていく。

と同時に、皿屋敷からは禍々《まがまが》しい気配が溢《あふ》れ始め、その手には彼の武器――白い大皿が出現していた。

叶野学園の生徒に実害が及《およ》ばない限り花南は説得を続けたかったが、花南を獲物《えもの》と定めた皿屋敷の目に狂気《きょうき》の光を認めれば、もはや限界と判断せざるをえなかった。

「……話し合いはここまで、ですね」

そして、一つ深呼吸をすると、花南は覚悟《かくご》を決め、その面に黒猫《くろねこ》を模した仮面を装着したのだった。

「おおぉっ？　なーんかさっきまでと別人みたいだぜ。やっぱりただのお嬢《じょう》ちゃんじゃなかったんだぜ、ひゃっほう！」

「……行きます」

凶暴《きょうぼう》な笑みを浮《う》かべながら、指先でくるくると大皿を回す皿屋敷に、花南は悲しみを湛《たた》えた声で一言告げると、彼に向かって駆《か》け出した。

バイクと人間ならば、人間の方がスピードで劣《おと》るのは明白な事実だ。その上相手はバイクまでも霊体で、飛び道具まで持っている。故に、花南はとにかく相手の動きを封《ふう》じることにして、走りながら花南は手裏剣《しゅりけん》の要領で、まずは一通の封筒《ふうとう》を皿屋敷に投げつけた。

「ああ？　こりゃあ手紙だぜ？　お嬢ちゃん、いったいなんのつもりだぁ？」

皿を持ったままの手で難なく封筒を捉えると、皿屋敷は太い眉《まゆ》を逆立て花南に凄《すご》んでみせた。

「皿屋敷さんのお母さんからの手紙ですっ！　どうか成仏《こうせい》して欲しいとおっしゃっていました！」

しかし、花南がそう説明すると、皿屋敷の眉は一転して弱々しく下がり、その体の動きも止まった——と思ったのだが。

「おれには母親なんていねぇんだぜっ！」

その一言の下《もと》、皿屋敷は手の中の手紙を青白い炎《ほのお》で燃やしてしまったのだった。

季節外れの蛍《ほたる》のように舞《ま》い落ちていく手紙の燃えかすを眺《なが》め、手紙を書いた皿屋敷の母親の気持ちを思って花南は悲しくなった。

けれど、その感傷を振り切って、花南は再び走り出すと、皿屋敷の周囲に今度は呪文《じゅもん》の書かれた札を撒《ま》き、それを終えるやいなや、素早《すばや》く印を結んだ。

「なんだなんだ？　今度は親父《おやじ》の手紙でも出すのか？　うぐっ！」

花南の攻撃《こうげき》を皿屋敷番長はそうとは知らず鼻で笑ったが、闇《やみ》の中で札が白く発光し始め結界の力が発動され、霊体《からだ》の動きを封じられれば、笑い声は低い唸《うな》り声へと変わった。

皿屋敷をとりまく不可視の結界は、物凄《ものすご》い力で彼を押さえつけ、重力のような圧迫感《あっぱくかん》で皿屋敷の自由を奪《うば》い苦痛を与《あた》えるものだったが、それでも皿屋敷は苦鳴を飲み込み、声を上げなかった。

花南は内心、驚嘆《きょうたん》していたが、だからといって結界を緩《ゆる》めることはせず、結界を維持《いじ》するための集中を保ちながら、じりじりと皿屋敷との距離《きょり》を詰《つ》めていく。

皿屋敷番長がこのまま動かずにいてくれれば、後はその霊体に封印《ふういん》の札を貼《は》り、姉の元へ送って浄化《じょうか》して貰《もら》えば、皿屋敷の魂《たましい》は成仏出来る。

「くっ、なかなかの力の持ち主ってわけだな、お嬢ちゃん。けどなぁ、おれも伊達《だて》や酔狂《すいきょう》で番を張ってたわけじゃないんだぜっ！」

だが、あと一歩のところで皿屋敷は予想以上の力を発揮して、花南の結界は内側から破壊《はかい》されてしまった。

「きゃあああっ！」

破られた術は当然、術者――花南に跳《は》ね返り、それと同時に皿屋敷が放つ禍々しい力にはね飛ばされ、花南は悲鳴を上げながら地面を、体育館まで転がった。

「うう……叶野学園は、わたしが、守らないと……」

朦朧《もうろう》としながらも、花南は何とか半分だけ体を起こしたが、ひどく痛めつけられた体はそれ以上いうことを聞いてくれず、花南はもはや皿屋敷を睨むことしか出来なくて。

「ははは、悪いがおれの勝ちだぜ！　これで今日から叶野学園はおれのものだぜ!!」

そして、皿屋敷は高笑いをしながら、両手に白い大皿を構え、それを死神の鎌《かま》のごとく花南に振り下ろし――

たったったっ、バターンっ
「ハーイ、花南っち！　今日も元気？　あれ、なんかいいもの持ってるね！　ちょっとぼくにも貸してっ！」
軽快な足音と扉《とびら》を大きく開け放つ音によって、花南は間一髪《かんいっぱつ》、絶体絶命のピンチから救われた。

「……え、あ、鈴木さん。あのお餅《もち》は？」

まるで現実のような妄想《もうそう》世界から突如《とつじょ》解放された花南はその反動か、鈴木の登場を冷静に受け止め、冷静に尋《たず》ねた。質問する内容は明らかに間違《まち》っていたけれど。

「お餅？　焼きもちなら多加良っちがいつもぼくに焼いてるよ、食べられないお餅だけどねっ！」

鈴木は花南の質問の意味がわからず、軽く首を傾《かし》げたが、わからないまま勝手に答えを用意するといつも通り、屈託《くったく》のない笑顔を浮《う》かべて見せたのだった。

「ははは｜、鈴木さん、誰がいつ焼きもちを焼いたんですって？」

が、鈴木の背後から現れた秋庭多加良のその顔には雪女も凍《こお》りそうな――或《あ》いは虜《とりこ》になりそうな――冷たい微笑《ほほえ》みが張りついていて、花南は思わず身を震《ふる》わせた。

「ふうん、このマイクに向かって喋《しゃべ》ると願いが叶うかもしれないんだ」

しかし、鈴木は多加良の言葉を見事に聞き流し、そのマイクを頭上に掲《かか》げると、なぜか楽しげにそう呟《つぶや》いて。

「あっ、マイク！」

そこで花南はようやく本当に我に返り、鈴木の手の中のマイクに気付くと慌《あわ》てて声を上げたが、その声も鈴木の耳には届かず、

「そうだねぇ、じゃあ、今度の行事は〝みんな踊《おど》っチャイナダンス大会〟と〝綺麗《きれい》な心の人にしか見えないエアドラム大会〟と……〝マイク争奪《そうだつ》・この喉《のど》が嗄《か》れるまでシャウトだぜ！　カラオケ大会〟のどれにしようか？」

鈴木はにこにこと笑いながら、マイクに向かっていくつも突発行事《とっぱつぎょうじ》を並べ立てた上、よりによって多加良に意見を求めたのだった。

それは、先刻からの多加良の怒《いか》りの炎に油どころかガソリンを注ぎ、

「……どれも却下《きやつか》に決まっているだろうが！　やるなら俺の演説会だっ！　ええい、そのマイクを寄越《よこ》せっ！」

多加良は拳《こぶし》を振《ふ》り上げ、鈴木の手からマイクを奪いにかかる。

「あはは—、取れるものなら取ってごらん！」

多加良の拳は鋭《するど》かったが、鈴木はひらりと身を翻《ひるがえ》してそれをかわすと同時に走り出す。当然多加良も鈴木を追って走り出し、叶野学園名物の追いかけっこの幕は今日もまた切って落とされた。

「あっ、待って下さい、鈴木さん、そのマイクは危険です！」

やはり基本仕様が違うのか、一見したところ鈴木にマイクの影響《えいきょう》は見られない。それでも花南は鈴木の背中に忠告を送ったのだが、その声にも鈴木は振り向かず、

「……やっぱり危険なマイクだったんだ」

「私達は、何も覚えていない、そういうことにしましょう」

代わりに答えたのは憂鬱《ゆううつ》顔の尾田と、どこか遠い目をした美名人だった。二人の顔を見れば、あのマイクに操られただろうことは聞くまでもなく、花南は黙《だま》って頷《うなず》いた。

花南は二人と異なりはっきりとした記憶《きおく》があったが——美名人の意見に同意することが精神衛生上の最善策だと判断して。

「でもさ、カラオケ大会の開催《かいさい》だけはまずいと思わない？」

そして尾田はマイクという繋《つな》がりはあったが、話題の矛先《ほこさき》を鈴木が羅列《られつ》した突発《とっぱつ》行事に向けると、今度は別の憂《うれ》いに眉《まゆ》を曇《くも》らせた。

「そういえば……そうよね」

「鈴木さんの歌が上手ではないからですか？」

尾田の言葉に桑田もまたわずかに眉を寄せたが、今度は二人の心配の種がわからず花南は首を傾げた。

「それもそうだけど、多加良の歌もまずい」

「え？　この間の合唱の時はお上手でしたよ」

「合唱なら大丈夫《だいじょうぶ》だけれど、独唱をさせたらあまい歌声に……失神者続出よ」

花南にそう説明しながらも、尾田と美名人の表情はどんどん曇っていき、花南も事態を把握《はあく》して頬《ほお》をひきつらせ。

「鈴木くんとは理由が真逆だけど、ある意味、ジャ○アンコンサートになるね」

尾田の言葉を合図に三人は顔を見合わせると、

『追いかけて止めないと！』

先に出て行った二人を追って駆《か》け出したのだった。


「あー、そういえば、この間、羽黒っちに番町皿屋敷の話をアレンジして聞かせたんやった。あれ、信じとったんや。せやけど札に結界って……ありえへんやろ」

「いや、羽黒さんの潜在《せんざい》能力を考えれば十分あり得る妄想《はなし》だと思うがね。うん、興味深かった……が、結局我々は秋庭多加良の妄想を聞けなかったわけだね」

「聞けなかったわけだねって、何諦《あきら》めてんねん！　ほら、追っかけるで！」

「そう言われても、どうやらマイクにかけた呪《のろ》いはもう制限時間を過ぎて、効力切れなのだ。もう少し保《も》つ予定だったのだが、鈴木君にはまったく効いていなかったしね」

「呪いの時間切れってなんやねん！　だったらもう一回かけ直してや黒部長！　この企画《きかく》を持ちかけたんはうちなんやから言うことは聞いて貰《もら》う……あれ、そうやったっけ？」

「おや、こちらももう時間切れのようだね。うん、ご協力ありがとう、イースト。さあ、もう家に帰りたまえ」

「は……い。黒部長、お先に失礼します」

ロッカーの中からイーストを見送った後、自分もまたそこから抜《ぬ》け出すと、黒部長は外の空気を存分に吸い込んだ。

「本当に狭《せま》かったね。まあ、我慢《がまん》した分、色々と面白《おもしろ》いものは見られたがねぇ」

生徒会室にはもはや彼女一人。黒部長は気兼《きが》ねなく独りごち、小さくため息を吐《つ》いた。

「でもまだ本当の目的は達成されていないのだがね。今度は秋庭多加良にのみ発動する呪いをかけておけば、間違《まちが》いないはずだね。ふふふ、秋庭君、首を洗って待っているがいい」

だが、黒部長は過去を振り返ることはせず、その唇《くちびる》に怪《あや》しげな笑《え》みを浮《う》かべると、静かに未来でのリベンジを誓《ちか》ったのだった。

そうして黒部長は沈《しず》みゆく夕陽《ゆうひ》を見つめながらしばし沈黙《ちんもく》し。

「ああ、そこで見ているあなたにはひとこと言っておこうかね。早く本編に黒部長を出さないと……呪っちゃうぞ？」

誰にともなく投げかけられたその最後の一言に、背筋を寒くした人間がいるとかいないとか。

END

あとがき

みなさん、こんにちは。宮﨑柊羽です。

緑の美しい季節に、『神様もゲーム』でお目にかかることになりました。

「神様」と「ゲーム」の間に文字が挟《はさ》まるシリーズ「も」三冊目、ということで『神様もゲーム』というタイトルになりました――嘘《うそ》です。もう少し別の理由もあります。

それはさておき、『神様もゲーム』は雑誌「ザ・スニーカー」に連載《れんさい》された短編に加筆・修正した三編と書き下ろしショートストーリーで構成されています。

ということで、各話を簡単に振《ふ》り返ってみようと思っているのですが、その前にまず、『神様もゲーム』のサブタイトルの説明をさせて下さい。短編集の時は毎回読みにくい、というか普通《ふつう》に読めないサブタイトルをつけているのですが、今回はそれを極《きわ》めた感がありますので。

「カガミ／ガラス／ヒカリ／アソベ」と書いて「カガミモガラスモヒカリトアソベ」と読んでいただくようになっています。このサブタイトルを踏《ふ》まえた上で、これから各話を振り返ってみますが、少々ネタバレの部分もあると思いますので、まだ知りたくない方は本編読了《どくりょう》後に目を通して下さいませ。

【第一話】カガミノクニノカノジョ

連載第一話です。連載自体は二度目の経験ですが、この第一話はとにかく「鏡」から始めると決めておりました。理由は後述しますが、鏡と言えば「鏡よ鏡」という台詞《せりふ》が有名です。ここから宮﨑は「呪《のろ》い」を連想し、妄想《もうそう》を膨《ふく》らませていった結果、このような物語になりました。ちなみに「めだか箱」は「目安箱」から考えました。ええ「目高箱」です、すみません。

また、作中に出てくる劇は実は結構細かい部分まで考えてあって、考える作業も楽しかったのですが、ページの都合もあり、最小限になったことが少しだけ残念です。

【第二話】コイイロメガネ

「鏡」の次は「眼鏡《めがね》」です。サブタイトルでは「ガラス」の部分に当てはまります。けれどより重要なのは「鏡」という文字でして、この繋《つな》がりを求めて無い頭を捻《ひね》った結果です。こじつけと言われればそれまでですが。

実際に「恋《こい》眼鏡」があったら宮﨑はとりあえずかけてみたいと思いますが、みなさんはどうですか？　ちなみに、多加良の赤眼鏡姿は不評でしたが、宮﨑は赤眼鏡が結構似合うらしいです。いま使用している眼鏡は違《ちが》うのですが、以前使っていた赤眼鏡はなかなか掛《か》け心地《ごこち》がよかったので、また作ってみたいと思いながら書きました。

【第三話】キミイロマンゲキョウ

「鏡」「眼鏡」と来て最後は「万華鏡《まんげきょう》」です。この物語を書くにあたって、万華鏡を自作してみたりしました。宮﨑は不器用なので出来はあれでしたが、甥《おい》っ子《こ》だけは喜んでくれました。

でも、サブタイトルで一番意味不明になってしまったのはこの万華鏡ですね。ええ、「ヒカリ」の部分がこの物語です。だけど物語の方を読んでもらえば「ヒカリ」であること、納得《なっとく》していただけるかな、と思います。

この物語を書くきっかけは、犬の散歩中に見えた「光」でした。これの正体はまあ、いつも見える電気の光でがっかりでしたが、世の中にはもっと浪漫《ろまん》と遊び心に溢《あふ》れた光があってもいいだろう！　と考えて、物語の中ではあんな感じになりました。そういうわけで、サブタイトルの「アソベ」の要素もこの物語には含《ふく》まれています。

さてさて、ここまで来れば、宮﨑がこの連載で「鏡」とつく小物を選んで使っていたこと、お気づきですよね。全四回（第二話は前後編で掲載《けいさい》されました）の連載で、一つの「何か」が完成する——という物語にしたくて、小物に共通点を持たせました。こうして一冊の本にまとまると、より繋がりがはっきりした気がするのですが、どうでしょう？

そして、繋がった時にかのう様が手に入れた「何か《もの》」。これについては、いつか必ず書きますので、気長に待っていて下さると嬉《うれ》しいです。

えーと、書き下ろしショートに関しては、宮﨑の暴走というか妄想というか……本編にはなかなか織り込めないネタを詰《つ》め込み、正直遊んでみました。つまり、このショートにも「アソベ」の要素がたくさん入ってしまったわけです。結果オーライということで、笑っていただければ幸いです。

でも、本当に「黒部長」は早く出したいです。実は何度か書いてみたりしているんです。でも、その度《たび》にページの都合等で削《けず》られてしまい……もはや何かの力が働いているような気がします。だけど、めげずにまた書きます。ええ、身の危険を感じていますから（笑）。

ということで、宮﨑が無事ならうちに謝辞に移らせていただきます。

担当の山口女史。短編と言われながら、いつも中編を仕上げてしまう宮﨑を温かく見守ってくださり、ありがとうございました。これからもよろしくお願いいたします。

イラストの七草様。毎回素敵《すてき》なイラストをありがとうございました。今回の表紙ももう、最高です！　毎回本当にイラストを楽しみにしております。今後ともよろしくお願いします。

『神様ゲーム』のコミックを描《えが》いて下さっている吉村工《よしむらたくみ》さん、今回は帯に4コマをいただきありがとうございます。宮﨑も毎月楽しみにしているコミック版神ゲーは「月刊Ａｓｕｋａ」で連載中です。どうぞ一度読んでみて下さい。

友人、知人、その他この本を作るためにご尽力《じんりょく》下さったすべての方に、感謝申し上げます。

そして、いつも読んで下さる読者のみなさん、本当に本当にありがとうございます。いただいたお手紙、執筆《しっぴつ》の励《はげ》みにしております。が、最近はなかなかお返事が出せず、心苦しく思っております。でも、ちゃんと宮崎のパワーになっておりますのでまたお手紙下さいね。

次は必ず長編でお目にかかりたいと思っています。少しでも面白《おもしろ》いものにするために、現在頑張《がんば》っていますので、もうしばらくお待ち下さい。

それでは、また次の『神様ゲーム』で！

●初出一覧

カガミノクニノカノジョ……………「ザ・スニーカー」二〇〇七年六月号
コイイロメガネ……………………「ザ・スニーカー」二〇〇七年十・十二月号
キミイロマンゲキョウ……………「ザ・スニーカー」二〇〇八年二月号
叶野学園生徒会　本日妄想中!……書き下ろし

神様《かみさま》もゲーム

カガミ／ガラス／ヒカリ／アソベ

宮﨑柊羽《みやざきしゅう》

角川文庫 15161

平成二十年六月一日　初版発行

発行者―井上伸一郎

発行所―株式会社角川書店

東京都千代田区富士見二―十三―三

電話・編集（〇三）三二三八―八六九四

〒一〇二―八〇七八

発売元―株式会社角川グループパブリッシング

東京都千代田区富士見二―十三―三

電話・営業（〇三）三二三八―八五二一

〒一〇二―八一七七

http://www.kadokawa.co.jp

印刷所―旭印刷　製本所―BBC

装幀者―杉浦康平

S188-9

ISBN978-4-04-471409-3　C0193

角川文庫発刊に際して

角川源義

第二次世界大戦の敗北は、軍事力の敗北であった以上に、私たちの若い文化力の敗退であった。私たちの文化が戦争に対して如何に無力であり、単なるあだ花に過ぎなかったかを、私たちは身を以て体験し痛感した。西洋近代文化の摂取にとって、明治以後八十年の歳月は決して短かすぎたとは言えない。にもかかわらず、近代文化の伝統を確立し、自由な批判と柔軟な良識に富む文化層として自らを形成することに私たちは失敗して来た。そしてこれは、各層への文化の普及滲透を任務とする出版人の責任でもあった。

一九四五年以来、私たちは再び振出しに戻り、第一歩から踏み出すことを余儀なくされた。これは大きな不幸ではあるが、反面、これまでの混沌・未熟・歪曲の中にあった我が国の文化に秩序と確たる基礎を齎らすためには絶好の機会でもある。角川書店は、このような祖国の文化的危機にあたり、微力をも顧みず再建の礎石たるべき抱負と決意とをもって出発したが、ここに創立以来の念願を果すべく角川文庫を発刊する。これまで刊行されたあらゆる全集叢書文庫類の長所と短所とを検討し、古今東西の不朽の典籍を、良心的編集のもとに、廉価に、そして書架にふさわしい美本として、多くのひとびとに提供しようとする。しかし私たちは徒らに百科全書的な知識のジレッタントを作ることを目的とせず、あくまで祖国の文化に秩序と再建への道を示し、この文庫を角川書店の栄ある事業として、今後永久に継続発展せしめ、学芸と教養との殿堂として大成せんことを期したい。多くの読書子の愛情ある忠言と支持とによって、この希望と抱負とを完遂せしめられんことを願う。

一九四九年五月三日

〈ファンレターのあて先〉
〒102-8078 東京都千代田区富士見2-13-3
角川書店 スニーカー編集部気付
「宮﨑柊羽先生」係

は暴走中!
著／谷川 流
イラスト／いとうのいぢ
スニーカー文庫

怪造学
角川スニーカー文庫